遇见

李澄香 著

上海文化出版社

目　录

序一 / 陈　村　5

序二 / 姚育明　8

辑一：行旅·宅居

春节的犒赏　14

在布拉格街头"望野眼"　20

日本关西行散记　25

一脚踏进海参崴　30

前世今生看埃及　36

从锦江迪生到张爱玲故居　42

走进丹麦童话王国　48

在挪威看凡俗听寂静　54

夜宿峡湾小镇　60

赫尔辛基的念想　65

节日岱山枕海笔记　70

都市行，大不易　76

在阿姆斯特丹走近伦勃朗　82

巴塞尔与巴登巴登　88

品读斯德哥尔摩　93

绿皮火车晃啊晃　100

躲装修，去无锡　106

喧嚣深处的七宝古镇　111

甘肃的树　117

初秋去画室打手碟　123

尴尬北京行　129

按图索"迹"，再见英伦　136

GPS启示录　142

汉口路上申报馆 146

看病琐记 151

早春醉白池 156

读图碎碎念 160

宅家画画解压 165

在阳台上望野眼 168

谁解鸟儿语啁啾 173

游水博园，游伴玉莲 196

阿忠 201

玩味"跨界" 206

我在水乡遇见你 213

捉遗补漏的外来夫妻 220

表　舅 226

小张，小陈 230

隔空亲情 235

王子与公主的后续故事 238

肺腑之言 240

剃头铺子 242

外婆的对象 258

三节草 273

辑二：嘉人·故事

太阳唤醒万物 180

沸腾的工匠精神 186

走出懿园的上海女人 192

序 一

陈 村

我在这个阴冷的夜为李澄香的新书《遇见》写个序言。她将文章发我已多时，我看完四顾茫然不知从何写起。不是文章不好，而是当下的环境非常躁动，心绪不宁。今天，上海的新冠疫情有了转折，社会面清零了，我想，这个序也该清了。

李澄香发给我一个目录，看目录能看出她对生活的热爱。她在观察，她在走动，她在纪念。

我先读的是《阿忠》，一个花花绿绿的男人，那个活动在金光闪闪的理发店的理发师，更时尚一点要称作发型师。我的朋友唐颖写过一篇小说《红颜》，被改编成电影《做头》，关之琳和霍建华演绎都市的情感故事。我从中知道成年女性跟理发师有天然的亲近感，发型是一个女子的 logo，如果很满意，会不弃不离，会呼朋引类跟朋友分享。李澄香写的是另外一种故事，她了解阿忠的经历，欣赏他的手艺，还在花花绿绿中看出他的羞涩和忧郁。他的小小的家，他的奇特的室内装饰，他的必须的化妆。在这一切之外，意外地写了他学着用月饼打点有关方面。阿忠栩栩如生地摇晃在我们面前。这个人出现在生活中，又消失在人群里，李澄香记下她的看见，记下自己的猜想。

写女性的时候,李澄香的笔更温润。何肇娅,一个摄影家,拍摄上海女性的女人。李澄香写的是她热衷于设计首饰,勤劳,对美有感觉,更可贵的是她的不甘平庸。这点可接上阿忠的素描,他们都不肯将一生轻轻放过。他们原本不必那么拼,但她说得好:操劳才是最好的保养。新的材料,新的造型,对自己发狠,让每一款都是独特的。我赞赏李澄香把文章写得再文艺都会回到生活当中。女主人公骑着生锈的不怕偷的自行车,在上海这种车被称作"老坦克",我老去想象那个画面:肇娅山青水秀一脸认真,骑个锈迹斑斑的脚踏车哐啷哐啷在繁华街市穿行。这样的画面完成度非常高。

有些作品无法转述,例如书中的《表舅》,一件件小事,一个个小感觉,就这么读下去,直到峰回路转,看得愣一下。读到这样的文章,这书就更值得了。

书中以不少篇幅记下外出旅游,日本,丹麦,挪威,海参崴和布拉格,赫尔辛基和斯德哥尔摩,也有中国的北京、无锡,上海的七宝。她仔细写了乘坐嘈杂生动的绿皮火车,也写了北欧安谧无尘的峡湾小镇,其中不乏唤起遐想的感叹。我更有感觉的是她写到的阿姆斯特丹。她的行程太匆匆,否则可去参观一下安妮·弗兰克的"密室",看看梵高博物馆和梵高森林。李澄香写了伦勃朗和维米尔,两位大师是荷兰的光荣,《夜巡》是国宝。我想起在一个黑夜去寻找伦勃朗的旧居,在楼的中间分不清哪幢是他的房子,只好拍下空地上的伦勃朗雕像。

看那些"五分钟让人忘掉自己,二十分钟让人忘掉世界"的景观令人难以忘怀。但是,最让我触景生情的却是跟当下的对比。在奇迹般静止的上海,一个多月的无法出门令人更为想念山川自然,想念那些和平的景象,嘈嘈杂杂的日常。往日被我们认为理所当然的活法,一一显出它的可贵和稀缺。支离破碎的生活,在坚强的生命中拼贴出完整的人生。她自己就是这样过来的,人生经历中的病毒被她压制,成为对善和美的向往。

最后,我再多说几句。我不知该不该写,如果不妥,李澄香可删去。我跟她相识于20世纪80年代末,也曾因她写过短文《纪念一个孩子》。我读书中那篇在城里赶路的时候,想起当年她跟我说的抱着孩子去赶公车的一幕,没人让座的公车,每天五个小时来回。后来,尽管我们很少来往,但听到她安好的消息总是默默为她高兴。她和先生相濡以沫,相爱相敬,这是她的善良和美好应得的福报。愿瘟疫不再,人间安宁,各人做出好看的事情,做好看的人。祝愿此书的读者,有作者那样的深爱。

2022.5.1

序 二
姚育明

有人说我是宅女,以为我不喜欢出游,其实是诸多客观原因不得已而为。有时我们眼睛看不到的美,品不到的滋味,可以通过别人的文字和镜头甚至图画得到补偿。对我而言,李澄香的文字与绘画就有这样的作用。

我看到不少她写的旅游文字以及艺术作品。说到前者,微信上几乎日日撞见,尤其一些上了年岁的女子,在旅游景点吃喝、摆拍,鲜艳的服饰,整齐划一的动作造型,手挥各式丝巾笑意盈盈,或者镜头仰拍,充分展示蹦到半空中的幸福,几乎程式化了,也因此一些年轻人常发戏谑之言。同为上年纪的我并不想嘲笑她们,说心里话,我甚至有点羡慕她们的自得其乐和轻快,但比起李澄香来,她们缺少一些叩开心扉的力量。而李澄香的旅游太有质感,每一次她不虚行,每一次都有不同的感悟,她的身和心是同行的,也因此她的文字和艺术作品很有传染力,如同水上行舟,行驶在异域之水之屋之山石之无穷尽的思维起伏之中。她的闻思不是简单的旅游流水账,对美好事物的感知力打开了她自己的心胸,也使如我这般闭塞者开了眼界。

从前偶尔在报刊上读李澄香的散文和小说,后来,尤其是新冠疫情发生后,更多的是在网络上看她的文章。她说网络平台用稿及时，内容相对广泛，更符合她文配图、图配文的发表需求，因为疫期宅家她开始热衷于画画。

其实网上许多文章的质量并不亚于纸本文字，李澄香的文字就经常让我惊喜。这不仅仅是她独特的文字风格，还有她写人物总能透出被写者的内心动作，寥寥数语就透出丰富的情感信息。她能在普通大众中捕捉到有表现力的细节，她的眼光是透过他们的日常劳作而直达精神层面的。她喜欢那些日常生活中的温暖，赞叹他们精神上的升华。

记得有一次，我从医院治疗关节炎回来，膝盖骨还隐隐地痛，读到了她的一篇文章，生动精准地说了许多生活中的不能，却诚恳、中肯没有抱怨、愤恨。我很欣赏这种境界，凡人确实不能样样能，但心无所不能，由此联想，我对关节痛的关注力也悄悄减轻了。

近年我视力衰减，文字越写越少，也越看越少，对艺术作品相应关注多了些，比如李澄香的纸本绘画、石头画和手工缝制。也不知她哪里寻觅来的石头，大多有平坦光润的一面，总体圆形或圆的变形。画的笔触也很简单：只睡猫、一双绣花鞋、一个襁褓中的女婴等，拙朴生动，情趣盎然。手工缝制品比较大，都是宽大裙袍，倒大长袖，大红底色上盛开着牡丹，典型的中国风，细节上却也是中西结合。

我看李澄香的画作更多些，她的画偶为黑白，大多是彩色，她用的是油画棒。她向我解释：就是我们小时候用的那种像蜡笔一样的笔，没什么讲究的。这种说法很容易让人有种不太高级的错觉，谁没有小时候的涂鸦呢？好在我最初是在陈钧德家里看到这种油性彩色绘画工具的，所以知道虽然外相像蜡笔，质地还是有所不同。更重要的是，它仅仅是个绘画工具，各人喜欢不同而已。第一次看到她的油画棒作品是一座桥，同时看到的还有一张桥的照片，很明显，她画的就是照片里的那座桥，只是她把桥两岸的风景画美了，有许多正盛开着的鲜花，鲜花色彩润泽，有儿童般的喜悦，也有成人审美的理性，在结构上就是秩序与均衡之美的体现。

当时我感到非常惊喜，实在太好看了，我对她说有点像莫奈的日本桥。她说是呀，拍的就是一座日本风格的桥。我忍不住把这两张作品发给对摄影有浓厚兴趣的李晁看，问他照片拍得有味道吗？他回答说，照片是不错，但画更好，画完全是从心里出来的。

这个评介完全可以归纳李澄香的个性特质和作品风格。我向来认为，每一幅好画都是一首心曲，和文字一样，虚情假意的画是没感染力的。初看李澄香的画，有一种自我绽放的感觉，这种绽放在她的舞者系列中尤为明显。自由的粗线条，相近的或对比的色彩组合，它们活生生的，好像雨后的花草在向四面突飞猛进，大面积的裙子色块中，只剩了一个抽象的舞者脑袋。当然，这是写意的舞者。你感觉在这一刻，肉体是不存在的，思维也是不存在的，只有一种喷发的动感，或者说，只剩下一颗旋转飞扬的心。

李澄香还喜欢画墙体，基本都是旧墙，除了红砖，还有水泥，后者留有斑驳的水印和污迹，深色、浅色、优雅的灰调子，她用色彩重新展示了细微的物理现象。她还采用对比法，总是在墙前或墙侧画上树、花或者草地，三原色的基调，却不时用一些类似点彩法的笔触，使树与花草有了微微的动感。有时她还在画面上来上几笔紫色，与黄色形成艳丽的互补。而一静（旧墙）一动（花草）的结构，时间、空间都不动声色地表现出来，还特别有味道。

她的花有时也是插在花瓶中的，花瓶旁往往有一些水果，这样的题材很多见，李澄香的不同在于水果不仅仅是搁在桌面上的，也可以部分飞在半空中。这就像夏加尔的飞人一样有意思。

无论何种题材，她的风格都是近似的。比如一棵开满红花的树下坐着一对男女，他们不是直接坐在地上的，而是坐在地毯上，这就大致界定了非农民的身份，虽然是背影，但仍能感受到旅客的休闲。两人中间是一篮满满的苹果，那种安逸不是清淡的，而是丰足的。她的画都有丰足的感觉。她向往田园生活，表现出的画面与我们过去的认知不同。她的画面常有尖顶、坡顶的房子，透着异国情调，而竹篱笆、树丛、蓝天、白云却是通用的，是世界性的世外桃源情调。她的画几乎不厚涂，也极少晕染，从画面上可以看出，李澄香并没有刻意地去进行油画棒通常的混色、层涂、刮除、分层等技法，她完全是从心底出发，随手涂出如火似水的线条和色块，有点抽象，又接近具象，不怎么在意技法，透视有时也不精确，却又有自己的特色，甚至出现技巧般的效果，不知这是不是素人画的特点？

她的人物画不太多，我最喜欢的是她的一幅自画像，蓝外衣，橘色内衣，手捧书本端坐着，一侧是个大靠垫，但她没有像这类题材常见的那样倚靠，凡倚靠大多显得妩媚甚至性感，她的大靠垫只是和床、窗帘、墙体一样，仅仅是个色块需要，人才是独立的存在。这个画中人的长相、神情都酷似真人，与她的其他画有所区别，其他的画都是飞扬的，活泼的，耐看的，自画像却流露出一个隐秘的核心（其实在别的画中也是掩埋着的，要细体察才能感受到一二），那就是一种自我拯救的决心，放下旧日持续的痛苦绞心，勇敢地覆盖、遮断世间的不完美。绘画工具成了她的帮手，她的知心朋友，她与自己沟通的人生武器，而呈现出来的缤纷则是她心相的显露。

她一定在艺术活动的过程中得到了享受，否则不足于解释视力极差的她连晚上都在做梦画画，我愿分享她的欢喜并与她一起憧憬。

2022.4.8

辑一：行旅·宅居

春节的犒赏

春节出去干啥！春节在上海待着多好！看大街小巷，一年能有几天这样的清静？简直成了仙境哪！可大过年的，不出去看看犒劳犒劳自己的眼睛？我俩自问自答毫不歉疚地出尔反尔："去呗！去苏州博物馆！干嘛不！"看了无数次又怎样，好东西就是值得一看再看！

网上给出的提示：年初一、初二高速路不堵。也是啊！回乡的，早赶在年三十前结账走人。咱中国人一年忙到头，不就图个一家子团团圆圆吃顿年夜饭嘛——我这边还在宽慰自己，入了苏州路段，就堵上了。前不见头后不着尾。四下张望，大多为苏E牌照，江苏人民还在春运路上哪，我们这添的哪门子堵！自责已晚了，淹在车河里，只能一寸寸孜孜硌硌往前挪。不知有汉，无论魏晋。突然，无征兆地开了闸泄了洪，一路顺风。本该料到，计划往往没有变化快。原本不堵的路，却被几起不大不小的车祸足足耽搁了两小时。

还好，怀旧的弹硌路上，远远见到苏州博物馆新馆耸立在那里，眼睛一亮，心也顿时安定下来。大师贝聿铭就是有这等本事，他的建筑设计，不仅养眼，更重要的是安抚心灵，再焦躁的心也能让你静下来。那白墙黑瓦乍看简约得没有一丝一毫悬念，细究却处处精心，步步智慧。外观，建筑整体造型与所处大环境和谐融汇浑然天成；入门，水与石，白墙与绿植，明暗关系，正负空间，建筑材料与内部结构，无不完美搭配互生互长。又在最大程度上把自然光线引入室内，照明效果错落有致，美到无以复加……贝老曾说："苏州博物馆新馆的建设，比我在国外搞其他建筑设计要难得多。"

在《国际设计》上看到过介绍，顺话题援引几例：粗略看看贝老设计的国外建筑，哪一幢不是用尽心力、难到极点，又高明到无与伦比？伊斯兰艺术博物馆是贝老的收山之作，为了表现伊斯兰建筑的本质，贝老在中东考察了好几个月,甚至请求卡塔尔的王储专门建起一个岛屿,以保证建筑不被周围环境所掩盖。位于日本滋贺县的美秀美术馆,贝老感动于周边的美景,遂将这座美术馆百分之八十的建筑埋藏于地下,营造出与自然生态浑然一体的和谐。华盛顿国家美术馆东馆,东望国会大厦西望白宫,贝老在充分研究了它的地理位置的特殊性后,采用与梯形场地结构相呼应的建筑形式,最大程度地展示其自身美感和独特性。

也许更多国人知道的,是贝老为法国改建和扩建的艺术宝库——卢浮宫。亲历的观感当然是惊艳。可20世纪80年代初,当人们得知贝聿铭的金字塔方案被选中时,整个法国一片哗然:那个中国人,居然要在卢浮宫院内造一座玻璃的金字塔!

阻力不可言喻,贝老表现了一位杰出设计大师的充分自信和艺术坚持,他甚至亲自去游说当时的反对者——巴黎市长希拉克,他向希拉克保证:通过给卢浮宫动手术,使它和巴黎市重新自成一体。贝老成功了。好的作品,终究是经得起时间和人心的考验的。

多年前有次去北京,下榻贝老设计的香山宾馆。我们两个刘姥姥,上下里外兜了无数个圈了,几乎把每一个设计细节欣赏了无数遍。我与先生当即约定:今后有机会,要把贝老设计的所有建筑都看遍。可惜多年过去,我俩食言了。贝氏殿堂我们瞻仰过的毕竟仍是少数而已,我们因此格外珍惜每一个机会。

眼前这座位于拙政园西侧的苏州博物馆新馆,建筑面积1.9万平方米,总投资3亿多人民币,包括新馆建筑和忠王府建筑,总面积达到2.6万平方米。作为集中展示苏州悠久历史文化底蕴,以及现代建筑成就的苏博新馆,既与已成的贝氏设计异曲同工,又体现了贝老继承和创新地采用"中而新,苏而新"的设计理念,展示和谐、适度、简约又不失大气的风格,力求传统苏州建筑韵味与现代技术的融会贯通……道不尽,看不够。

大年初一的晚上,我们就近入住距博物馆和拙政园不远的民宿,价

格十分亲民,内饰却颇有苏州韵味。房间并不宽敞,但窗外亭台流水,节奏舒缓、养眼养心,可以体会到苏州人的细腻精致。出得民宿我不需要热闹,有面馆就行。我这不喜面食的人,到了苏州就想吃一碗热腾腾盖浇面:爆鱼、烤麸、猪肝腰花双拼各有各的好,先生馋的是羊肉面。点了餐,在古色古香店堂坐等,听得吴侬软语糯到化不开的一声"盖浇面两碗来哉——",小盘小碟端到面前,宽汤细面一大碗,自行拌浇头。那鲜甜柔润,烫烫的一口,从口腔一直熨帖到胸腔,迅速扩散到周身发热。说实话,单为这一碗十来元钱的面,我来了苏州总不想离开,更别说苏州博物馆。我们便临时决定:做个美好延续,去南京,看六朝博物馆。

六朝博物馆是真值得一看。其建筑风格与苏州博物馆一脉相承,一样的通透明净大气,处处经得起细品——本来,六朝博物馆由大师贝聿铭之子、贝建中先生领衔的贝氏设计团队担纲设计,不但传承了贝聿铭设计真谛,且更加体系化地将贝式建筑的几何、光影等要素发挥运用,呈现出与众不同的技术美感。角和线的结合,钢与玻璃的碰撞,方与圆的构成,每一细节恰如其分的表达,成就一座完美的艺术殿堂!

六朝博物馆馆址是原六朝建康城的一部分,建筑面积为2.3万多平方米。其中,地下建筑面积为1.1万多平方米,我提议先从地下开始看。心里的小九九是:万一走不动,先看了实物再说。地下一层的展览主要是六朝建康城的建筑规模、宫殿、城市道路、排水系统以及大量生活实用类文物,还原六朝时期人们的衣食住行。毕竟我是感性而物质的。

事实上地下一层的意义岂止物质层面,它被确立为整个博物馆的根。其间展示的一段长25米、宽10米的六朝夯土墙遗址,是2008年考古工作者对博物馆所在地块进行发掘时,在地下2米深处发现的,经考证为1700年前六朝建康宫城的建筑遗址。正是因为这处千年遗址的出土,才有了今天的六朝博物馆。前因后果扑朔得让人叹息。

看完地下一层,我居然没趴下,超常发挥地走完每一层展厅。谢天谢地!

看似顺利的参观,其实同样来之不易。问题仍然出在堵车上。

初二下午到南京,先安顿吃住休息,给参观博物馆备足充裕的时间和精力。不料第二天的微雨中,我们被抛在没头没尾的长江路车河,直到中午。这路也堵得蹊跷:最热闹的十字路口,横的直的车辆如俄罗斯方块纵横镶嵌。不见警察和协管,倒也没人争吵。红灯绿灯翻了无数次,车辆各自动弹不得。我大大咧咧在马路中央私信：堵了，红灯和绿灯就一样了——寸步难移。友回：堵了，焦虑和宽心就一样了——稍安勿躁。岂知这一"稍"，"稍"了大半日呢。待车队终于松动，我们调头原路驶回。驻留时已经侦察过，周边停车场满满当当根本不可能插进半辆小车。

因为头天打了回票，又见人头济济，初四一早我胸有成竹脱得只剩毛衫单裤，披件大衣，冷雨中边招车边步行。早到了两个钟头我并不懊恼：万一排队我们不就抢了头筹。门岗值守骇笑：排队？那是看前面总统府的，博物馆哪来那么多人。我听了暗自庆幸：人少真好！

可是又冷又饿，满世界找吃的，没一家店铺开门，整个南京城似都沉睡在梦乡。隔壁是博物馆连带的五星级宾馆，我去央求值守，想要进去点一客咸菜白粥，回说："最近不营业，我若放行，饭碗就敲掉了！"只好又退回墙边避风处。"这南京真是又懒又闭塞又——"我气得语无伦次喋喋不休。身边路过的一对老夫妻，竟然站定了耐心听我抱怨。见他们共撑一把伞，都戴着眼镜，白净斯文，儒雅书生无疑。他们态度之谦恭，像是要代表南京人民向我道歉。老太太还从身边布包掏出一袋红枣送给我们——他们不是说去附近的南京图书馆听讲座吗，想必这是他们带的干粮。我推辞，两老执意给，我便领受了这含着温度的馈赠。对，南京虽慢，人心却暖。南京是慢成了木心的"从前"——那又怎样，上海倒是想呢，可慢，大不易。

南京又是如此的丰富瑰丽。参观博物馆我才得知：六朝时期的南京城，曾是世界上第一个人口超过百万的城市，与古罗马城并称为"世界古典文明两大中心"，在人类历史上产生了极其深远的影响。嚯嚯！我的心里五味杂陈。我想，当年的极致繁华，后来的极度惨痛，大起大落的历练，未必不是濡养成南京这方土地的所谓"慢"——其实是一份宠辱不惊的沉稳从容的因素吧。午后时分，在六朝博物馆的大落地窗前，我不经意间瞄了一眼节日里的马路，又堵车了。只见车辆耐心地一点一点往前挪，听不见声音，如梦境。窗里面，象征六朝既繁华竞逐，又战乱频仍的"万箭齐发"的高科技展示效果，令人目不暇接，似如梦境。有一点是确切的：南京，值得铭记，珍惜。

初五迎财神。南京跟上海一样禁鞭炮，告辞时，宾馆前台女子用卷舌音向我们道"恭喜发财"。回程时竟一路顺风——有了先前的堵车经历，这一路的畅通令我们特别感恩：春节快哉！转眼两年，记忆如昨。

在布拉格街头"望野眼"

红白相间的电车,洁净、沉稳、敦厚。现代的,速度的,对比着这古旧遗风的城市,居然两相契合、十分养眼。

电车绅士般行驶,来了,走了。车轮划过铁轨的金属声好似渗入大地,然后从地面传出闷闷的、绵密而温柔的回响,伴随铃声叮咚。好听又含些忧伤。

顺着由远及近的韵律驻足瞭望,电车迎面而来擦身而过,倏忽消失在鳞次栉比、古董般的中世纪建筑群,一时茫然如入梦境,又油然生出小时候对童话世界的憧憬。

站牌就在身边——街道上的站牌常常就在身边,站与站间距较短。布拉格的电车网络是丰富的,几乎每条大街都有轨道分布。整个路面交通,便依托那些四通八达的有轨电车来往穿梭。

我们却选择了步行。街上有太多不容忽略的细节,若是从这一景点直奔下一景点,那简直是暴殄天物。布拉格的接纳,密度高,却轻松而又温和。无需预设靶向目标,就那么慢慢逛,漫漫望吧,上海方言谓之"望野眼"。

作为全球首个被评为世界文化遗产的捷克首都布拉格,历史上曾是艺术、贸易、宗教中心。不知道是怎样的精心保护,才能在今天依然从容地将各个历史时期、各种风格的建筑和街道呈现于世人眼前——古旧的,低调的,含着沉静的气息,当然也可以品出一丝丝的骄傲,耐人寻味。每座建筑每条巷弄都整洁有序。那些不起眼的街角小店,那些门面不大的酒吧、咖啡馆、礼品橱窗,各各透着设计的用心:色彩、造型、品质、趣味等的协调与呼应,显然是被理念支撑的审美充分照顾到的。这种相当普及的艺术美感,不可能仅仅依赖凤毛麟角的设计师的头脑风暴,它应该是传承,是从人之初开始的耳濡目染的艺术熏陶。就像欧洲的许多国家，孩子从小就接受交响乐的启蒙教育，为审美能力打下扎实牢靠的基础。

或许也与信仰有关。资料介绍，捷克人的主要信仰是罗马天主教，此外还有新教和犹太教，各教派信徒占人口总数的80%以上。我不是宗教徒，但我认同周国平先生的说法："宗教精神的实质是对个人内在心灵生活的无比关注……一个人是否具有这种广义的宗教精神，与他是否宗教徒或属于什么教派完全无关。"我相信，关注心灵的精神实质，相对更容易形成一种深入人心的向善向美的同理和内力。那是一种润物细无声的濡养与教化。走在这样的氛围里，似有种安祥的熨帖汩汩渗透身心。脚步不由自主地慢下来，慢下来，这就看到了那堵有趣的墙——

长长一溜墙立在宽阔却不热闹的马路边。不记得路名，应该不是旅游街区。墙面有高矮不等的男女老少全身剪影画像。我端详着那些剪影，发现凡经过的男女老少，哪怕正目不斜视赶路，多半也会停下来，饶有兴趣地凑近墙上预留的孔道，认真观望。我因之自扮黄雀，在后面观望他们，同时得陇望蜀般盼着有人牵条狗来——墙上还画着小狗的剪影呢——我当然也向孔道张望了一番，只见满地的残砖碎瓦上，立着一台工作着的混凝土搅拌机，旁边堆放着铲子镐头之类工具。哈哈！这只是一片被临时围墙隔离起来的偌大的建筑工地嘛！忍俊不禁去看那些观望完毕的人，个个心满意足继续赶路。我与先生相视而笑——这世上，有种风景，既非圣洁高冷富于诗意的月亮，也非满胀物欲别无他想的六便士，也很值得稍作片刻停留，浏览赏玩！

感慨系之，我在朋友圈发了几张照片，仅两字：偶拾。画家项晴秒回两字：有趣。此时的上海正是午夜零点，想那项小姐，也许正欣赏着自己刚刚完成的画作，呷一口香浓咖啡，划拉一下手机屏，手指恰巧就点在了我的"偶拾"上，心领神会、会心一笑。这至多只是一份小幽默轻趣味吧，却在瞬间达成彼此的"懂"。真好。

走在城堡区，当然不可能忽略圣维特大教堂的存在。被称为欧洲最美的教堂果然名不虚传。这也是捷克最大的教堂,拥有上千年的历史。那高耸的、设计繁复的哥特式建筑,因为工期长久,融入了巴洛克及文艺复兴等多种华丽元素,历来享有"建筑之宝"的美誉。它收藏有14世纪罗马帝国波希米亚国王查理四世的纯金皇冠、金球及令牌。

踏入教堂那一刻确有惊艳,很快沉静下来,那是可以让人静下来的圣洁之美。高敞的美轮美奂的穹顶下,遍布的流光溢彩的窗玻璃,将透进中庭的阳光挥洒出天堂般的奇幻意境。精致的雕像和饰品在光的作用下越发熠熠生辉。巍峨朗阔与精雕细琢的对比和相辅相成,无不衬托出这座殿堂的艺术、宗教、建筑、历史的深厚底蕴。这些年的行走,我算见识过一些教堂,大多美不胜收,大多走马观花,记忆混淆。而圣维特大教堂,给我比较独特的感受——它更像一座完美无瑕的艺术宫殿。它厚重,却也轻灵;它高冷,却也亲和。它与街上那些美得贴切的门面、

橱窗，工地的围墙，洁净的道路，有种一以贯之的内在和谐，向人坦露友好温厚的悦纳。

在一个下午——应该算是下午吧——布拉格日长。晚上9点天光尚亮，早上4点晨曦又起。七月初的气候，微风轻拂，阳光清透。我们走累了，坐进街头露天吧，啜着冷饮吃着甜品"望野眼"。教堂的钟声响起，清脆，冷冽，含着透明质感，余音袅袅，在远近各种风格的建筑尖顶间悠悠回荡。我有点冷，服务生拿来红色的薄绒披肩给我挡风。想起三毛说过："说到旅行，其实最不喜欢看的就是风景——那种连一个小房子都不存在的风景，总觉得等于看月份牌。"我的少少的旅行经历还不至于当得起说"不喜欢"，本来，自然风景和人文烟火各有其美，但是平心而论，我站三毛。我喜欢含着人间烟火气息，或者留有人类活动痕迹的美。那里面有俗世悲欢，有道不尽的故事，有让人永远琢磨不透的内蕴和变化。至于纯风光，名信片上的取景可谓最佳。随着科技的发展，电视电影拍摄手段的层出不穷，以及交通工具的推陈出新，越来越多地可能将我们普通旅人无法企及的美景，呈现给甚至足不出户的大众，一览无遗领略得淋漓尽致。

无可无不可地观望眼前的熙攘人流，暗自揣想，哪些是本地人哪些是外来客？哪些人来自哪个国度哪个地区，他们有着怎样的行走故事？没有答案也不求答案。我们可以分辨、归类不同人的外貌特征，却无法窥探各人的阅历和内心。而越是别人看不到的那些隐秘，越是得以区分一个人与他人不同的实质。每个人都是独特的，自带生命密码，自有人生逻辑，旁人很难准确猜透。这，大概也是人文旅行常走常新的乐趣所在的一个原因。旅行是无法穷尽的。一个人到这到那，自觉走得挺远，就整个宇宙而言，其行踪不如蝼蚁。捷克当代最有影响力的作家米兰·昆德拉，他的《不能承受的生命之轻》，似乎是许多人认知捷克的起点，但我真没读懂过，捕捉到的一点意思好像就是：生命是宇宙运转的偶然产物。生命的实质是轻的，我总是原谅自己的不求甚解，何况，每件好作品，本来不会只有单一的涵义，每个读者都可能有自己不同的解读……

乱想着，一张照片伸到我眼前。顺着拿照片的手看去，面前杵着一位披肩长发的漂亮女孩，胸前挂着相机。噢，是的，这照片是她为我们拍摄的，先前她等我们摆出最佳姿态等了蛮长时间，我先生却不配合，顾自侧着身体低头发呆。他并没有在沉思，他只是不配合，他从来不配合别人为他拍照，每每带点孩子气地固执。女孩大概等得有点泄气，最终摄下我俩并不和谐的合影。给我照片时她却是坦然的，我便也欣欣然地收下照片，付给女孩十欧元。女孩满意地离开，她的劳动得到了认可。我也欢喜呢！这丽日清风，这芸芸众生如电影般在眼前过场，这悦耳的钟声，一切的一切，全部免费，一个子儿都没收啊！

日本关西行散记

三月天,乍暖还寒。小陈说:"要是想顺便赏樱呢,就再等一个礼拜比较保险。"

小陈是旅行社客服代表,她是个为客户着想的好姑娘。可若"顺便赏",樱花怎么想?曾去过关东一带,此行只看看关西屋舍,也算是"一期一会"。

(一)从高山阵屋到上三町古街

除了京都府,最受观光客推崇的怀旧都市是高山市。全市人口约10万,年游客量却高达300万,被称为"小京都"。我以为,其经典恬静的古雅风貌和质朴韵味,一定程度上更甚京都。之前,大致了解高山阵屋,那是日本在昭和四年指定的国家遗迹。江户时代是郡代、代官(官职名)

执政场所。所谓阵屋，是官府以及官员宅邸、仓库等的总称。据介绍，幕府末期，日本各地曾经存留的60多处郡代、代官衙门，如今仅此一座。

门口换了拖鞋，步入静穆的、一尘不染的高山阵屋，参观者个个音量降低，屏息敛声，一重一进，缓缓行慢慢看。环境氛围是人营造的，环境氛围也反作用于人。脏乱差的街道，你往地上吐口痰，是不是特别顺嘴？

这座日本现存唯一的奉行所（掌管幕府直辖领地的行政衙门）遗迹，始建于大正十四年（1615年），至今已有400年历史。除谷仓为原建，其余皆为之后仿原样重建。内部空间配置也根据史籍典故还原，包括炊厨以及审讯所等，都依照旧时配比设置。平头百姓，身份地位限制了我的想象，当时官场的运行作派无从想见，唯秩序井然的传统建筑风貌，给人宁谧古雅的审美享受。我没有研究过相关史料，但明白，复制重建是项难度极大要求极高的精密工程，稍有不慎就可能荒腔走板。因为现有著名建筑修建后的拷贝走样杵在眼前（从我家南窗和阳台看下去就是），皮相似存，美感荡然。我固不具备登徒子"增之一分""减之一分"都不肯放过的刁钻趣味和锐利眼光，大致美丑尚能辨识。我知道赏心悦目背后的努力、功力、实力，是我们常人知其然不知其所以然的。那天读到李辉先生《念念不忘梁思成》文中段落，梁思成曾为"建筑师"设计过这样的标准：建筑师的知识要广博，要有哲学家的头脑，社会学家的眼光，工程师的精确与实践，心理学家的敏感，文学家的洞察力，但最本质的，他应当是一个具有文化修养的综合艺术家。内心深恸，梁先生的高标重望，以及他信念、智慧的被轻视，被歪曲，被误读，损失实在无法估量！

出高山阵屋，转个弯，穿过大红色中桥，在流经高山市内的宫川河东岸，古韵十足的老街屋舍渐次隐现。古街由数条街道组成"古町并"，中段的三町，是保存最完好的江户时代住宅。一色的木质平房，格子门窗和隔扇，落落清爽，舒缓透气。款式造型与颜色的浑然天成，表述着古朴安详的韵律节奏。我喜欢木制品，但嫌重没买。空手轻松逛完整条街，无论传统酒坊或现代制品店、吃食铺，一样的温婉静定，没有铺陈到门廊外的货品，没有招徕生意的吆喝，家家商户关着门，你要入内消费，自己动手移门。日本无论大店小铺，移门大多不自动，为什么？省电。嗳，有钱人家日子，真真过得精细。

上三町古街，已被日本政府指定为"重要传统建筑群保护区"。

（二）漫天飞雪的合掌村

白川乡位于日本中部的岐阜县白山山麓，是个四面环山、水田纵横、河川流经的安静山村。白川乡与五个山的合掌村，1995 年入选世界遗产名录。这是日本继姬路城、白神山地等，第六个入选世界遗产名录之处。白川乡最特别处在于著名的"合掌造"。其名象形：人字型屋顶如两手掌指尖合并，等边三角形屋顶铺厚厚稻草芦苇，当地又称为"切妻合掌建筑"（切妻怎么解释？借此就教高明），房子小，整个建筑形态似一本打开的书。合掌屋大多南北向建造，那是考虑减少受风力，调节日照量，使得室内温度冬暖夏凉。这些都是顺应白川乡地区寒冷积雪时间长的自然条件逐渐发展而来。这种建筑工程智慧，大抵世界人类从古便有。

"合掌造"总共 110 多栋连成一片，其中 25 栋经人居住使用过的，从白川乡各地移建、保存到这里。村内按古代农村的模样，建有寺庙、水车小屋、烧炭小屋、马厩等建筑。其中染色、机织等传统工艺等，除表演，还提供游人亲自体验。而最让我欢喜的，是白雪皑皑的白川乡，居然在我们下车踏雪进村那一刻，漫天飞起雪花来，在它是寻常吧，在我却是意外收获。毕竟一整个冬天，上海就没下过一场像样的雪。这场纷纷扬扬的大雪，为那些童话故事里的小房子添一份梦幻，琉璃世界的失重感，正好承载出窍的灵魂。之前怕太冷，特意带了包暖宝宝，结果一片没用着。让雪冻红了双颊冻僵了双手，冷，是雪乡的极致馈赠！雪止，白川乡似沉睡在一片洁白的群山中，让人不忍有一丝吵扰，怕惊了它的美梦。据说白川乡的春夏季鲜花盛开绿植葳蕤，讲述的是另一则童话故事，

可我还是觉得,冬天的白川乡,美甚。

(三)大阪博物馆的往返心路

终究还是把一整天给了大阪博物馆。我对大阪历史并无研究兴趣,只是喜欢看看早先那些简朴的物件,天然材质手工打造,粗拙,却悠悠散发着人类开启生命智慧、开掘生存路径的光芒。从住宿酒店步行到地铁站仅五六分钟,换乘一趟车就到。万无一失的路,回程天将雨将黑,乘错一班线路,计划全乱。我是众口皆碑的路盲,又懒得下载导航软件,眼睛看不清,凭嘴巴一路问询。言语不通,问路难啊上不了青天。那个被问女子,眼看自己等的地铁呼哧呼哧驶来,却不肯放弃扭转我的愚顽,前头领着急匆匆从车头位置走到车尾,下楼,送我们上了对的地铁,她才返身上楼重新等车。其实不止去博物馆,整个关西行,无论是步行,乘车，问路无数次，每次都被或赠地图，或翻手机导航，或画图详解，直到确认我们不会走丢。在一条僻静街道，那位看着最多十七八岁的白净女孩，微雨中一手为我们撑开雨伞一手从背包取出手机详解，若不是我坚辞，她真要亲自送到目的地才安心——难道爹妈没有关照过她，女孩子不要轻易接受成年人求助？我心里一遍遍自责，可我又乘错了车。这次被问到的男子，本来跟我们等的是同一辆地铁，发现我们南辕北辙，讲半天我依然懵懂，他低头默想片刻，只好自己南辕北辙，手一挥带领我们乘上对面反向列车，换乘再换乘，直到我依稀记得的"四町目"几个字出现，恍若隔世再现。一路上我好笑得要命，男子却认真。下了地铁我邀他合影留念，他面无表情站到我身旁，面无表情拉起下巴上的口罩遮住大半张脸，我摇手说"不可以！"他拉下口罩又戴上再迅速拉下，兀自笑没了眼睛——居然是个爱逗趣的冷面滑稽。合完影我要把照片传给他，他谢绝。我并不纳闷。

　　许多许多年前，有位赴日工作的、上了点年纪的同事，回国后被要求一句话谈感想。同事不温不火：从前上海啥样今天日本啥样。众叹：这话狠的！后来出国变得寻常；后来对人情社会、法制社会渐多辨识；后来，诚信友好，契约精神，行为准则。走自己的路，不必费心费力罗织关系网。种种知识碎片，冲击大脑储存。还有还有，木心的许多"从前"——嘿！从前。中国从前老和尚，背了女子过河，放下即忘。

　　——想多了。其实我只能描绘出自己看到的现象或表象，表象之下更深层的本质，如参天大树的根，错综纠葛埋于地底。必有其养分输送的环境气候条件和自身脉络系统，却无法靠简单梳理探知或说清它对每一片叶子的滋养供奉。且住且住。我立定，向载着领路男子隆隆驶离的地铁列车深深鞠了一躬。他背对站台看不见，我心里明白，这是致敬"从前"，以及现代文明。

一脚踏进海参崴

就这么一脚踏进了海参崴。毕竟是近,仅两小时飞行,又是电子签证,无需时日,说走就走。陪军迷先生来个兵器零距离。想那些可以随便看看摸摸的重型炮台和巨型坦克们,正在要塞堡垒恭候我们呢,好爽。

海参崴多好听,俄罗斯人称它符拉迪沃斯托克,你试试,舌头打好几个滚。我可不爱念。我就叫它海参崴海参崴海参崴——本来,它就是中国领土。1860年11月,不平等的《中俄北京条约》签订,中国的海参崴与乌苏里江以东40万平方千米的吉林领土,被划入俄国版图。

　　4天的观光逛吃，亲身感受到海参崴之小：汽车一个左拐或右拐，我眼神再不好也终于发现，遇见的总是那条似曾相识的街市，和那几幢似曾相识的楼宇。甚或，一个左拐或右拐，眼前一荒，楼没了，鸡犬之声相闻，是到了郊野，心头一热，想去推开哪家院子，看看鸡狗们的主人。海参崴规模不如上海一个区县，面积560平方千米，总人口约60万。旧的街道，华丽不如圣彼得堡，蕴藉不如莫斯科，却是俄罗斯远东地区最大的城市，交通枢纽。

走出街区才真正领略这个三面临海的不冻港的天然野趣。我见过的海，有旖旎的，有清丽的，有壮阔的，有深不可测的，也有活泼风情的。海岸线达100多千米的深入内陆的海参崴，本色天然。巩俐穿东北大花布礼服登上奥斯卡颁奖台，人赞返朴归真。海参崴毛糙粗砺，省却"返"和"归"，楞楞的。它地处俄罗斯、中国和朝鲜三国交界，位于亚洲，建筑是东欧风格，洋葱头教堂随处可见。

海参崴港是俄罗斯最大的港口之一，现已开通日本、中国、古巴、美国、加拿大等国的定期航线。俄罗斯太平洋舰队的总部就设在这里。被称为世界12大奇迹之一的西伯利亚大铁路终点也在这里，海陆空运输四通八达。

海参崴火车站留给我极深的印象。这座经受了百多年风雨剥蚀、沧桑而坦然地静立于蓝天白云下的火车站，建成于1912年。真的是又老又旧了。可无论是宫殿式整体外观，三联式拱门入口，还是候车大厅内部的穹顶墙壁，无不典雅精美到令人屏声敛息。它是世界上唯一的陆港火车站，它也是远东地区铁路的起点。9288纪念碑矗立在车站广场。9288，标示这条横跨欧亚大陆的西伯利亚大铁路的千米数世界最长；9288，是西起莫斯科东至海参崴的距离。娜塔莎说，去莫斯科的火车一星期一班，行程七天七夜，"中途穿越87个城市、16条河流"。想起早年读《复活》，为玛丝洛娃流放西伯利亚唏嘘长叹。

倒是真想乘趟一周一班的火车，在车上晃它七天七夜，耳畔是无休无止有节律的咯嚓咯嚓，窗外是无际无涯天穹下的广袤莽原——"火车上有没有浴室洗澡啊？"冷不丁有美女在我发的朋友圈里提问。立刻惊回现实。是啊，这是现代人的纠结。人们普遍追求速度又普遍向往慢，歌颂慢。慢是一份求之难得的美好。可慢，是有代价的。

海参崴历史博物馆的展出内容比我们预料的丰富而客观，它并没有刻意或随意地回避、编造。其布展手法也有许多可圈可点之处。比如有个展区，以一方相对独立的空间布置即视展品，琳琳琅琅。趋近，透过窗户又看到里面另一空间展品的立体布局展示，两者关系既相连又分隔，交代简明清晰。如此将变焦镜头从外部环境转换到观者脚下，景随身移，维度变得更多面更直观，既有助观者深入解读，也十分有效地表现了布展者对展出内容的了然于胸和视觉传达手法的游刃有余。大概因为下雨，展厅人少，安静，可我偏偏开起思想小差，无法集中观展。

　　我在乱想：旅行是为什么？旅行有多少不同形态？最佳旅行方式是怎样的？于我而言，旅行很简单，就是放松身心遇见不同，看见美好。可是简单真有那么简单？要能遇见美、品赏美，就需要具备敏锐的感受力、审美力，及时捕捉美的闪现。而这样的能力仅靠与生俱来不够，相当程度上它来自多元的学习，包括文化的，文学的，艺术的，人文的，历史的，自然的，等等的融会贯通。若要深入探究真相，则更需要累积知识储备，提炼思想见地，滋养悲悯情怀——旅行背后简直是项错综复杂的系统工程呢。真正领略美的精髓，往往需要全身心投入，执著追寻。我们之所以爱读一些意味隽永的文化追寻式旅行美文，也正是因为较难身体力行吧。毕竟，它甚至还需具备吃苦耐劳的体力和不畏艰难的意志力、行动力……

　　那么退一步，让我们学会敬畏和尊重。面对大美，不野蛮暴殄，不轻薄喧哗，敛息噤声，静心悦纳。有句被引用滥了的话叫作：如果不去思考，走再远的路也只是个邮差。我不同意。这没法比。邮差将一封封事关重大或意浓情切的信件准确投递到收信人手里，他收获的是工作成就和人间温情的满足。而作为旅人，面对美景不去深入体察领略，拍个到此一游的九宫格跑路，岂非极大浪费奢侈！

　　可话再说回来：人的兴奋点千差万别，千人千种活法，高兴就好——潜意识里，我这是在原谅自己。

　　去参观潜水艇的路上我才得知，大炮坦克的参观项目以前有，如今已关闭。到底是因为基地整修还是别的什么原因我问了还是没明白，反正是没有这个项目了。有点失落，又不无庆幸：任何实物，与内心憧憬相比，总不那么足道。反倒是一份遥念，自然被酝酿成光大无穷。

潜水艇博物馆也真不错。它由一艘货真价实的退役潜水艇改装而成。这艘编号为 C-56 的潜艇在卫国战争期间，从海参崴出发，横越太平洋，行程近 3 万千米抵达北欧海域，先后击沉和重创德国军舰十余艘，荣获红旗勋章和近卫军称号。

外观庞然的潜水艇博物馆，里面设施极其局促。粗麻绳和厚木板牵起的"床"荡在半空，仅一尺来宽，一个大浪会不会把人甩出老远？舱内螺旋式楼梯也仅半米多吧，我这样瘦小都难随意腾挪，想象那些在器械和零件满坑满谷的狭小空间施展身手的高大海军，不禁感慨：无论胜负，战争总是艰难。而我们，每个参观者都饶有兴致地上上下下，乐此不疲。从来，真正的设身处地、感同身受就不存在。在残酷的战争证物面前，人们也只是开开心心拍几张"到此一游"。

那天出了博物馆，走在冷寂清冽的雨中街道，我请娜塔莎带我去买面包。几年前曾在莫斯科买了几个"大列巴"带回家，凡分吃到的亲友无不夸好。这次正好还有用剩的卢布。娜塔莎很负责任地带我去到一家

雨中街道 20.12'20

经营了40多年的品牌面包店。我指柜台里的全麦黑面包,一口气要三个,胖胖的女柜员竖起一根手指,告诉我只有一个。我退而求其次要另一种,还是"只有一个"。娜塔莎说,他们诚信经营,到晚上卖不掉就不能再出售,所以不敢多做。倒跟上海一样,上海的品牌面包店到了下午5点半一律打折销售。我只好买了4种各仅一个的大列巴,总共260多卢布,折合人民币才30元左右。我告诉娜塔莎大列巴的价格跟几年前一样,口味甚至更胜一筹。她骄傲地说:"那当然啦。我们这里很少变化的,大家都很安心地过日子。"我笑了。变化,可以让人引以为豪。不变,也可以。

这里的年轻人平均工资约三千元,日常生活用品,除牛奶、面包比较便宜,其他跟上海消费水平差不多。这个城市房价大约七千多一平米,年轻人要买套婚房,大不易。娜塔莎轻松地告诉我。

导游娜塔莎24岁,地道的俄罗斯姑娘。她的舌头要滚动出个"符拉迪沃斯托克"几多方便。可她口口声声"海参崴",她纠正"有些中国人"的发音:"是海参'碗'","不是海参'威'"。她的认真让我感动,让我欢喜。

前世今生看埃及

国庆前,得知我要去埃及,有人问:才隔半年多又去,累不累?

确实累。半个多月的巅簸劳顿不说,仅飞机单程,在经济舱狭窄座位绑十多个小时……到达伊斯坦布尔的"首都机场"(这名称是沿用,土耳其如今的首都是安卡拉),巴不得就地赖倒。转飞开罗虽然仅两小时,走出机舱的步履却格外地疲沓滞重。直到中文导游在开罗接了机,我才精神一振:直接去埃及博物馆。我承认,去到一个国度或城市,先看博物馆,永远不失为我首选的旅行最佳打开方式。何况埃及这样一个文明古国的博物馆!

埃及博物馆是由被埃及人称为"埃及博物馆之父"的法国著名考古学家玛利埃特,于1858年在开罗北部的卜腊设计建造的。1902年搬迁到现址开罗市中心解放广场附近。它是世界著名博物馆之一,收藏文物30多万件,陈列展出6.3万件。博物馆因以广为收藏法老时期的文物为主,埃及人又习惯地称之为"法老博物馆"。"法老",在古埃及人心目中是神的使者,是万能的神派到人间维持世间秩序平衡的、太阳神的儿子。在我始于少年的阅读记忆中,"法老"几乎是渺远、炫幻、无所不能的核心代表。当伫立于偌大的博物馆中庭,环视又仰视,以所有感观,形象译介耳畔中文解说器恒温式的娓娓低诉。这座新古典主义风格的砖红色石质建筑分上下两层,高大而宽敞,天花板上镶嵌的漫散射玻璃和二层清透的方格窗户,既满足采光需求,又似一种渺出天际的精神遨游的引领。

从规模而言,埃及博物馆不算最大,可两次参观给我的震撼丝毫没有消减反倒增加。无论是全球公认的"五大"还是"四大"博物馆,我心目中的排序始终有它,大埃及博物馆。事物的衡量准则除了客观数字,大概本来包含了个人内心虔敬和向往的主观尺度。眼前金光熠熠的静穆

雕像，繁复细致的生动刻纹，恢宏与精微的互为渗透，融合出无以复加的大美。那些石、木、金属上的天然植物染色，历经数千年依然鲜艳，让人在惊叹古人高超技术的同时，不能不联想到人力之外的天助。是天助的神力，将信仰、信念转化出种种不可思议的现实。我相信，每一尊展品都有灵魂。

曾听说，如果每尊展品看一分钟，看完全部需要九个月。两次的参观也只能是走马观花。既如此，唯放弃之前做的功课才算明智，无须先参观二层按主题划区展出的最为珍贵的馆藏，再看一层按照年代顺序摆放的文物。对于不专历史不学考古的匆匆旅人，时间无论如何欠缺太多，何不索性心安理得地随心所欲？从来越深厚越包容。面对数千年浩瀚深厚的文化积淀，自惭肤浅亦显多余。只管涵泳其间随意浏览，就是一份难得的滋养享受。我们还占了这里管理粗疏的便利——跟卢浮宫、大英博物馆和台北故宫拥挤却相对有序的现场感受相比，埃及博物馆人少而管理宽松（也许我们来对了时候），许多展品得以近距离观赏甚至有人直接触摸。太奢侈！我与先生因此不再参观馆藏的木乃伊。不为省钱。票价好像是一百埃磅，折合人民币才几十元。有团友汇合时不无炫耀：你们可亏啦，连"他们"白森森的牙齿都看得清清楚楚哎！我听了不为所动。视觉印象如此密集，我的感观已经无法消化木乃伊"他们"白森森的牙齿。

我后来想，埃及这个素有"世界名胜古迹博物馆"称号的文明古国，让人感到奔波疲劳的主要原因，或许正是视觉印象过于密集震撼。其次才是名胜古迹之间漫天黄沙的较长车程。妙的是，这个百分之六十土地被沙漠覆盖的国度，还拥有着清澈碧蓝的红海和长久滋养它、被称作母亲河的尼罗河。天下之大美，必定自带缓急有序、张弛合度的节奏。在红海国际度假酒店，阳光下的泳池里扑腾着白花花的男女；夜晚的迷离灯光映照着鼓乐齐鸣歌舞升平。白黄黑各色人等疯闹嬉戏群情亢奋。于我，那只是休生养息之地。静静充电，准备下一次的"看见"——旅行不就是出去见世面嘛。看好东西，体验不一样的文化。每个人的"好东西"不同，各人找自己的心头之好罢了。当重新出发，4小时车程后，世界最大的露天神庙群——卢克索以北五千米处的卡尔纳克神庙，远远矗立在视线之内。我被奇幻的非现实感击中！对，两次击中！近午时分，坦荡的阳光将直指蓝天的石柱以及绵延倚叠的石块，切割出条分缕析的高光和阴影。那热辣又森冷，崛傲又忧伤的生硬碰撞，令我在38℃高温下打了个寒噤。近了，看得见那些石柱石块上镌刻着的精美图文。清晰，却谜一样难解。

这是供奉历代法老王的神庙遗迹，其规模之浩瀚，建筑法则和布局之严谨有序历历在目，却穷尽想象不够我脑补其盛时完好之一斑。想起早年看过的电影《尼罗河上的惨案》，感叹这外景地选择可谓天作。又联想当时读阿加莎原作，虽已成年，心智却停留在一波三折的故事层面，还有两位女主人公的美貌优雅。以为简明扼要抓住了重点，却错过深妙精髓的充分领略。倒是眼前景象对原作的复盘，超出我的记忆质重——那美不胜收的银幕画面，那充满异域风情的电影配乐，在明暗夜行步步惊心中幽然闪回。故事的展开空间其实有限，就在尼罗河的一条游船上。人物也有限，就是船上的游客，却因为来自不同阶层，缩影出丰富的社会众生相。

说阿加莎是侦探女王真不够。她不仅仅在小说里层层铺设抽丝剥茧，周密还原和揭秘了故事真相，她更揭秘了人性真相，探究出人们不幸的根源——贪婪，欺诈，良知缺失。她笔下的爱和恶缠绕纠结：那一对形貌姣好的年轻男女，贪婪到不惜遁入谋财害命的绝路，却在赴死的最后一刻，坚守对彼此的爱和袒护。试想最终，贪婪和无辜的人们无论高下不分彼此，都将长眠世外。这是电影？是小说？还是本质世相？美到让人心悸的卡尔纳克神庙遗骸，几生几世屹立尼罗河畔，它见证了多少爱恨情仇？它开掘了多少蓬勃生机？早已进入"欲说还休"人生阶段的我，是读者、看客，更是沧海桑田中一粒肉眼不见的尘沙……我内心复杂而恍惚，想到的词汇却纯粹而单一：无谓、无为；放下、放空……

离开卡尔纳克神庙时的偶一回望，那疏立于肃穆坚硬的石柱石块间的、炎炎烈日下形影相吊的苍劲绿树，让我惊艳、惊心——它们，是在表述与3900多年顽石对照出的生命的脆弱短暂？还是在喻示：活着就得坚忍顽强？

　　茫茫沙漠的一路巅簸中，我留意到一个现象：凡有街市，总会看见许多不完整的小楼，就像前些年国内偶见的"烂尾楼"。即便在被称为整个中东地区政治、经济、文化和商业中心的埃及最大的城市首都开罗也不例外。我每每疑惑。小苹果说："那不是，呃呃呃，'烂尾楼'哦！"原来埃及人喜欢买地盖楼，通常一个家族买一块地，父辈出资造一层全家居住，然后儿子结婚需要房子，自己加造一层。轮到小儿子或者孙辈需要住房，再造第三层。反正埃及有的是好天气，裸露的房架子不会被雨水侵蚀损毁。我感慨："埃及人对人生和生活有足够的信心和耐心，才会一辈一辈慢慢造房子过日子。"先生的看法却相反：也许这正说明他们没有未来只顾眼前，活到哪里算哪里。我听了心下叹惋：这号称七千年文明积淀的神奇土地上，人们真的只顾眼前、只活在当下？但我没有辩驳。人性和人心之复杂，让我不敢一言以蔽之。况且，只顾眼前只活当下，不也是我们今天越来越多人的信奉和选择！

　　小苹果是这次埃及行的导游。上次行程的导游是HABIBI。他俩都是埃及人，都学中文和旅游专业，中文口语的剑走偏锋都难免：音调高了低了，舌头卷了直了，偶尔声母错了语句倒装了。基本能听明白。记得上次，接机后HABIBI教我们："HABIBI是埃及人的问候语，意思是'亲爱的'。"我们记不住他的名字，便称呼他HABIBI。HABIBI自我介绍"今年39岁，有一个老婆三个孩子"，我心想，若是倒过来，三个老婆一个孩子才需要强调嘛！转念一想，有资料说埃及的男女比例是45∶55，女多男少，一个男子在政策范围内最多可以娶4个老婆。HABIBI矮墩墩的，长相颇似我们小时候玩的扑克牌上的皮蛋（Q），温和而标致。

小苹果年轻帅气，"呃呃呃呃"是他话语间的连接词，大概也是他自留的直译词语的选择时间吧。他话说到一半会突然停顿：我忘了，说到哪里了？神情坦然而无辜。他还没谈恋爱，却宣布以后要娶四个老婆："不同国籍的女孩，可以让我学习不同语言和不同文化。"他与我们团队几个年轻人一起逛街一起去夜店消费，打得火热。行程结束，小苹果无论如何不肯收我递给他的小费，因为我在餐厅掉了一件毛衣一顶草帽。他只是对大家强调："不许忘记我哦！以后我到上海去，你们要请我吃饭哦！"

我没忘记小苹果和HABIBI。也清晰记得中秋节的清晨，我与先生坐上小船在尼罗河里漫无目地悠悠荡漾。当冉冉升起的朝阳将黑黝黝的码头啊，近处远处的坡啊树啊一点一点照亮；当宁谧涨溢的乌沉沉河水染上一层波光粼粼的金红，我在心里反复默念一句现成话：岁月静好岁月静好岁月静好……

从锦江迪生到张爱玲故居

我自己在家对镜剪发久矣,不化分文,也无求于发型师。但常会想起他们,想起与他们的交往,想起他们的敬业和谦恭,想起他们留给我的片断印迹。隔开时空的回望,少了实用价值多了审美意味,也添些对人性的体察……

顺便,我会逛逛锦江迪生。不算最顶级,却也绝不是我日常消费得起的,对我来说,它高于生活。讲真,那样的精雅细致其实也不是我的菜。我喜欢的是那环境。店堂里的消费者,包括我这种眼睛消费的免费者在内,永远都是屈指可数。背景音乐似有若无流淌,绝不会有突如其来的色彩和声响,引起视觉听觉的疲劳不适。平直简单的货架上,或是皮手袋,或是丝绸领带,或是水晶器皿……一个,或者一组,空落落地陈列着,各由专属的灯光晕出一抹淡淡的投影,有些落漠,有些孤芳自赏,便也涵些卓尔不群的尊显意味在里面。

自动楼梯将要滚动到三楼时,远远地,依稀瞥见玻璃幕墙里面,那些镜里镜外空落落的不锈钢架座椅。每次,前台小姐都殷勤而程式化地打着"请"的手势导引我先坐到休息区沙发圈等待。她拿出一叠小纸片让在最上面那张签了名,才不慌不忙拿去通报——安,这时候在干什么呢?不知道。是服务生前来帮忙更衣、放手袋,挂外套。

如此一番铺陈,安的出场便也有了些大牌意味。

安的态度倒是十二万分的谦恭:某老师啊,我早几天就在琢磨你的发型了——你看哦,这么一小绺一小绺挑出来烫,烫过的呢就比不烫的要短一些;没烫的呢被烫过的这么撑起来,这样就可以达到你要的层次感和又饱满又不卷曲的效果了……每次他会有一些新的想法,每次他没说完想法,我早在镜子里一个劲地点头——我没那么讲究的呀,就是头发长了而已。但人家那么用心,为你一个发型要琢磨好几天,实在是让人感动。早些天朋友Z去烫了头发回来，说："贵是贵点噢，但有人记得你，拿你当回事，何况效果确实不错，蛮值的！"

安的"拿你当回事"，可不仅仅体现在做发型上，那叫年年月月（要说天天是夸张了）的感情投资——逢年过节，手机上肯定会有他的祝福：恭贺新禧节日快乐，等等等等；换季了，他提醒你：添衣。避暑。多多保重；不冷不热平安无事，亏他也想到发个"劳逸结合，忙时莫忘休闲"之类的短消息。那时还没有微信。当然这不是他的原话，原话顺口押韵一套一套的，我背不上来。也有关心的询问："某老师，头发容易打理吗？"或者"发型还好吗？"之类，通常是在有阵子没去店里，头发确实不那么妥帖了的时候。你想想，这种人情味十足的短消息，难道也只值一毛钱一条吗？你再想想，我们这种脸皮本来不厚的女人，不为发型，单为受人之礼久了不去回馈一下，做得出来吗！我暗自忖度，安的心理学功底，绝不比发型技术差。

通常，安给我的印象，都是穿着合身的茄克衫或牛仔服，细长腿的牛仔裤上敲了许多的铜扣铜钉，底下一双笨笨的大头皮鞋，是日本动漫里走出来的帅小子。这天他的头发却不是零零落落拢在肩上，也不是黄黄地炸开在小脑袋上，而是整个地笼在一顶黑色绒线帽里，衬得眼睛更大下巴更尖，唇红肤白。映在镜子里，是个弱不禁风的小女子侧影。我说坏了坏了，安啊，你一东北男孩子，怎么一点不像五大三粗那种啊。

"没有发育好嘛，所以不够有型喽！"安心悦诚服得像要道歉的样子，却话锋一转："不过如今正好流行中性形象喔！我不经意间还赶了回时髦呢。再说了，老师您认得的东北人肯定都跟艺术沾边，当然不会五大三粗的啦！"

呵呵，你看安，像是在恭维别人呢，怎么顺带着倒把他自己给夸了一回！

或许，这个行当的男孩子大多有些女相的吧？之前的阿忠好像更甚些，神情常是如今女孩子都难得有的腼腆羞涩。阿忠话少，却把自己穿

戴得叮铃当啷,脑后扎百十来条长辫子;把家里的墙壁、柜子、沙发画得花花绿绿;把一件现成的衣裳剪开、打上补丁;把……这叫能量守恒或者能量代偿?我也不明白,反正,这个闷声不响的大男孩,把到手的一切折腾得叮铃当啷。给他做家务的阿姨告诉我:阿忠最厚道,做错什么他都不责怪,人家再怎样不讲理他都不跟人争吵。

咦!说回安吧。有次安请另外两位朋友吃饭,我是正好去理发,撞上的。与安一起出了锦江迪生,步行去不远的饭店。安瘦高,步子大,我觉得走得蛮快的。天已擦黑,街沿一小孩儿蹒跚着跌倒,安正说着话呢,紧走几步将小孩拎起,扶着站稳了他才直起腰,嘴里的话竟也不曾打个格楞。那番自然,是时刻在线的节奏。

安剪头发最大的好处是,不要你摘眼镜——说实话,让客人摘掉深度近视眼镜,瞪着双恐龙似的茫然小眼摸摸索索坐下,是十分无礼无趣的。安也不吩咐你"抬头""侧脸",你怎么坐都行。坐舒服了,他用细长的手指挑起你的一绺头发,剪刀尖对着头发尖,小额小额地挪移、下剪。移完一遍,剪刀横过来,轻轻修齐手里的发梢。然后,安弯腰把头挨到镜子前，边一丝一绺地调整，边端详镜子，直到满意为止，他才挑起第二绺头发。

头一天刚刚看到有报道那什么发型公社，把顾客烫伤得面目全非，云云。我说："安，幸好你现在不在那里上班了。"安说："我就是因为那事出来的，虽然不是我们分店，但那样对待顾客真的太不应该了。"

找安的电话很多。安接电话前总是先歉意地说"对不起"，我说没事你接听好啦。他就一手握着手机，另一只手梳理你的发梢。安接完电话说，都是老客户。预约剪发、烫发，有电视台上节目需要美容美发的，有杂志拍封面需要做发型的。我就想，安好忙啊，能平心静气接待我这样的散客，做的只是基本项目，消费有限，真难为他。可我又纳闷，有时候我并不预约，径直闯去，安都在啊！怎么忙得分身乏术似的了？噢，如今我早已释然：当初我纳闷是因为我没把安的发型屋当成生意场看。我这人容易犯想当然毛病。什么场合什么人你要设身处地，不高看也不低看，会有什么不明白？这如今的生意场，不说也罢！再说社会上也确实难得有做出点名堂还沉得住气的人了吧。安如此努力，又如此年轻姣好，还要怎样。

顶着个新发型回家，家人说你不是去剪头发的吗？怎么没剪就回来了？嗨，我晕！想想，剪头发，本就是个放松身心维护常态的过程。

安搬去常德公寓，当然发了短信通知的。一度，我也跟了去。中间还曾随安去过淮海中路的金钟广场楼上，时间比较短暂，我记不清了。常德公寓，这幢因张爱玲而闻名的临街建筑，还有多少她笔下的痕迹？

英国产的铁栅栏式电梯换了轿厢门，粉绿色。给张爱玲送报纸牛奶的、会说英语的电梯工当然不复寻觅，今天的电梯间坐着一位样子单薄、口音单薄的上海中年女人，生硬着嘴脸，想是专为阻挡络绎的媒体和寻访者。申城突然冬寒，虽是刚过午，风却紧。安的发型屋温暖如春，绵软乐声和绵软沙发很容易让人盹着。挑空复式厅堂顶上枝型吊灯的柔光，楼上窗台纷披的五颜六色的花枝……渐渐迷离。镶着繁复花式边框的立地大镜子里,恍惚映出飘飘黄发,我打起精神搭讪说张爱玲若是活着,大概要下楼来找你理发的吧?安矜持一笑。此刻唯他的客人最重要,安真的是尽职尽心。又想起腼腆羞涩而天马行空的阿忠。他俩在同个行业打拼,却绝然不同。对付今天的社会,安比阿忠得心应手太多。可要是阿忠在,我会更愿意去找阿忠。我明白:当今社会,知羞是多么稀缺可贵的品质。

隔着厚厚的老砖墙,常德路、南京西路或是华山路上,轰轰的汽车声一阵一阵回环往复,不时还夹杂着飙车的巨响,气壮山河。当年张爱玲在深夜的阳台上看排队回家如疲倦待洗的孩子般的电车,和那"克铃、兑赖"的节奏,都只留住她笔下。世人世事变换纷呈,张爱玲在她的作品里不朽。瞻仰故居,不如读张爱玲。

那天回家,我三下五除二把新做的头发洗掉。从此再没去安的发型屋。

走进丹麦童话王国

在浦东机场接到通知：预定的法航巴黎转机临时改为德国汉莎航空，从法兰克福转机，出发和到达时间相仿。旅途中的未知实属平常。不问缘由，换个航站楼、登机口而已。

抵达哥本哈根是当地时间早晨八点多。六月初的气温，不到20℃，凉爽适宜。作为北大西洋公约组织创始会员国成员的丹麦，因经济发达，福利高，贫富差距小，被誉为世界上"最幸福的国家"之一。而我对丹麦的认知，先是童话大师安徒生，后是"生蚝"事件——是一两年前吧，有媒体报道说丹麦生蚝泛滥成灾，文字配照片，生蚝满坑满谷。美味海鲜怎容泛滥成灾！中国吃货们义不容辞，纷纷奔赴丹麦，"助人为乐吃生蚝"。我没助人，如今姗姗来迟，只想逛逛这座"童话王国"里的"最美首都""最具童话色彩的城市"。

（一）哥本哈根的表情

街道不宽，纵深望去，那些尖顶红砖墙楼宇被阳光刻录成好看的几何块面，参差铺排在2寸见方排列有序的石砖路上；街边的玻璃橱窗里，风影摇曳闪烁其辞，偶尔有人影栩栩生姿。虚实间，明丽又绮幻，静谧又神秘。无需用脑，只管慢慢地慢慢地，一条一条街晃过去。

近午，行人依然寥寥，街沿挤挤挨挨的自行车阵，无声解读城市与人的关系。哥本哈根被称为"自行车上的城市"，果然。人们对自行车的热衷，并未随着收入水平的提高以及高纬度的寒冷而衰退。突然想起一个小羊倌答记者"怎么度过一生"的提问：放羊，娶媳妇，生孩子，孩子放羊。站在自行车堆里我就地代换：宅家，骑自行车，创造财富，宅家与骑自行车。不禁偷乐：这幸福指数与物质丰俭，还真没什么必然联系。

不知不觉逛热了，腿也疼了，想找家甜品店歇歇。每次到欧洲，我总是纵容自己放开胃口大啖冰淇淋。贪的是优质环保、优质食材、本色口味。这点小嗜好在我去过的东欧西欧各国并不难满足，可此时遍寻不得。忽然想起导游接机时介绍：北欧人腼腆害羞，虽是世界富国，整体学历全球最高、创造力最强，却不善表达，不懂广而告知宣传自己——是不是跟中国古人的低调美德有点相似？可这美德，生生劳我多走无数条街啊。

终于在一家不起眼的半地下室，恶补好几杯甜度温和、奶味醇郁的冰淇淋。原来这里的许多店铺开在半地下，不起眼，稍不留神很容易路过错过。这却是整栋楼最贵的楼层。由于气候干燥，底楼的地气湿度更

适宜物品保鲜。可谓一方水土养一方物。也才注意到,哈根达斯字母不是英语是丹麦语。那个"a"字上面比英语多了两点。

(二)马路边的安徒生

转过整排整排的红砖墙,看见比真人大得多的安徒生铜像,他的背后是市政大楼。市政厅广场对面有商场和大酒店,他的另一侧是马路。腼腆害羞的天才,曾经预料过没有,他与他的作品,终有一天昭然市井、妇孺皆知。

他本不该自卑啊!他的傲立是这个世界对智慧的礼敬!

汉斯·克里斯汀·安徒生,生于丹麦(1805—1875)。这位"世界儿童文学的太阳",自卑,自闭,认为自己又穷又丑,不愿接触外人。一生未婚的他,把满腔对俗世生活的想象、憧憬,全部倾注到童话中。他脍炙人口的代表作数不胜数:《小锡兵》《海的女儿》《拇指姑娘》《卖火柴的小女孩》《丑小鸭》《皇帝的新装》,等等等等。

可在临终前不久,他对一位年轻作家说:"我为自己的童话付出了

无可估量的巨大代价。为童话我拒绝了自己的幸福,错过了一段美好时光。当时,尽管想象怎样有力、如何光辉,还是应该让位给现实。"话语间不无遗憾惋惜。但是不会有人希望置换给他另外的所谓幸福,包括他自己。他必定已经从他的创作中获得了无法估量的补偿和享受。当一个人心无旁骛只取一瓢饮,当沉舟侧畔千帆过,满眼里仍是春之万木在前头。此消彼长的极致,才是不二选择的深不见底的根由。

安徒生塑像仪表堂堂,但与我在腓特烈城堡看到的他年轻时的画像大不相同。

(三)美哉,腓特烈城堡

腓特烈城堡位于丹麦西兰岛北部一个叫海勒欧的小城,距哥本哈根市大约40千米。这座建于17世纪的古堡建筑群,坐落在风景秀丽湖光照影的三个小岛上。作为历代国王的行宫,美轮美奂的艺术气息使它素有丹麦的凡尔赛宫之称。它又因罕见地与国家历史博物馆合体,而被奉为欧洲第一。

丹麦国家历史博物馆自1878年以来一直设立在腓特烈城堡中,四层六十多个展厅。除教堂、觐见室、餐厅、宴会厅等富丽堂皇的房间外,博物馆还收藏了丹麦最主要的部分藏品,包括肖像画、历史画以及装饰艺术佳作,等等。时间系列藏品勾勒出丹麦从1500年至今的历史。整个城堡区规模之大,藏品之丰富,不是一天两天能看完。据介绍,洛可可建筑风格的城堡教堂如今向公众开放,它也成了哥本哈根很多新人举行婚礼的理想场所。

从博物馆窗口瞭望,可以充分领略后花园的静谧优雅,如果体力和时间允许,真该去花园走走。但我觉得,透过窗格静立远眺也非常不错,距离之美可以产生于任何人与事物间,比之近观、俯视、纵览往往具有别一番深远旷达的感受。

无论国王还是皇亲国戚,丹麦最有名的一个人,当然还是兼童话作家、诗人、剧作家、剪纸艺术家、游记作者、画家于一身的安徒生。在博物馆的名人画像中,我找到了安徒生。画像上的他不如雕像魁梧,显得瘦小而怯弱,或许这更接近他本人——可是安徒生,这就是你自卑的理由之一?你若自卑,常人怎么活?

至今,《安徒生童话》被译为150多种语言,在全球各地发行出版。他曾发表游记和歌舞喜剧,出版诗集和诗剧。1833年出版的长篇小说《即兴诗人》赢得国际声誉,是他成人文学的代表作。

(四)丹麦的片鳞只爪

离开丹麦的前一晚,将近午夜,我撩开酒店窗帘一角,哥本哈根这座童话城,天光尚明。我的心头,却为没能去成安徒生故乡浮上一丝阴影。安徒生出生地欧登塞,距离哥本哈根仅一个多小时车程啊,怎奈团里一半以上人否决。这是我的失误。通常,若是跟团出行,我总认为小团好:一是意见集中,人多七嘴八舌,最后只能混个大呼隆;二是时间集中,人多总会出现等这个逛街回来,等那个化妆完毕的尴尬。我们这个十人团,也确实让我享受到人少的好处,司导服务更精准。崭新大巴一人一座更舒适自由,累了甚至可在后排躺倒休息。可我忽略了:人少,一个人的意见就占相当比重。安徒生故居,团里六七个人不想去,决定性地扭转了乾坤。导游对我们少数派说,人太少费用太贵,公司不允许临时成团。我只能怪自己,事先没有做好功课。

但我很快释然:妈妈拉扯我们兄弟姐妹长大极其不易,我小时候的最高理想,朗朗上口的是"长大当个科学家",私心里的祈盼是"除了吃饱饭还能有点棒冰话梅含含"——我不曾拥有过安徒生和他的童话。再说,安徒生早已属于全丹麦、全世界。我,何需耿耿于那个叫欧登塞的地方。

丹麦这个世界上最古老的王国,历经战争磨砺,终于成为欧洲的文化大国。它悠久辉煌的历史、古老奢华的建筑、丰沛旖旎的自然风光,无不令人神往。今天,丹麦的技术在欧洲这样一个科技发达的地区仍属首屈一指。它几乎没有科技实力雄厚的大公司,但很多世界巨型企业都要向丹麦的小公司购买技术。丹麦顶尖的大学和良好的科研气氛,助推了它富强后面的可持续性——噢,想起来了,据导游介绍,汶川地震期间,将近15万挪威人和丹麦人,有意向去领养失却家园的残疾儿童。我没有考证过数据。高晓松在一篇《在北欧,我觉得自己内心很丑陋》的文章中写道:"怀着特别阴暗的心理问摆渡车司机,你们国家花那么多钱援助别人,还接收了那么多难民,税收也这么高,老百姓对此有什么想法吗?结果司机大哥特别平静地对我说,我们国家这么富足,难道不应该帮助别人吗?人家难民颠沛流离,难道不应该收留别人吗?我们有这么多的资源,难道不应该跟人分享吗?"高晓松说他听得目瞪口呆。而我,只是到此一游的过客,连目瞪口呆的机会都没有,我甚至没看到多少丹麦人。但我明白一个道理:同情和帮助需要帮助的人,是一种真正的富有。

值得细细玩味领略的一切,于匆匆旅人都如片鳞只爪,却也是令人愉悦的印象。我会记得,我会想起。

在挪威看凡俗听寂静

电脑上键入挪威两字，想：再去挪威，还去雕塑公园发呆，还去市政厅上厕所，还乘峡湾游轮……世上好风光多的是！怎没点创造力想象力？啊不，作为一名游客、旁观者，想"再去"，通常也就是想放慢脚步看看听听，而已。

（一）从雕塑里看世相

从挪威首都奥斯陆市中心乘车，去维格兰雕塑公园不到 20 分钟，窗外绿化渐浓，人迹渐稀，是谓渐入佳境。当视野豁然开朗，当一股森冽之气宁神醒脑，已经是站在了林木葳蕤的雕塑公园里。

一组黑中泛绿的裸体人像杵在眼前。无声，却见生命力量涌动。注目，然后慢慢移步，与散落各处的人物雕塑默默招呼呆呆对视。

雕塑或一个，或一组，或立，或坐，举手投足形神各异。细腻逼真的形象语言，不同关系的肢体互动，喜、怒、哀、乐，栩栩如生。朋友间的坦诚相向，恋人间的柔情蜜意，父母的呵护照管，孩童的蹒跚学步，年轻人的充沛活力，老年人的落寞孤寂，熟悉的人生状态人生故事里，你能看到凡俗世相，读出世相中的自己。

西方人物雕塑注重形体，大多为全裸或半裸，肌肉发达体魄强健，旺盛的生命力喷薄欲出，给人直白、明晰、奔放的视觉冲击；中国的人物雕塑通常身姿曼妙，连衣褶都层层叠叠细致入微。琵琶半遮，提供更多想象空间，是含蓄委婉的表达。

文化理念差异，没有对错好坏。

如今东西方融会贯通加速，艺术有了更广阔的表达和接纳。几年前有次，我在上海"新十钢"的一个艺术展上，看到以作家王小波为原型的人体雕塑，因全裸而逼真写实，使得这次巡展成行不易。其作者，广州美院雕塑系郑敏,以及王的妻子李银河,都曾受到很大压力。

彼时观念使然也无可厚非。

不同地域根深蒂固的文化背景,不但支撑本土文学艺术作品的内在精髓外在形式,同时渗透人们生活方式和行为细节的方方面面。当然写实不是记录,其抽象、强调、概括、提炼……基于现实、超越现实的艺术真实,才更具直指人心的震撼力量。

眼前的艺术真实正是这座公园别称的由来:人生百态公园。园内全部雕像,由作者历经 30 年独自一人创作完成——像个悖论:对生命和尘世深入骨髓的爱,反倒令艺术家不可能身体力行耽于俗世红尘。说到底他是在艺术实践中千百倍地体会和寻求人生意义,获得心灵慰藉。

作者古斯塔夫·维格兰（1869—1943），挪威雕刻家、版画家。他总是在生命的悲欢中寻求主题，充满想象力。代表作是1905年开始策划的奥斯陆弗罗格纳公园的雕刻系列群像，共212座青铜和花岗岩雕塑。他不属于任何流派，但该创作据说受罗丹"地狱之门"的影响。他因此被称为北欧的罗丹。

（二）去市政厅上厕所

我懒，但来到一个陌生地，总喜欢去街头走走看看。雕塑公园一场突如其来的大雨让我领教了挪威气候的乍雨乍晴。奥斯陆街头的行走，却是难得的蓝天白云阳光明媚。十几度的气温下居然汗津津的了。午餐后更觉困乏，想找个洗手间休整一下。马路边多的是咖啡馆，可我素来过午不喝咖啡，身边又没有挪威克朗。吃饭购物可以刷卡，花个零钱倒麻烦。

犹豫间见市政大楼就在不远处矗着——这可是每年举行诺贝尔和平奖颁奖仪式的殿堂，又是这座海洋城市的政治中心，官员们都在里面办公呢，论庄严真够庄严。可是人们随意出入那扇厚重的浮雕大门，没有警卫和工作人员。广场上还有不少人戏耍聊天，说休闲也够休闲——这本是游客参观打卡之地，何不进去上个洗手间。

看来与我"略同"的"英雄"不少。身边就有六名男女叽叽咕咕聊着日本话，与我先后进了大门又几乎同时出入洗手间，随后眼看他们叽叽咕咕扬长出了市政厅。我却被勾住了脚步和眼神。

器宇轩昂的市政大厅（百度立查：面积1500平方米的大厅挑高20.8米），四周墙上全是油画作品，放眼望去颇有气势。

细看，那些油画不同角度地展示了挪威人民的工作和社会生活。有反映以海盗起家的题材，也有表现"二战"时期挪威沦陷的历史，以及描绘挪威四季的自然风景，等等。

这里的全部画作由挪威的艺术家们从1900年起，在50年间不断装饰润色，才得以完美呈现。

顺着台阶步上错层，长廊里陈设着陶瓷雕塑，和反映诺贝尔和平奖颁奖盛况的大幅照片。长廊一侧的一个个房间各有不同的布局和展示，从家具摆设到人物壁画自成主题。

窗前看得见辽阔海景。

我目不暇接，边看边想，这趟洗手间上得真值。无奈体力和时间只够挂一漏万匆匆浏览，可我还是为那六名掉头不顾的日本男女惋惜：你们忽略了美轮美奂的艺术展览，仅上个厕所岂不亏大了？

转念一想兀自莞尔，人家匆匆而来"冲冲"而去，岂知不是早已偏了这一席，因上厕所而得的视觉盛宴。

"挪威，连续多年被联合国评为最宜居国家、全球最幸福……刚刚结束不久的2019年评选，又获2018年全球幸福指数第二名。"文本措辞宏阔，我一匆匆过客能说出什么？说说逛街体验吧——居然，被我简化成上了趟厕所。

（三）峡湾无声胜有声

据说，世界上百分之八十的峡湾在欧洲，欧洲的峡湾主要在北欧，北欧的峡湾主要在挪威；据说，挪威的峡湾景色，在世界美景中名列前茅。

如果说许多的"据说"让我对挪威峡湾充满好奇，那么从奥斯陆驱车前往哈当厄尔峡湾，一路的山势峭拔、空谷回声、静水深流。在游轮上饱览松恩峡湾的山峦起伏，层林叠翠，碧水澄澈……则丰富了我对挪威峡湾的感性认知。

在游轮上观赏峡湾，两岸植被丰茂，碧波荡漾宁静安详，是如诗如画的田园风光。当海鸥在蓝天白云下翱翔，当它们与似雨似雾的点滴水珠一起落到我们头上、肩上，那种纯粹爽净，任何形容都嫌多余。唯默默领受……

默间我倒想起来，这松恩峡湾号称"峡湾之王"，最深达1308米，

全长204千米,是世界最长最深的峡湾。可这毕竟是海水,却完全没有海的咆哮和张扬,它怎样体现海的威风海的脾气?它有没有海的性格和力量?

"拿来"我做过的功课,"百万年前,在高纬度地区,大陆冰川和岛状冰盖伸入海洋,冰川谷在海面以下继续深掘,拓宽床,……冰期后海面上升,下端被海水入侵淹没,形成两侧岸壁平直陡峭、谷底宽、深度大的海湾"。

是了,百万年来,冰川,海水,整个地球,无时无刻不在运动,它们坚韧、执著、夜以继日,一点一滴,"深掘""拓宽""入侵""淹没",咬紧牙关步步进逼,成就了现在的峡湾。

百万年后又会是怎样的景象？我无从知晓。思维却据此生发：性格和力量，从来不只一种表现形式。海与人一样，地域不同、条件不同、生成和造就过程不同，主客观能动性不同，内外气质当然不同。

谁都知道橘枳不是一回事。

海，可以气势磅礴，宏远浩瀚，波澜壮阔；海，可以毫不张扬，静水流深，波澜不兴。大自然无言启迪人类：拓宽视野、开阔心胸，去认识和悦纳更多不同。

正因为大自然鬼斧神工、气象万千，才让人百般猜详、探究、憧憬、迷恋——岂不是它的魅力所在！世人世事各具姿彩难道不是吸引我们去体会、分析、欣赏、认证的充分理由。

那晚入住哈当厄尔峡湾小镇。车行一路，景观奇崛，似前奏，迤逦延续到小镇，是又一重高潮。那股以沉默传递出来的力量，那份因静而听得格外分明的灵动丰盈，引发我太多感慨。是另外的篇章。

夜宿峡湾小镇

从挪威首都奥斯陆驱车315千米,前往哈当厄尔峡湾。一路山势峭拔,静水深流。倏忽,车转弯,一挂银练豁然于天际,飞瀑湍急,纷涌跌落,是为著名的武灵瀑布。司机放人下车。遥对迸溅轰鸣,越觉出空谷凛冽寂静。兀自且赏且担心:此番隆重,让前方峡湾小镇怎生当得起接应。

竟是一场盛大的以静制静。

小镇阒寂,不闻鸡犬之声。入住酒店,不去等狭小电梯,直奔楼上客房凭窗:水天一色奔来眼底,连绵远黛丰茂如绒。红黄蓝白散散点点,屋舍俨然与花草树木相依相生。不由深叹,大自然鬼斧神工,岂我等能轻易参透!

餐厅里灯火朦胧,虽不是烛光晚餐,却也情调浓浓。我们却等不及汤菜次第上桌,三口两口吞下晚餐匆匆出门。是喧嚣市井浸淫已久,也是田园风光太吸引人。我本小镇控。也曾见识些许:欧亚中外,有名无名。荒芜富足,丰俭各异。萧疏有萧疏的野趣,富庶有富庶的恣肆。清静有清静的韵致,热闹有热闹的欢喜。只要不是电喇叭刺耳叫卖塑料制品,一概无力抵挡。遑论这仙境般峡湾小镇。

不觉轻吟《桃花源记》,开了个头就顿住。偌大个镇子,不遇"黄发垂髫并怡然自乐",没见商铺招揽生意。小镇唯一超市大门紧锁——周六,休息。又叹:要怎样一颗安详恬淡之心,才能久宅这峡湾尽头。都说平平淡淡是真,当你终于来到一个与世无争的闲雅环境,放眼四望心旷神怡,可你试问自己:从此,真的可以在这天地一隅,日复一日平平淡淡过完一生?惦不惦记昨日风光?关不关心职场名利?想不想扒扒名人八卦?放不放得下弟兄们闺蜜们聚聊逛吃?

认同蒋勋的说法:富有之后,要懂得不粗鄙,但若未经历繁华,又怎能懂得真正的品位。善哉斯言。真正的品位不是喧嚣高调弹眼落睛,却往往寓于平淡之中。而平淡，往往是绚烂的回归。要说富有，挪威是全球最发达的福利国家之一，人均GDP在富裕北欧首屈一指。"全球最幸福国家"榜列前茅。优越实力优质资源优美环境，提供人们优渥生活。不需为生计而发愁，不会因堵车而"路怒"，不必为激烈竞争而烦恼……可物质的富足与精神的安宁，从来不是唯一契合的词组。从绚烂归于平淡，一场修炼实非易事。

时代浮夸焦躁，几乎人人缺乏耐心。精神并不与物质的飞跃发展等量齐升。它恰恰需要做减法，需要涤荡心灵，滤去尘沙杂质回归纯朴本真。即便通透洒脱如陶渊明，在"落英缤纷"的理想"桃花源"和"采菊东篱下，幽然见南山"的现实岁月以外，也曾焦虑愤激。他的诗文，远非一句宁静淡泊可以概括。我们常人，喜新厌旧，此一时彼一时，本无可厚非。世象纷呈，诱惑多多，"归去来兮"也不是现代人的终极追求。甚至这

61

些问题，在平时的匆忙中根本无暇顾及，此时隔开距离，面对一方清静才警悟观照：日新月异瞬息万变的高速度，让我们越发变得匆忙潦草，甚至在杂乱无章的追赶中已经生成粗枝大叶敷衍了事的陋习。我们真该放慢脚步静一静，检视自己的内心，有意识培养或找回尊重自己、尊重他人、善待世事万物、敏锐感受点滴美好的素质和能力……

想着走着，远处绿树掩映中一座白色教堂的尖顶，引我和先生来到一大片墓园。低矮栅栏里，花木扶疏，灰黑色墓碑散立教堂四周，肃穆

而安宁。墓园与不远处民居群同筑水边，阡陌交通，井然有序。瞬间，我的感知简单直白，直达庄子"天人合一"的理念核心——在这里，不但人和自然相通，生和死也没有绝然界限。活着的人似不难与死去的亲人对话。我被自己的感知震撼：唯静，才能如此活跃、丰满。甚或说：生命的律动本不靠大声嘶吼和跳跳蹦蹦来实现，它的本质源头，正寓于静的纵深。

此时周遭的静还充分激活我的嗅觉：花儿树儿清冽芬芳，碧绿如毯的水边草地，混合着青涩鲜爽的泥土气息，还有氤氲水汽，层次分明，沁入心脾。我情不自禁深呼吸，却嗅出疑惑：这峡湾的水是海水，为什么没有海的咸腥？它会不会盐碱化，有没有潮起潮落，汛期会不会殃及岸上花草甚至民居？就说高纬度高海拔的地理位置和永昼永夜的天象气候，既然对人们的生理和作息会造成紊乱不适，难道不会影响动植物生命？许多问题我都无解，却以此有所思悟：眼前这鸟语花香、山肥水美的田园风光，看似天然，必定会有精心而不露痕迹的建设、维护。正如举止优雅气质高贵的绅士淑女，自有其不为人知日复一日的耳濡目染和厚积薄发的修为自律。

看到一本《这么慢，那么美》的书介——作者罗敷写移居北欧十年的切身体会，"北欧人的幸福感，更多来源于简约、宁静的心态，以及家庭的温暖、个人的努力"。当时觉得北欧人真是天生的福气，因为没有需求就没有缺失。此时对照眼前却心生感动：没有缺失，没有需求索取却乐意努力付出，岂止幸福，简直完美啊。以条件论，挪威人想去任何地方生活并不难吧，可少索取多付出的自觉让他们心安理得脚踏实地。只管精心细致地打理家园，并不折腾什么新花样新动静，只为还生命以自然本真，只愿与自然和谐相处。原生态的可持续性，之于我们游客，不过是不知其所以然的过眼烟云，却也不无提醒——既是努力，便可以通过努力推而广之：努力地以平淡为基础去把握生活和生命的真谛。努力地在平淡中蕴蓄智慧和能量，静静绽放生机和活力。

几个小时的步行只走了小镇一半,小镇原来并不小。折返酒店客房我看了时间,夜11点22分。窗外天光尚明。时值六月,北欧即将进入永昼。万赖俱寂中,听到花在呼吸树在抽枝草在拔节,淅沥水声,伴随着私家游艇喁喁谈天……不知是梦是真。

赫尔辛基的念想

大巴行驶途中,我满脑子是那个环抱在青松翠柏,没有耳朵的西贝柳斯头像。头像另一边,是由 600 余根银白色不锈钢管构成的巨型管风琴雕塑。这组雕塑已经成为芬兰伟大的民族音乐家的不朽象征。著名女雕塑家艾拉·希尔图宁说,创作不靠耳朵靠心灵……

她的雕塑造型完全颠覆了同类作品模式——

连听觉艺术的创作都可以忽略耳朵,我着实被震撼到了。细思,又何尝不是呢。与心灵相比,任何感官确实都可以退后、退后,心的体察和颖悟,才真正是所有创作的首选源泉和不二法门!

极致的强化的表达惊艳而直抵人心,不愧为大手笔大识见。我正暗自慨叹,思路被导游小李提高音量的喜悦呼声打断:到我家了!看!那边,离我家很近的。

这一路小李说话总是和风细雨,对目的地的介绍她也尽量在车里完成:"待会到景点就没法多作介绍了,免得声音打扰到别人。" 16 年的北欧生活经历,尤其是 5 年从事导游工作的经历,已经养成了她主动替他人着想,随时注意与他人保持舒适距离的行为模式。

顺着她手指的方向望向窗外,六月初的赫尔辛基街道阳光明媚。这是芬兰的最佳时节,街上却依然寥寥寂静。据介绍,这里总共只有 50 万居民。

于我,这是个费猜详的地方:联合国公布的《2019 年全球幸福报告》选出的幸福国度,瑞典仅排名第六,而获得第一、且第二次荣登榜首的芬兰,据悉有百分之九十的公民都曾患有抑郁症、社交障碍!正如这里极端的天象气候,不宜调和的矛盾,岂"宜居"两字可以概括?

赫尔辛基,夏季光照时间长达 20 小时,它因此又被称为"北方的白昼城""太阳不落的都城"。街道上蓝天白云鲜花绽放,乾坤朗朗,简直不可想象，到了冬季这里将会是绝然的反义词：永夜，寒冷。小李说她在此地买房安家多年，但起码每隔半年才回家一次，"太冷了"。难怪她激动，近家情切啊。

身在其中，小李会怎么去理解许多看似不可调和的矛盾？我想提问，可不愿打断她沉浸在自己的故事里——

那次回家，因时隔太久锁孔滞涩，插上钥匙却打不开门。电话打给急开锁公司。师傅费力把门卸下来，然后才把锁打开。问题解决了，可列出的价格让人咋舌：卸门2500欧元，开锁1500欧元——富裕自有富裕的不易，物价本来就高，人工费更是贵得离谱。小李被天文数字惊呆在原地。她知道欧洲人喜欢掰死理，可伶牙俐齿的她实在想不起，搬出怎样的道理可以少付钱。

楞怔之际，师傅却一拍脑袋自己转过弯来：对啊！你带了钥匙的，我是帮你卸了门没帮你开锁嘛！门打不开是物业的问题，甚至是门的质量问题——行，你免费了，我们会去找物业公司或房门制造企业洽商。这这这，他们这是吃闲了撑的吗？自找那样的麻烦。小李越发目瞪口呆，半天没回过神来……

小李说她中学时就从国内来这里继续求学，一路免费读到硕士学位，先是从事书面翻译工作，一天收入相当于人民币500元。后来恋爱结婚生子，一生中的许多重要时刻都在这里度过。她说："16年来我得到了无数熟人和陌生人的帮助，还有政府部门提供的便利。5年前我决定改行做导游，一定程度上，是想以实际行动回报北欧人给予我的好处。"

小李有点动情，那张可爱的小圆脸微微泛红。她顿了顿，恢复了和风细雨的一惯情态，继续娓娓道来：

作为芬兰首都的赫尔辛基，不愧是一座充满活力的文化都市，它曾被选为2000年欧洲9个文化城市之一。它又是芬兰最大的工业中心，整个城市新旧交融浑然天成，既传承了古典艺术传统，又讲究现代生活品位，处处流露大都会的魅力与北欧式的优雅。简约主义和人性化创意，融合

出家具、时装、玻璃及陶瓷器具等贴切独到的设计,赢得全球消费者青睐。中国顾客更是早已认同"北欧风",将之奉为居家布置的经典首选。

然而气候条件以及种种因素,养成北欧人特别害羞的性格,"他们诚恳友爱心地善良却不擅交际,他们勤于思考勇于创造却不会宣传自己。所以,我自觉有责任也非常乐意,向每一位来此地的游客宣传北欧及北欧人……"

随着小李的一路介绍,我们的大巴来到一座特殊的建筑前。这是位于赫尔辛基市中心的坦佩利岩石广场,这座由建筑师苏马连宁兄弟精心设计的坦佩利奥基奥教堂,是世界唯一建在岩石中的教堂,当然也是赫尔辛基最著名和不容错过的景点之一。来这里的参观者无不为这座别具创意的杰作连连惊叹,人们难以想象,它是怎样由一整块坚硬的岩石,打凿出现在的模样。

回程的车上,我在想,赫尔辛基毗邻波罗的海,是一座建筑风貌与自然风光巧妙结合的花园城。走马观花的行旅让我匆匆领略了这个被世人赞为"波罗的海的女儿"的优雅清丽,我明白,她值得慢慢品赏,却绝非通过一个或一组词汇,甚或一整篇文章足以形容。

正如世上每个人每件事,大多难以用一个词、一句话,甚或一篇文章概括,道尽。其深层成因的复杂性和来龙去脉的多面性,一方面值得我们去深入探究、琢磨、寻味;另一方面也提醒我们,学会尊重,尝试理解。谨言慎行,不轻易越雷池,更不应轻易臧否和毁誉。因为很多事情你即便刨根究底,看到的也未必是事情背后的真相——准确的认知,还取决于一个人的阅历、眼光、充分的善意,以及领悟力和理解力!

我发现,自从路过那个"离得很近"的家以后,小李变得絮叨了许多。她用那双殷切圆亮的眼睛看着我们,款款深情地聊起她的母亲和女儿——母亲来北欧好几年,却不改在国内的生活习性,爱穿花衣服、爱跳广场舞,擅做中式早餐。并以中国式理念帮她管家,教养上学的女儿……那些琐琐碎碎,无不引人深思。而当她幽幽地说起,尽管一家人都在北欧,她却常常想念中国,梦见生她养她的故乡。我默默听着,又一次想起了没有耳朵的西贝柳斯头像。

　　真的。不仅仅是艺术家,不仅仅是艺术创作,有一点每个人几乎相似,即,最忠实于自己感觉的,一定是心灵——当我用耳朵倾听小李的故事,明明白白,我是用我的心,试着去触摸一个海外游子的拳拳之心……

节日岱山枕海笔记

（一）长驱直奔蓬莱乡

节前从东北回沪，萍约去岱山渡假。我还没细细消化东北感受呢，马不停蹄的奔波实觉仓促，却又禁不住海岛风情的别样诱惑。何况现成好游伴。走呗！

从南浦大桥下的集散中心乘上预订的大巴，长驱直入洋山港渡轮。茫茫大海中航行约两小时，上岸，已是华灯初上的岱山。店肆鳞次、市声攘攘，影绰间一派热络烟火伴随海腥气扑面而来，是踏实的欢喜。

舍近求远是世人共性吧，我等岂能免俗。林林总总远足美景看了不少，偏这近便的岱山于我，却是初遇。岱山可是来历非浅呐！早在四五千年前，就有人在岛上繁衍生息。

岱山县位于浙江省舟山群岛中部，是个陆地小县、海洋大县。它由404个岛屿组成(包括住人岛16个)，总面积5242平方千米，海域面积4916平方千米。我们所在的岱山本岛面积最大，为119.3平方千米，是舟山群岛的第二大岛。

据史书及浙东各种方志记载，秦始皇统一中国后，遣方士徐福等出海寻求蓬莱、方丈、瀛州三座神山中的长生不老药。岱山，就是三神山中的蓬莱仙岛，自唐开元年后的一千多年里被历朝命名为蓬莱乡。历代文人墨客都曾扬帆海上，涉足蓬莱，为岱山留下珍贵墨宝。

唐大诗人李白在《莹禅师房观山海图》中，写下的经过东海蓬莱岱山时印象："蓬壶来轩窗，瀛海入几案。烟涛争喷薄，岛屿相凌乱。"少时家中背过，却是小和尚念经有口无心。难怪萍严厉谴责：

"你竟然不知道蓬莱仙岛不知道徐福，太过份了！"——哈哈，仍不失她和风细雨温婉优雅的一贯作派，我于是无知得理直气壮："只记得山东的蓬莱仙境，我是把两者弄混了而已！"

萍兀自笑得花枝乱颤。

（二）"上船跳"和徐福塑像

黑甜一觉，梦里不知身是客。凌晨三点，被哗哗的节律拍醒，楞怔良久。明知萍的别业是海景房，躺在海上，头枕波浪，涛声阵阵，如此身临其境仍是让我深深感动大大惊艳。就这样亲近大海吧，不想再去哪里。早餐后萍却驾车载我去了有"徐福"的景点"上船跳"——活泼泼一个很浙江的名称。

《史记》说，秦方士徐福遣数千童男童女驾舟入海寻找长生不老药，损失惨重，到岱山后醒悟：始皇残忍无道，不该为他效力。于是留下来，凭借自己的医术，用摩星山上的草药给岛上居民治病，被当地百姓奉为神灵。20集电视连续剧《徐福东渡传奇》，一半外景是在岱山拍的呢。

萍在我耳边娓娓絮叨。可我不看电视剧的呀，我怎么知道。此刻的我跟多数无知者一样，虱多不痒。坦然在徐福塑像前留影。

话说这"上船跳"虽是人为景点，却因依山水而建，跌宕自然、植被丰茂，颇有地域特色。更难得的是偌大景区，除了偶或几家客栈主人门前晃过，仅我俩徜徉其间。节日长假，哪儿哪儿都挤爆了，偏这无人之境，是专为我俩留的么？想岱山虽渊远流长，却仍有养在深闺的美妙细节专供我俩识见，岂不奢侈至极！

在一整面方言墙前伫立，我俩拗着劲，用耳熟能详的宁波话读那些方言词汇，却荒腔走板失了原味。放肆的笑声在花树间缭绕，传到很远很远，惊动客栈主人闻声探看，忍不住附和我们会心直笑。

（三）台风博物馆留下念想

是第三天凌晨吧，躺在床上，耳畔涛声特别沉郁。萍来客房关窗。台风来了，浪潮澎湃、风雨交加。据说这样的天气观测风团最好，我们即约定上午参观台风博物馆。顾不得大雨滂沱，跟随导航仪指引冲入雨中。在那条唯一的通道口被值守拦下：台风天危险，今天闭馆。

我纳闷：为什么台风天不让观测台风，而没台风时的观测效果却又不够生动好看？一再追问才明白：博物馆和观测仪设在海边高处，台风天山上会有山石滚落，可能对人车造成伤害。想想，世事大抵两难：最佳时未必合适，最合适时未必最好。唯有顺时应势罢了。

次日下午风停雨住，再奔台风博物馆，依然闭馆休整。我们把车停在馆脚山下，不甘心地跨过栏杆，攀爬到馆前平台上。不断地有人学我们爬上平台。观测仪虽不得一试,在偌大平台面向大海肆意疯闹也够惬意。萍说留个念想,下次还来。

(四) 海岛上的海螺姑娘

我和萍是老同事,相识二三十年,对她的行事作派不可谓不熟悉。可连日同吃同住的近距离接触,她的能量给了我如入仙境岱山一样新鲜、惊艳的感觉。

当她领我在拥挤嘈杂腥气扑鼻的偌大菜市场穿梭,旁观她灵俏轻盈不动声色,在不同的鱼虾蟹摊前稍作停留,纤手一指,那淡定爽落、成竹在胸的样子令我恍惚又暗自赞叹。分明感觉是肩不能扛手不能提一弱女子,过起日子来竟有份不露声色的狠劲、耐力。

我还同时眼观六路耳听八方——摊主们个个说话气壮山河;海鲜们,刚从渔船上来,螃蟹展螯伸足,海虾活蹦乱跳,最是带鱼齐整,银亮笔挺像列队出操……眼花缭乱间萍已银货两讫,笑眯眯跟摊主道别。

拎着大包小包回家,萍净手调制一杯柠檬茶给我,就那么闲闲地与坐在餐桌前啜饮的我聊着家常,一道道海鲜已经次第出炉布上餐桌。烤的、煮的、蒸的、氽的,不一而足。鲜香、微辣、糖醋、芥末等专属调料也各各不同。

更惊艳的是,萍烹制的每道海鲜入口都汁液汹涌、嫩滑至味。说实话对于花螺、青口贝、鱿鱼卷等火候把握"增之一分""减之一分"的奥秘,我是知其然不知其所以然的。因此萍谈笑间的驾轻就熟令我格外钦佩不已。怎奈我属鲁智深同类,不免质疑繁琐调料:"到底谁配谁啊?"萍笑:"我写个说明书贴在不同的盘碟上吧。"我却已经大快朵颐没了吃相——我才不要什么精制调料。

酒足菜饱我犯困,萍应我要求坐到钢琴前弹奏起来。我先还站在一侧看她手指翻飞,不知不觉,我退坐到她身后,静静聆听那并不十分专业的弹奏,不禁思绪万千。我接收和感受到的,是一个爱心满满的聪慧

女子对人生的理解和把握：豁达而隐忍的、自由而自律的、悦纳而感恩的、云淡风轻而不失敦厚的、兼收并蓄而有所取舍的……

感动的热浪涌上心头，却听乐声嘎然而止。萍起身说："我们去石壁吧，去了你就明白不虚此行！"我心不在焉应答，不合时宜又很落俗套地想起田螺姑娘——

田螺姑娘聪明美丽能干，每天为下田归来的小伙料理家务、做可口饭菜……我悄悄改了主人公称呼：海螺姑娘——萍，不知道比田螺姑娘胜了多少筹啊！

（五）双合小仚念"从前"

被称为"天下第一"的石壁，同样闭门谢客。售票窗口解释：台风虽然过去了，但是滚落的山石，倒伏的树木，还有路径泥泞等都可能造成后续危害，需要归整修缮。

"我们很远赶过来，让我们到前面山脚下看看，不上石壁……"和颜悦色从不强人所难的萍，居然软磨硬泡跟人商量，求情。她是太想让我见识她心目中"不可方物"的石壁。但谁又能料，一转身，不会有别一番遇见呢？此刻跃入眼帘的是：

> 记得早先年少时，
> 大家诚诚恳恳，
> ……
> 从前的日色变得慢，
> 车、马、邮件都慢，
> ……

呵，斑驳白壁，墨迹昭然。木心的"从前"似为此时的我们而作——如今也可以慢啊！慢慢走慢慢看随遇而安。这紧邻石壁的双合小伱，是不期而遇的别一番风情！

曲径通幽处，民房花木深。我俩喜不自禁推开一扇绿树掩映的木栅门，一位慈眉善目的老婆婆问我们要做什么？我们说想到院子里拍照，老人二话不说迎我们入内。

接下来一家一家，全都毫无违和地入院观赏！歇脚、拍照，没有主人热情招待，甚至没有寒暄。熟门熟路来去自如，回家般的妥贴切近。

（六）岱山，我会再来

萍念念有词：鹿栏晴沙，东沙古镇，什么什么。她说，还有好多博物馆都没去！下次再来。我说当然，有情的旅行会更加让人铭记。岱山仙境也确实值得慢慢品赏。

作为舟山市下辖的两个县，岱山和嵊泗，因旅游资源丰富而成为浙江省最富裕县市。其间许多景点正在进一步开发——那深闺中的初识，意外成全了我们的独享。

记得，2005年，东海大桥正式贯通，接驳了舟山嵊泗到上海的通道；眼下，可以看到六横跨海大桥、岱山跨海大桥正在建设中，通车在即。岱山县，已于刚刚过去的2018年12月，入选全国县域经济投资潜力100强。

岱山，我会想你，想起你，牵起的是千丝万缕的奇丽情思……

都市行,大不易

淹在车河动弹不得。才下午四点多。不该耽误那一刻钟,真的,就差么一刻钟。这是周末,晚高峰来得早。抬眼望去,右前方那栋熟得可以摸瞎扑进去的楼,直线距离不到一千米吧,却也不能飞过去。

没头没尾的车队确实向前挪了几次,可楼还杵在那里,距离几乎没变。我望楼,漠然;楼望我,司空见惯——楼不是没焦虑过,可焦虑有用吗?再焦虑不安也无济于事啊!不如坦然,淡然,爱咋咋地。

乘地铁就不堵车了。可那种挤法!先是一大帮人马涌入地下通道,没人说话,闷头一路狂奔狼烟滚滚。感觉自己是非洲角马,大迁徙队伍中渺小一员。但人家角马明智远虑,为了更优质地生存和繁衍生息,它们自觉选择渡涉更危险的深水而不是浅滩。这是角马的生存法则,我做不到。如果可能,我肯定选择平峰时段出门。

就怕没得选。那次——

一早,我边跑边催自己:快点快点快点。大冬天的,那香暖氛围里的一杯香暖咖啡,是不敢奢望了。

"姑娘,打包。"

趁店员姑娘做榛果咖啡,我抢过一块刚出炉的面包啃了起来。姑娘解人意,热纸杯先用塑料小袋扎严,才同面包一起装大袋。还一再叮嘱,小心吸嘴口溢出。我来不及答应,已经挤进旁边地铁站门。

进了站就不用自己走了,热烘烘人潮推着拥着往前挪,一直挪到自动电梯口,不由自主下了电梯,像是吃了蒙汗药。扶手是绝对不必碰的,够不着动不了啊前胸贴后背的,一个个比拉链牙齿还严丝合缝。

忽然闪过个疑问:这电梯要是突然停顿甚至倒退,该撂倒多少人?新闻里见过这类故障,此时此刻却顾不得,人人只奔目标不计过程。

站台候车时,我站的位置并不算十分靠后。当地铁气咻咻奔来,人

潮一涌而上，秩序瞬间调整，真的是迅雷不及掩耳。车厢门嘀嘀嘀嘀提醒关闭时，我尚在门里门外之间瞎忙活。绝不能错过这班地铁，心里说得迟，动作更快，一使暴发力，竟也挤进去了。

听到身后车厢门与双肩背包皮子的磨擦声，涩涩的韧韧的，嘀嘀嘀嘀车门又开，我想：是我的不是。面前一排人墙倒不嫌弃，齐齐又往里紧了一两寸，我也趁势边拱边紧缩自己。咔嗒，厢门合拢。车动了。

仍是不必拉扶手，先前的拥挤中，竟然有本事从人缝中眼不明手却

快抢了张地铁报在手里——这倒好,左手一张报,右手一袋餐,没多余的手了。徒脚屹立,幸亏人墙挡着没有空间供我摔倒。

人民广场站换乘很是麻烦。这是个四通八达的交汇站,很容易乘错线路。人潮把地面遮得严严实实,别说地上换乘导引标志,人脚人腿也是看不见的,只有黑压压的肩膀和脑袋,不辨方向。心一横,凭感觉跟着一拨脑袋肩膀们奋勇向前。嗨!居然懵对了!

没搞清楚怎么回事就滚进了要换的某号线车厢。一站站光影明灭间,早高峰渐成强弩之末,人与人有了缝隙,身上细汗也有了知觉。赶紧摸下咖啡,才意识到有手了,报纸已不知去向,手指触到香软热水袋一个。细摸,晃荡热水里计有:多边形折页一枚,是挤扁的咖啡杯;软塌塌立方体一个,是啃过的面包。早餐哟!报纸哟!别了别了!

难怪那咖啡店姑娘左叮右嘱,只怕是跌跌撞撞挤惯了地铁,从一个地铁站滚到另一个地铁站去上班的吧——何不就近找个工作？我瞎想。

跟着人潮出了地铁站，又催自己快点快点快点一路小跑。是郊区的好处了，市区马路上大车小车助动车自行车，还有逶迤其间急匆匆的行人，挤着赶着，跑步谈何容易！

跑着跑着定下心来：那不是抛锚的小布狗吗？在这人生地不熟的郊外呆了一夜，灰头土脸，孤孤单单，居然不露声色——它早已明白生存的不易，我略含怜悯和歉意地近前拍拍它。好了好了心又一定：电话预约的道路救援拖车后脚赶到。双方都讲规矩，都守时。

讲规矩，懂感恩，怀歉意，是给千难万险行路人的一味安抚良药。有次在高架上被刮蹭，肇事小伙下车，有条不紊拍照、报警，然后对我说，阿姐对不起是我起步太猛，我全责不会赖的。现在急着去上班，我们另约理赔好吗？

后来的理赔，全程电话有商有量，约好到保险公司窗口排队登记，约好去4S店定损、送修。办完手续他还顺路载我去最近的地铁站，又说："对不起，是我给您带来麻烦。"良好素养让我至今记得。

车队又向前挪了几次。我与近在咫尺的楼几乎齐平，小转弯（本地俗称，即右转。左转叫大转弯）三分钟就到。可这条小路单行道，不允许小转弯。那楼眼巴巴看着我挪到它身侧、身后，它明白，你还将在那几条可望不可及的马路绕上大半圈呐，小转小转再小转，不知又要转到几时。谁都不容易不是？身边那些楼们，谁不是练就一万个耐心，等待它们的晚归人？

终于，最后一个小转弯，进了开放式广场——其实"广场"早已不复存在。曾经，几栋高楼和围墙自然衔接成的这一方闹中取静的空间，把攘攘市声和汽车鸣笛喧嚣隔出天外，是真正的广场，在寸土寸金之地格外珍贵。更难得的是，冬天一地暖阳，夏天绿树成荫。出门，我喜欢穿过广场腹地慢慢步行。

通常，有四五个收废品师傅的谈天说地声荡漾半空敲击耳鼓。师傅们坐在各自堆着旧书报或废饮料瓶的板车上,大声交流关于飞机大炮、国际国内钢材价码等信息,态度认真话题宏阔。初时我觉得好笑,后来就有些怀念了——

后来,不知不觉中,那一片公共广场,竟被日渐增多的汽车所蚕食,广是不广了,场还是场,停车场。各小区房子外围头尾衔接、鱼贯停满各式车辆,两边车列之间留出的路,若是有车并驾或交汇,必须小心小心再小心。可想而知,任何人要在此地聚拢高谈阔论,是不可能了。板车们更没了立足之地。我呢,也终于不再迂回曲折去步那个行,省得步步为营一惊一乍。

师傅们倒是该庆幸,上帝专为他们开了一扇窗。他们舍弃收废品板车,各自戴个袖章手持票夹,坐在属他们领导的车列前收起停车费来。车来车走时,他们不厌其烦离开座位,站到车前或车侧,配合手势大声喊口令:"倒倒倒""拉一把拉一把""回正回正回正"。

如今车辆越来越多,不能把车挪入狭小车位的司机也越来越多。收费员指挥停车的绝技可谓应运而生。他们的认真令我感动,他们的专业尤其令我诧异——

我曾仔细观察,听他们配合手势的口令:倒,进,推,拉,停!字字精准声声到位。他们上岗前不太可能接受专门的驾驶培训吧,所以我特别佩服——他们的学习精神和生存能力,是真的与时俱进呢!

喊完口号收费时,他们有的会顾左右而言他,似漫不经心地把钱揣起,却迟迟不去扯发票。他们手里是有一叠发票的。初次停车的司机付完费立等,见收费员磨蹭也就明白,再来停就都不等了。要发票就不是十元二十元一单,而是论小时收费了。没人报销,要发票干嘛。

真由美对杜丘说:"我是你的同谋!"司机与收费员做一次心照不宣的同谋又如何?共同占了不知谁的便宜。

我真的怀念起了收费员的前身,收废品的师傅们。那些高谈阔论中的飞机大炮钢材,是他们的诗与远方啊!可话说回来,当现实利益摆在面前,当生存有可能变得相对容易,谁能保证自己会首选那个当不得吃喝的诗与远方?

话再说回来,那声声义正辞严威风凛凛的"回正回正回正",难道不包含着成就感,不寄寓着收费员心底更值得品咂的诗与远方?

终于,小布狗停下了。收费员们,如今早已不是从前心急慌忙奔到车前打手势喊口令的姿态,除非地形不熟的外来司机,或停不进车位的新手小白主动要求。

如今收费员的举动中多了点公事公办的从容。收费扯票钉铆分明,大概"上面"整饬过了。有司机试图塞上十元钱"不要发票",他们断然摇头拒收。话不多,一脸矜持。高谈阔论不闻久矣,他们的神情日渐坦然,一脸的"爱咋咋地",跟周边楼房姿态越来越相衬。

夜幕降临,我知道,此时"广场"外面马路上"祖国山河一片红",晚高峰正如火如荼。等电梯间隙,刷到一条朋友圈微信:这市区的交通根本不适合住人啊——想必那美女律师还在路上呢。我匆匆点个赞,接着舒口气:还好还好……

在阿姆斯特丹走近伦勃朗

> 为纪念伦勃朗逝世350周年,荷兰把2019年作为伦勃朗年。年末,我走近这位天才画家
>
> ——题记

玻璃顶观光游船在阿姆斯特丹运河悠悠荡漾。水势丰沛齐岸,视野宽阔无阻。精致如积木般的楼群且行且退,且行且退。岸边泊着轿车、自行车,偶有司乘上下,真担心他们一脚踩空掉到河里。狭窄马路对面,楼高仅三五层,造型简朗,少有繁复装饰,却以多色彩和造型多样的山墙,展示各自的不同。荷兰是世界上海拔最低的国度,阿姆斯特丹是座呈现个体需求和主张的水城。

"你看那些楼房的门大多狭小得仅能容一人出入,这缘于古时一条奇怪的法律:门越大收税越多。人们的对策是把门尽量做小,把窗户做大,家具什么的都从窗口吊运,你仔细看:所有楼房的顶部都有铁钩装置,这是用来固定吊运物品绳索的——荷兰人抠门!"

导游,忘了他姓什么,也忘了他说了多少次"荷兰人抠门"。荷兰少有坡度所以适合自行车发展,如今它已取代中国成为世界上最大的自行车王国。他们的自行车没有手刹,所以行速大大加快而制造成本大大减少——"荷兰人抠门!"

"抠门",在导游嘴里不无调侃意味。可说起"抠门"的荷兰人为伦勃朗的名画,在"世界上规模最大最有趣的博物馆之一"的荷兰国立博物馆,专设宽敞的荣誉展厅甚至专设逃生通道时,他的神情语态却认真而充满赞叹。说到底,无论整体或个人,取舍都体现了内心价值的选择。

站在素有"博物馆之都"称号的阿姆斯特丹市中心的荷兰国立博物馆前,顿觉典雅恢宏的气势扑面而来。定睛展望,城堡式屋顶和高耸的

尖塔相辅相成，砖红色外墙立面用黄色石头勾勒线条，装饰着表现荷兰历史与艺术图像的浮雕。这座修建于1885年的博物馆，本身就是一座值得慢慢品赏的建筑杰作！但我们还是匆匆浏览一遍后急切步入艺术殿堂。这里藏有从史前到最新的各种展品，和17世纪荷兰"黄金时代"著名画家如维米尔、詹斯汀及法兰斯哈尔斯等的画作。

最负盛名的当然是荷兰绘画大师，伦勃朗的巨幅油画作品《夜巡》。"他采用强烈的明暗对比手法，用光线塑造形体，使画面层次丰富，

富有戏剧性。打破了巴洛克艺术中那种极其豪华、讲究排场的法则,更多地关注人物的内心活动。"早前看纸质书上的画和丰子恺等中外艺术家的解读,自认对《夜巡》并不陌生。可站在巨幅真品面前,依然震撼,依然情绪翻滚。此刻我想到更多的,是一个人的命运和一件作品的命运。

这幅画的光影处理,可以说是伦勃朗技艺创新独特而集中的体现,后人在绘画、影视和摄影领域广泛应用,并尊之为"伦勃朗光线"。它也是伦勃朗人生明暗两重天的分界线。

《夜巡》画于1642年。其时伦勃朗在阿姆斯特丹已经发展得风生水起,生活富足,订单不断。这从他当时的自画像中华丽的服饰、自信的眼神、雍容的仪态都能窥见一斑。然而人生拐点就在春风得意时突然出现。尽管《夜巡》画面生动,每个人物神态各异,有着自己内心的小秘密,在我看来,画面甚至含着某种强悍的野性、入侵性,主观意念直击人心,是一幅"有故事"的耐看耐读的作品。然而当时却不能为人容忍:画中人物大小不一,明暗不同,位置错落,有的人凸显于 C 位,有的被阴影弱化甚至遮挡住脸。想一想,除了理念相同的艺术家,这种用聚光式光线分出人物主次的手法,在任何时代也是难以被接受的吧——毕竟这是由十几位荷兰士兵共同出资买单的群体肖像画!

那些雇主开始发动市民们不择手段地攻击伦勃朗,其中有个诗人,因为妒忌伦勃朗的才华和富有,故意将他的作品与其毫无才能的平庸学生的画作相提并论进行攻击,此事闹得阿姆斯特丹满城风雨沸沸扬扬。甚至最终伦勃朗被告上法庭。不按雇主需求作画的"坏名声",对伦勃朗的事业造成了极大影响。可这钢铁直男,在贫病交加的晚年依然充满激情地创作出许多精品。那些作品采用更加接近舞台效果的表现手法,揭示和强调人性,一方面力求表现人类真实的生存状态;另一方面却离当时大众的审美品位越来越远。他的作品被认为不入流甚至怪异,无可避免地受到排斥,酬金大减,订单也越来越少。

世人以成败论英雄,且"成""败"约定俗成。艺术上的挫折加上生活中的连连变故，令失败、不幸、穷困潦倒等字眼成为当时贴在伦勃朗身上的标签。作为一个急功近利、不越世俗标准雷池的时代通病感染者，我在早些年读画时也曾暗暗替伦勃朗惋惜：何不答应把画改到雇主满意，先安抚人心，收到稿费，再专注自己的艺术探究和实践啊。其实我知道不能，真正的艺术没有稀泥可调。伦勃朗没得选。若在俗世中长袖善舞左右逢源条条大路通罗马，他也许能继续过得滋润富足，可他就不会是今天光芒万丈的他，而成了另一个多钱善贾的伦勃朗！

大半辈子的见闻让我体会到：就精神质地而言，人要升格哪怕一小步固然不易，要人降格哪怕一小步也许更难。某种程度上，每个人都只能看到各自所处层面的风景。在此我无法梳理千丝万缕的脉络头绪，只能笼统说句"天才另当别论"。伦勃朗是多面的，他不是没有世俗的聪明。他也有过受钱权利益驱动，游刃有余地审时度势、揣摸人心迎合客户趣味的初级阶段，而终究，他自己也无法阻挡艺术内蕴的膨胀勃发。他只能臣服于艺术和内心，在不胜寒处，他历经磨砺孤独而顽强地发散他的艺术之光，照耀世界，传承后人。

伦勃朗不穷呵，只是我辈无法掂量他满溢而不为人读懂的富足丰盈！

"除了伦勃朗，在同一时期的荷兰还有很多著名画家的画，比如这一幅，伦勃朗的徒弟维米尔的《倒牛奶的女仆》，也是大家所熟悉的，可以看出用光与伦勃朗相似又不同。还有别的一些画家的肖像画等，虽然风格不同，但基本描绘的是自然风景和普通人物。这就是荷兰画派的'黄金时代'，其主题区别于同时期西欧其他国家以宗教、神话故事为主的作品。"

"荷兰画的人物大多为普通百姓，荷兰画又大多为小尺幅，便于在家里张挂。当时即使有钱人，居住面积也普遍较小……再看这个房屋模型，不但尺寸同比缩小，由于荷兰地势低洼，砖房受潮湿和沙地松软影响，经年后产生倾斜的实情，也被工匠如实复制……"导游的讲解打断了我的思绪，顺着他的指点看过去，肉眼看不出房屋模型的倾斜，但我看到，荷兰人的"抠门",其实是立足现实的务实精神——且传承至今。无论是在南荷兰风车群落的步道间,还是在阿姆斯特丹的街市上,都能看到荷兰把倡导骑自行车落到鼓励优先和完善设施的实处。我没有在其他任何国家的马路上看到过那么多专设的自行车车道。诚然,这是个高度发达的资本主义国家,经济支撑不成问题。但正如伦勃朗的际遇,一言难尽的,绝不仅仅是钱的问题。

回到《夜巡》。从2019年7月份开始,荷兰国立博物馆对这幅画作进行最为深入、全面的研究和修复,据介绍项目耗资300万欧元,预计将持续数年。其特别之处在于"原地"修复,并配合网络直播。如此非但不会让参观者错过观瞻作品,还呈现整个修复的过程。而荷兰国立博物馆,是世界上唯一全年365天向公众开放的重要国家博物馆。

种种落到艺术层面的"务实"行动,是不是另一束强光?它又将留下什么?照亮什么?这是道枝节繁茂、错综延展的思考题,非三言两语或三两篇文章可以厘清。

顺便补充一句:荷兰是我莱茵河邮轮之旅的最后一站。可当我想为这次旅行写些什么时,我在手机屏上最先落笔的是:阿姆斯特丹,伦勃朗。也许是实地赏读巨作带来的心灵震撼,确实让我不自觉地向伦勃朗走近了一步……

巴塞尔与巴登巴登

从慕尼黑转机到巴塞尔。小红人接机,直接把各人行李送到入住房间。

闲逛闲看,老城区的中世纪建筑风格多样。红砖墙教堂双塔高耸,塔后那五颜六色的琉璃瓦房顶,是引发憧憬想象的幻丽。走过一幢幢绿植掩映的欧式小别墅,见老桥上飘扬着各国旗帜。有轨电车的穿梭往来并没破坏城市宁静典雅的气息,一切显得古朴而不失现代文明秩序。巴塞尔美术馆是璀璨点睛,馆内珍藏伦勃朗、荷德勒、莫奈、塞尚、高更、毕加索、夏加尔等大家的名画真迹,令人叹服这座"艺术之城"的名不虚传。

巴塞尔又是瑞士主要的航运口岸,位于德法两国交界处。穿城而过的莱茵河,把它分隔成东西两岸。西岸称为大巴塞尔,主要是经济商业及休闲购物;小巴塞尔位于东岸,大多经营花店、画室、工艺坊以及供应各种奶酪小食、饮品的咖啡屋。导游说,这座瑞士第三大城市,常住人口16万,却为高达30万本国及国外居民提供就业机会。每天有大量法国人乘坐各种交通工具来此上班。

之于我等旅人,巴塞尔更像个中转站。从这里出发,去琉森,回程;去少女峰,回程。然后,第三天开拔,驶向法国的斯特拉斯堡。我们商量,不去少女峰了吧。不是不喜欢,几年前来瑞士,琉森和铁力士山给我留下不错的印象。尤其是那漫无边际的雪山,空谷回音宛若世外。我们在山顶上大啖冰激淋,冻得双唇发白发木,至今记忆犹新。少女峰的雪难道不值得看看?再说有预订的团餐和观光小火车,饿不着累不着。

百度一下"瑞士游",少女峰是率先跳上显示屏的必打卡景点。难怪整条邮轮唯留我和先生,与另一对年轻夫妇。他们是因为小妻子怀孕需要休息。我们,似乎惦记着来时巴士窗前掠过的那些废车皮上的涂鸦——又不是。如今到处多的是涂鸦。北京798,上海八号桥和莫干山路NO50,甚至世界各国各城……

我们只是想随意走走，没有特别期待。大概心底还是潜藏着某些贪婪的吧，俗话说又要马儿跑又要马儿不吃草。一方面因为懒以及种种能力限制，回避亲自张罗食宿行和拖着拉杆箱奔波的自助劳苦；另一方面又因行程被规划照顾得过于周全而心生小遗憾，按部就班的遗憾——旅行，不就是偶尔出离常规，看看不一样的风景吗。

我被行程规划外的"风景"惊艳到了。主要是我没想到，在城市化文明程度较高的巴塞尔，居然完整呈现这么一大片荒天野地：萋萋荒草在蓝天下、静水中恣肆；无拘束的信手涂鸦伴着笨重的工业铸件；使用中的车间和简陋的车间遗址；运转中的机械和废弃的锈家伙；在任的和卸任的铁轨、车皮、集装箱、老桥……

在我看来，那些笨拙的、锈蚀的、有着体积感的钢铁木石，本来美过溜光薄透的名贵细瓷。经历过劳苦负重如今坦然"赋闲"于天地间，多了份质朴沧桑的沉潜灵性。伴随不时飘落的雨滴，我听得见它们的雄浑交响，音律铿锵；河对岸那些低调简雅的法式建筑，和散落远近袅袅升烟（当然，那是国外，我乐得不问所以地旁观欣赏）的工厂烟囱，相辅相成、和谐同框！

这座荒凉的工业老码头，迤逦绵延人迹罕至——唯有货运车偶尔往返于不远处硕大的露天仓库，表明应该有工人在作业。可能因为是上班时间吧，天地间唯我们两个外来客。我们走着，不知不觉闯进一个广阔的似已废弃的作业工场，被劝止才明白，荒芜中原来也有"不可入内"的"重地"。

当我跑去距离标示国界的瑞法德三国国旗不远（大约仅二三十米）的铁桥上拍照留念，地理位置显示：法国——哈哈，我是哪一步，从瑞士，就这么一脚跨进了法国？莞尔之际心头掠过美国诗人弗洛斯特的诗句："一片树林里分出两条路，而我选择了人迹更少的一条……"明知诗意隐含不随大流、趋之若鹜去挤康庄大道，而选择人迹更少的小路，成就"一生道路"的重大主题，我却并不羞愧于自己的肤浅直白。

为什么不可以"拿来"？谁没有自己的"哈姆雷特"。何况旅游确实是对诗句更贴切形象的解读：明知选择人迹稀少的路，去撞见无名未知，就不会如对著名景点那样抱太多预设的期待——经验告诉人们，预期过高，感觉反倒"不过如此"。随缘随机，每一个艳遇都是意外惊喜。

当邈远天地间一人一狗向我这边走来，我都觉得，那是给这冷雨中的荒芜美添一份恰到好处的亲切温馨，向我演绎另一番风情。近了，我悄悄将他们摄入我的镜头。有一阵，狗在草丛中磨蹭，老人在一边耐心等候，直到狗离开，老人去不远处的桩子上取下什么东西回到草丛——他是去捡起狗屎，丢入草丛边专设的垃圾桶。

目送他们远去，我好奇地去看那桩子，那上面及人高处有个卡着厚厚一叠塑料袋的箱体，我学老人的样，取下薄薄一张黄底黑狗图案的小塑料袋，心下感慨：周遭那些没被"女娲补天"选中的一切，包括这恣肆的野草，包括路边铁皮打造的五脏俱全的迷你厕所，包括斑驳厚重的退役铸件改造的烧烤炉，以及粗犷铸件里竞相冒头的野草野花，看似随意弃置，其实都赋予各具实用功能的匠心。它们却完全脱离了精雕细琢、精心铺设的商品琳琅的通常"创意园区"概念的窠臼，呈现自生自长的活力。

说起来，收拾家宠便溺这不算稀奇事，我身边的猫奴狗奴们，在小区，在街上，大多保持良好习惯。可在无人的野草丛中，人们有没有那样的自觉性甚或必要性？我没注意过。唯在赤诚天地间，人才会去关注、思考些平时忽略的豆芥小事：看似漫不经心的"天生"，可能暗藏不露痕迹的大手笔设计；精准有效的管理，也许浸润细枝末节的无声渗透。细思量，这城市边缘的荒僻码头，其实与怀旧、典雅、时尚、温情、活力等城市关键词，一脉相通。

如果说，循一条"人迹更少的路"可以不期而遇意外惊喜，那么胸有成竹的选择也不乏意料中的"正合朕意"。

巴登巴登是坐落在德国黑森林边上的美丽小城。音乐大师勃拉姆斯曾说:"对巴登巴登永远有种难以言传的向往。"马克·吐温更将之喻为"五分钟让人忘掉自己,二十分钟让人忘掉世界"。欧洲众多文学艺术大师如陀斯妥耶夫斯基、瓦格纳、勃拉姆斯等,也都非常喜欢这里。那天,我们一行在这里的花园饭店品尝德国猪肘和黑森林蛋糕。

圣诞节临近,小有名气的圣诞集市琳琅满目,且相比周边国家物价也相对便宜,大家都想淘点好物,我们也不例外。然而"人迹更少"的那一条路这次更具确切诱惑。餐后我俩直奔事先侦察好的现代艺术展览馆。偌大空间人迹寥寥,我们从地下一层到五层,从绘画到摄影,从雕塑到手工艺制品到视频播放展示,各自在感兴趣的馆藏前留连辗转。

上下楼的每一层玻璃幕墙拐角,我们驻足观望,从不同高度感受建筑生命的律动——这座简练高敞的现代建筑,沐浴在林木葳蕤的雨中深秋,周围红黄绿褐色彩丰富,婆娑纵横枝叶参天。每一层风景随层次变化而不同。近处清新明朗纯净如洗,远处雾霭缭绕朦胧幻梦。而自然与人文的渗透交融,更将建筑呼吸的舒畅通透感直接浸润观者——有说,在这小镇集市不购物可亏啦!当然不。整个美妙下午,我们所费仅28欧元门票。太值!

巴登巴登又是著名的豪阔赌城。我等走马观花外来客,所能"赌"的,不过是在有限时空选条"在此一游"的路,美我所美。须当惜。想想:世上各种路,具体的抽象的、人多的人少的、艰难的顺畅的——不是所有路都能任我选,也不是所选都通向最美风景。麦家说人生海海。海海人生,许多的未知。许多的不能。

品读斯德哥尔摩

斯德哥尔摩并不像我们提起北欧便联想到的高冷、静穆、单调那些词汇。作为瑞典的政治经济金融中心和历史文化名城,与近邻丹麦人和挪威人相比,海盗时期的瑞典人更注重商贸而不是征服和殖民,又长期保持中立避免战争,其后果是:建设甚于破坏。既保存了典雅古风貌,又发展了现代化的城市繁荣。城区现有100多座博物馆和名胜,瑞典王宫、皇家歌剧院、皇家话剧院、议会大厦等,完好而奢华。风光也秀丽,逛吃也丰足。

如此,斯德哥尔摩印象就有点纷乱。可笔墨有限,不如顺一条单线,略记点滴所见所思——竟回到之前对北欧简约单调的主观揣想。我是有点不讲理了,可我不得不承认:简单往往更能直达内心感知……

(一)来一场鲜花导引仪式

从赫尔辛格随车上了游轮,到达赫尔辛堡市,航行仅20分钟,却牵连起丹麦与瑞典两个国度。迅速得稍嫌过分。

好在后面的行程给出节奏的调节和补偿。上岸,进了索菲罗城堡花园,仿佛跌入满坑满谷鲜花丛林,身边流淌着多彩而芬芳的旋律。美是美,但想想:花园只是花园,再美不过如此,若将之想象为一场盛大的欢迎仪式,甚或是为接下来参观斯德哥尔摩市政厅专设的鲜花导引,岂不多些诗意——我们常常行履匆匆,何必呢。旅行也需要创造些仪式感,需要一份对美好事物的期待和憧憬。

是去年的今天,6月5日。正值北欧舒适温暖季,也是索菲罗城堡花园的最佳赏花期。这座位于赫尔辛堡市北面海边山崖上的精巧城堡,曾是瑞典国王奥斯卡二世的夏宫,后来易主古斯塔夫六世及他的妻子、出生英国的玛格丽特公主——正是这位多才多艺的公主,给索菲罗城堡

留下一座美丽的花园。

每年五六月份,上万株杜鹃花迎海风盛开,吸引了众多游客。大概我们那天碰巧吧,一路逛去只遇一两个人,光着膀子沐浴花海,惬意如入仙境。难怪城堡于 2011 年被誉为"欧洲最美的花园"。园内主要种植杜鹃花,据说有 500 多个品种。还有玫瑰花、香草等。听起来品名似都普通,可橘枳不同,北欧的花朵格外硕大而明丽,以致我连本非陌生的杜鹃花都没认出来。

(二)参观斯德哥尔摩市政厅

参观斯德哥尔摩市政厅须由当地政府指派专门导游带领。入内时间的安排也掐分掐秒,一般整点开始。我们到得早,见周边景色优美,便随意闲逛浏览。海风吹拂,微凉,闻不到咸腥味,只零乱了发丝和衣袂。艳阳将建筑物切割出光影交错的几何块面投射到远远近近,似真似幻,烙下非现实的视觉印象。

斯德哥尔摩市政厅是一座典雅的砖结构建筑,建于 1911 年,历时 12 年才完成。它坐落在瑞典首都市中心梅拉伦湖畔,高达 105 米的塔尖上有三个金色皇冠,据说是斯德哥尔摩的象征。沿水面伸展开的裙房镶着装饰性极强的纵向长窗,使整个建筑看起来像一艘航行中的大船,生动而壮丽。这是瑞典建筑中最重要的作品,也是该市市政委员会的办公场所。

当我们随临时导游拾级而上到走廊,身侧的办公室里,政府官员们正在值守办公。年轻女导游以她训练有素的低柔音调逐一介绍:这是市长办公室,这是"蓝厅"——设计师最初考虑采用蓝天的颜色,后来发现修建大厅的红砖更显古朴典雅,于是改用红砖本色,却沿袭了最初的命名。我听了莞尔,这种大制作下的小随意,让我觉出些幽默意味,至少为庄严的建筑添几分浪漫气息。也又一次印证:北欧人也不仅仅是人们一贯印象的刻板高冷吧。

砖红色的"蓝厅"，从1901年首届颁奖宴会开始，成为每年12月10日的"诺贝尔日"（诺贝尔先生祭辰），隆重举行诺贝尔授奖大典的宴会厅。另一处颁发诺贝尔和平奖的场地在挪威首都奥斯陆。国王为获奖者颁发奖金和证书。美籍华人李政道、杨振宁、丁肇中等都曾在这里接受颁奖。

每年参加斯德哥尔摩诺贝尔奖晚宴的大约1300人。除获奖者以及各人按规定数量邀请的亲友，还有瑞典皇室成员、政府要员，等等。有时桌子放不下，甚至延伸到厅外，以便留出缝隙供数百位服务人员穿梭。据说每个人占用的空间仅40厘米，也因此，诺贝尔晚宴被称为"世界上最拥挤的晚宴"。闲时宴会厅向社会开放营业，一桌约5万欧元，盈余由政府用于慈善事业。真不失为上佳创意，发达资本主义国家果然善用资本。

步入"金厅"顿感流光溢彩，金碧辉煌。它由1800万块玻璃和约一厘米见方的碎金镶贴而成。大厅正面巨幅壁画上方，端坐着神采飞扬的梅拉伦湖女神。女神脚下两组人物：右边是欧洲人，左边是亚洲人，其间有康有为的画像。壁画不仅是现实主义与浪漫主义相结合的艺术杰作，也被当作市政厅的"镇厅之宝"。金厅又是诺贝尔颁奖晚宴后的豪华舞厅。想起早前看到莫言家人接受采访的报道说，莫言正在定做燕尾服并学习跳舞。想象晚宴后的莫言，穿着燕尾服偕夫人翩翩起舞是什么样子？思绪竟一发而不可收拾……

（三）"莫言"VS"呦呦"

我在标题上用了两个引号，意在强调，人名此处不作名词解——

小说《四十一炮》里那个炮孩子小通信口胡诌，其言错综杂乱，其书色彩荒诞。作者莫言说，自己从小就是这么个该说不该说的话一股脑儿脱口而出的"炮孩子"，没少因说话得咎，还连累家人吃了不少苦头。于是发表作品时管谟业同志狠狠告诫自己——别说话。"可惜至今没管住，

想啥说啥,改不了说真话"。

倒也未必,看看一些关键时刻网友们对他的批评:"该发声时不发声"。我倒觉得可以理解。谁有权利道德绑架别人?何况"别人",从另个角度来看或许并不比你自私。纵观当今社会,不负责任的喷子还少吗?我们何不把心理诉求放低?王安忆说:"莫言有一点蛮好的,就是至少在我,从来没听他说过很刻薄的话,他不攻击人的。"顺着这个思路去想:公众人物能替天行道仗义执言固然好,选择"莫言"也无可厚非,名人与普通人,要紧的都是与人为善莫造口业吧。

"呦呦"是个象生词,然而科学家屠呦呦大多时候并不发声。

1930年那个平凡日子,当出自《诗经》中著名诗句的"呦呦鹿鸣,食野之蒿",被一个慈爱的父亲"拿来",为刚出生"呦呦"啼哭的小女儿命名,冥冥之中预示,一段与青蒿关联的人生从此开启。

2011年9月,因为发现青蒿素——一种用于治疗疟疾的药物,挽救了全球,特别是发展中国家数百万生命,屠呦呦获得拉斯克奖和葛兰素史克中国研发中心"生命科学杰出成就奖"。2015年10月,她获得诺贝尔生理学或医学奖。这是中国医学界迄今为止获得的最高奖项。屠呦呦以她的成就在国际舞台上发出最强音。

除了众所周知的上述报道,我们还多次读到为屠呦呦鸣不平的文章:始终评不上院士。无博士学位,无留洋深造背景,无相应数量论文的"三无"。等等等等逐条例举辨驳,有理有力直抵人心。从未见屠呦呦本人发声。她是根本顾不上计较头衔身份,也便无从发声吧。能否获诺奖更无从预知,毕竟那是极微小概率事件——此消彼长却是规律。没有人可以随随便便成功。予舍予取,说到底是价值观决定:汝之蜜糖彼之砒霜。你觉重如山,未必在我的秤上。

其实身边楷模并非少见:潜心做事不计得失,在各自领域成就卓著,巨大能量常让我惊为超人,背后付出我却无法凭一斑窥见全豹。我也采写过多位科学家,有人数十年研究就在三层阁楼的破箱子上完成。有位女药学家,每次出差专挑"红眼飞机"坐,就为省出晚上住宾馆时间,落地可以直接投入工作。从来没有人或单位稍作诸如此类的规定,巨大动力全部发自内心。那持久的理想和激情,谁若拥有,岂非比金子还可贵,哪还需要发声争那些"不值得"。

(四)简单而完美的旅程

参观斯德哥尔摩市政厅时间不长,脚步仿佛被精确计算,但我不觉得欠缺。现场特定环境的助力加持,让我关注到平时很少去想的问题,思维通透畅达——所谓天时地利。也是我旅行目的"看见美好、看见不同"的又一重大意义所在。

旅行因人因地因时而异。于我而言,所有的诺奖得主何其遥远,即便到了颁奖现场,即便读了些其人作品,即便知道她拯救了那么多生命,仍然是我望不见项背的存在。可行程中获得的启悟却十分具体,具体到对平日司空见惯的身边精神力量的思考提炼,追循细品。

当搭乘的游轮在灯火迷离中驶向下一站,素有"欧洲十字路口"之称的爱沙尼亚首都塔林,当我在邮轮餐厅品尝着海鲜刺身和可口冰激淋,回味这趟斯德哥尔摩之旅,感觉如聆听舒展旋律——有些单调、简约,却不乏清新亮色;几分高冷、肃穆,又不失温暖丰盈……

绿皮火车晃啊晃

去年9月去了趟东北，满洲里、五大连池、呼伦贝尔大草原等，无不给我留下深刻印象。而此时，当我打开手机书写页面，奔涌而来的，竟是挥之不去的绿皮火车。较长时间的封闭性和人群交集性使它比别的交通工具更像个小社会，把平时被忽略的人群现象呈现给我；把现象背后的人性真相揭示给我。如捉襟见肘的计划经济时代，鸡犬之声相闻，人在逼仄空间不能不相往来——说它乡愁说它怀旧，引申出的，却比我能想象到的更为深远……

（一）绿皮火车接通记忆

哐当一个踉跄，绿皮火车的兀然启动瞬间接驳我的记忆，正在内心赞叹，却发现少了轰隆隆当年的节奏。如今的铁轨无缝衔接，火车行驶平稳轻盈——科技进步给人带来舒适便捷，也使怀旧不那么旧得彻底。就算相对比较原始的交通工具，到底多了温和友善少了生猛粗砺。再看窗外：当车站沿线的斑驳老工房被大片原野甩到脑后，田地大多荒芜，那极目处的恣肆绵延和近水中的云天倒映，需要我自行脑补成初秋旷远的田园风光画面。

让我欣赏的是从上海到沈阳的一路停靠，不慌不忙带出早年草根气息。昆山、苏州、无锡、常州……南京站有人买了盐水鸭吵吵嚷嚷上车。哪个站？竟然高一声低一声，叫卖德州扒鸡。恍若隔世的站台小吃，地久天长般晃过来又晃过去，悠悠晃进"山海关"。呵，山海关，长城、孟姜女。"关里关外""闯关东"……这意象万千的一连串词汇，牵起生生世世沧海桑田。我在心里默许：绿皮火车，不啻是东北行的最佳起始。

（二）车厢里的"亲戚邻里"

私心里营造的一点点诗意，冷不防被此起彼伏的嘈杂声惊起：隔着两三隔间的一群游伴，正半真半假大声谴责她们中的一个。她们应该是边翻看手机照片边作点评，一个说：你看你，花海丛中拍照也不穿鲜亮些，总是旧塌塌一身，这么节约干啥！另几个满含"为你好"正能量的用清脆嗓门高声附和：就是啊，穿得时尚点嘛！什么年代了都！

她们这一提醒我倒想起来，刚才去洗手间路过她们隔间，确实近距离看到个牛仔裤棉T恤运动鞋女子，坐在走廊临窗位子，与同伴们说着什么。她的穿着看上去朴素得体，与旅途环境那么和谐。是她吗？我猜她绝不仅仅是舍不得花钱，也不是不懂时尚，而是顺应了自己的审美品位。她有她的时尚。千篇一律多没意思，可"她们"，为什么会有那么多不满？"她"似也辩解了几句，但淹没在众声里我没听清。她们不断地众口一词说说说。关于买菜做饭，关于广场舞，关于男人女人，关于谁谁某某。不必偷听，声浪自动灌进耳鼓。她们似乎是亲戚邻里般熟稔的一群固定游伴，话题即兴而随意。

旅途中的解闷闲聊，丝毫不含恶意。或许此刻她们又转换了话题，我却忍不住在心里为那个"她"辩解几句：同为女人，我不排斥穿红着绿，也欣赏高档优雅的时装，甚或我更欣赏那些独特设计体现出的审美力和想象力。可不同喜好完全是个人私事，各美其美、和而不同才是健康向上的群体气质。就算非要分出个高下来，则"她"的穿着舒适大方恰如其分，我觉得一点也不失分。

龙应台说她喜欢穿粗笨的平底鞋。去大学授课她走得稳当，回家路上，便于"一脚踏进牛粪里"。当时读到忍不住想为她点120个赞。虽然我所处城市环境与自然环保的德国田园风光大相径庭，走路不会踩到牛粪，但方便舒适也是我的穿着首选。我喜欢宽宽厚厚大笨鞋，那种透气性良好抓地功能上佳，雨天也不湿滑的，我戏称为鸭脚鞋，步行开车尽可随意切换。衣服则天然丝、棉、麻质地，款式简单造型随意，舒适亲肤自带温润质朴美感更好。不那么时尚也意味着不容易过时,关键是自己喜欢,关他人何事?

也是车上晃啊晃的吃饱了撑的,我顺着这一话题思维发散想到了更多。我想穿衣着裳传达给我们的本来不止穿着审美而更具普适意义:当今社会悦纳共存,人们尽可选择自己的舒适区。就算结伴同行,各人在不同环境中长大,历练不同,观念或思维方式不同再正常不过。为什么,经济发展了物质丰富了,人的精神仍停留在"集体"层面,需要在统一步调中确认存在感?甚至需要在批评、提点别人中维护自信?记得谁说过,少时,小女生们连课间上厕所都要邀约一起。我想说,大了老了,厕所仍不妨邀约一起上,精神却早应独立。无论你在不在团队,"什么年代了都?"

好的团队具有尊重个性、促进精神成长的相互提升特征,而不是《乌合之众》一书所说,"人到群体中智商会下降。因为他们会用智商去换取归属感"。文本道理的现实意义在于可以拿来照照镜子,给自己一点警示和提醒。

（三）一对情侣给我的启迪

有个联锁现象显而易见：智商下降容易盲目自信，盲目自信容易目中无人，目中无人往往隐含着骨子里的不自信——却又难以自知。如何避免？百思之下我得出的也不过是个老生常谈的结论：人到任何年龄都不能停止学习进取。独立不是孤僻自闭，真正的独立是心里有料。心里有料才不会盲从，才能守得住自己。人生在世，得以拥有友好的人际界面固然重要，若不能，则首先拥有完整的自己。回程的绿皮火车上，再次的耳濡目染让我思考重温这个命题。

我与先生拿到的车票在同一车厢但相距三个隔间。有对小情侣则隔得更远，其中一个铺位与我们相邻，另一个却隔开好几节硬卧车厢，这给他们带来不便，因为旅途用品带得精简。交谈中得知两人都是哈尔滨人，女孩趁出差之机偕男友到苏州旅游。我困倦至极，见两人彬彬有礼，想跟他们商量换个铺位。我铺位的那个隔间，另五位乘客正沸反盈天划拳拼酒，没法休息。我刚开口已在心里自责，两个年轻人却答应得出乎意料的爽快：反正换不换我们都隔得老远，不如成全了你们。他们的大度让我于心不忍，换位后几次去打探，心里是允许他们反悔的意思。

却见小情侣两人在那么狭窄的一张卧铺上紧紧互相抓抱，以不使对方掉下铺位。即便如此外侧男孩小半个身子仍然几乎悬空，他们就这样鼾声大作，沉睡在一众醉汉的喧嚣吵嚷中。这场面当即让我醍醐灌顶，心里掠过的都是朗朗大词：东床袒腹。大隐隐于市——专注自己的内心，外界岂能干扰到你？慨叹自省，我们未必愿意离群隐居，却也真不能忍受嘈杂拥挤。可之所以常常觉得被打扰，原因并不全在外界，很多时候或许只是因为内心不够强大，定力不够充足罢了。老和尚背美女过河，小和尚一旁嘀咕：师傅怎么可以……老和尚叹：我早把那女子放下了，你为什么还一直背着！嘿！风动旗动，心，动也不动？

……

绿皮火车的缺点明摆着：人群相对嘈杂，设施相对简陋，服务相对粗疏——若样样优越它又缘何比其他交通工具价格便宜？好在当今时代选择多多，弱水三千，人们尽可各取一瓢饮。我想我会再去东北，或许我会再乘绿皮火车，却也不一定，看即时兴致罢了。我乘与不乘，绿皮火车都在那里。何止怀旧何止乡愁，它所呈现的，其实提供了更多通往精神内核的可能。

躲装修，去无锡

后疫情加高温当前，宅家应是首选。可从哪天开始，忽然头顶耳畔乒乒乓乓吱吱嘎嘎，噪扰且不讲规律，有一阵没一阵。"有"时，脑瓜震得生疼；"没"时，等那不知何时的另一只靴子咣当落地。邻居装修正值砸凿阶段，要不，出门躲几日？刚一闪念，"无锡"两字水落石出。

怪了，周边休闲游，是无数次的苏州杭州——只是吃碗苏州的宽汤细面，只趁夜色西湖边走走，别无他求。无锡同样近便，竟没想过偶尔歇歇玩玩。难怪都说"上有天堂下有苏杭"。无锡，总是那么悄无声息。悄无声息地，"人均GDP碾压了北上广"；悄无声息地，小桥流水、江南情调着……竟然汇聚成"吴"文化发源地。史前文化距今，绵绵四五千年，如此悄无声息地，悦纳了躲装修才想起它的我们。原来无锡，是拿来雪中送炭、酷暑送冰的。

（一）白热中的清名桥

"桨声灯影的古运河上，游船来往穿行，火树银花的南长街熙熙攘攘，大小商铺里人声鼎沸。"哪位游人描摹的"沉醉在新春喜庆热闹里

的清名桥历史文化街区",此刻截然不同,它仅以明晃晃、空荡荡的简素姿态,裸呈于初秋39℃(大太阳底下远远不止)高温。汗流浃背走在白热化的淳朴街区,忽见路侧石阶上,绿伞静立的星巴克,眼冒金星扑进去,"要冰要冰要冰""大杯大杯大杯""抹茶抹茶抹茶"。

"莫急呵,总要一杯一杯做出来。"青葱服务生,似也濡染了此地温厚恬淡气息,和颜悦色轻声细语。躁热旅人也终于静下来凉下来,吸饱一肚子冰,从手足直凉到脑门心。烟雾缭绕着跌落白热大街,复前行——你看,"清名桥为单孔石拱桥,桥长43.2米,宽5.5米,高8.5米,桥孔跨度13.1米,全由厚重花岗岩砌成"。

桥栏黑黝黝没有雕饰,每侧立两个望柱,不耀眼,不张扬,不壮阔,古朴端肃,气韵含蓄。圈洞两面的圈石上各有题刻。一立于清咸丰年间,讲桥梁和更改桥名经过;一立于同治年间,述重建清名桥始末。"1983年在桥东西侧,发现清代石碑两方,一为邹一桂所书,乾隆三十一年立;一为同治九年九月立"。资料说得细,我浏览得粗疏。

并不为自己的粗疏惭愧,午时烈焰是想把人烤熟的节奏,我可从来都是回避炙热的边缘人一枚。也是因为心知:时间积淀成的大美底蕴深厚,并不需要一时的热络趋附甚或近观远瞻。看世人世事,大多自行平衡。唯稍纵即逝时尚潮流,才兴兴轰轰随时伺机抓人眼球。也是好的,我对两者都不乏欣赏:浮光掠影的缤纷与潜沉低调的质重,各不相扰、互为映衬,都是为世界增彩添姿。万物本多元,各花入各眼,岂不皆大欢喜!

(二)悠闲的惠山古镇

"惠山古镇地处无锡市西、锡山与惠山的东北坡麓,京杭大运河紧靠其北流经……2006年6月,国务院批准公布惠山古镇祠堂群为全国重点文物保护单位"。

惠山古镇如今已被纳入世界文化遗产预备名录。

"大运河支流惠山浜直达古镇腹地"。得天独厚的地理位置,濡养出秉性淡定的古镇居民，在催人发烧般的高温里，伊们只管闲闲坐在门前河沿。阔大阳伞下繁树婆娑，斑驳了人身竹桌竹椅。风过处，光影水影摇曳生姿，灵动而有序。竹壳热水瓶看着就顺手，广口大杯茶，喝着想必格外解渴消暑。老年人七七八八散坐墙根下，身后阴凉祠堂大多来历非凡、经年典立。那番深远厚重，老人当得起。青壮男女围桌而坐，三三两两，菊花热茶佐谈，吴侬软语，温雅平朴。他们不热么？"心静，自然凉"。

匆匆过客听了，也不由放慢节奏，缘河行，隔水相望，大太阳底下明明白白"不知有汉，无论魏晋"的浑然惬意。走到尽头踅回来，这次是在"对面"，依然隔水相望，依然祠堂老屋，依然阳伞树影，依然喝茶闲谈。满眼一无新鲜事，却已灵魂涤荡，满心充盈愉悦清净。

（三）夜色中的拈花湾

这个位于太湖之滨，叫拈花湾的灵山小镇，与大佛依山为邻。其名，一是源于灵山会上佛祖拈花，而迦叶尊者破颜微笑，因此成为禅宗第一祖，自有其一方世界的经典故事，同时也缘于它所在地块形似五叶莲花形态。凡夫俗子，闭眼想一想这故事、那形态，忍不住也要会心一笑。

拈花湾小镇是新事物，是一个2015年刚刚面世的"禅意"小镇，占地1600亩，打造用时5年。因其建筑风格与日本奈良高度相似而有江苏小京都之称。依我看，设计师显然是有意融入中国江南小镇特有的水系景观，希望打造一种新的建筑风格和山水意境。穿行其间我更乐意追寻它与奈良的不同。这才是智慧！无论作者或受众，谁会安于一个全盘复制、哪怕非常成功的案例呢？

入拈花湾已是黄昏时分，据介绍，夜晚有流光溢彩的《禅行》表演，所以此时游客大增。人气和天气互相攀高，热得不行。

《禅行》表演并没有固定座位和舞台，每一处大的空地都将是演出场所，每一个场所已经被人墙围得水泄不通。演出即将开始，我坐在稍

远一个饮料车摊后面的石凳上,只能看见左侧临时舞台众多挤挤挨挨的背影,还有继续络绎赶来的侧身。除了人墙背影,我根本看不见据说是阐释禅文化精髓的演出。对此我毫不介意,甚至我一点都没有看演出的愿望。"禅",无所谓一场演出。禅是什么?其实没有确切定义,各人心里自有各种解释。

　　以我凡夫俗子的浅表理解:禅是一种不纠结不焦躁不执著的智慧。放松、宽容、豁达地面对世情世事。它的对价,是时间的蕴积,是本心天性的颖悟,是世情世事的严酷磨砺。它当然不是靠观看某场演出可以

109

领会。倒是此时面对人潮涌动，一贯回避人众嘈杂的我，内心升起莫名感动：大半年的疫情，人们受到生命的威胁也体会到生命的坚韧，感受到众生疾苦也看到人间大爱。困囿已久的每一个身与心，无不升腾起释放能量的冲动。眼前又被称为佛系小镇的拈花湾，其"佛系"之谓，落到此时此地实处，似更注重渲泄压抑已久的生命热情。之于我，浸润其中，实为一份不可多得的体察和见证。

　　一花一世界。世间万物丰富如此，我以我有限的认知，仅用水之不同特征做个挂一漏万的喻示：有的水咆哮翻腾；有的水波澜不惊；有的水，时而咆哮翻腾时而波澜不惊；有的水，表面波澜不惊，其实静水深流。顺此一脉细细观想，自能稍稍读懂世人世事的不同；若进一步深入，你更能发现：波澜不惊的凡俗日子里，也许不乏激流涌动、澎湃撞击。比如低调无锡，在绵厚、温雅、淡静之下，自有它俗常的、接地气的——热烈，张弛，奔放，蓬勃，休养生息。

喧嚣深处的七宝古镇

我喜欢古镇，各式各样的都喜欢。可走多看多了，有的历历在目，有的，却混淆了哪国哪乡、甲乙丙丁——记得总有记得的缘由吧，比如"好看"（各花入各眼而已），比如文化积淀、优美典故、当时心情……也可能都不是。

反正最早刻入我记忆的是七宝古镇，近水楼台。地处上海，距市中心仅18千米，如今地铁九号线直达，出站就被扔进红漆堂堂的喧嚣里。与越来越多人声鼎沸的热闹景点不辨彼此，却与我当初印象大相径庭。

当初，跟着姐姐去七宝做客。那时没有地铁，公交车换乘，慢慢晃，一路酝酿着我"春游"远足的期许。古镇却冷清，甚至过于萧条。街上，唯庭院荒疏门户斑驳，隔空传来妇孺伊呀，更觉寂寂。偶有商店，灰头土脸，卖些火柴草纸之类，还有一些粗糙的、裸在雾蒙蒙玻璃瓶里的糕饼。我不免兴味索然。这家坐落在如今拥挤不堪的步行街上，独门独户砖木小楼。关着的院门油漆剥落，磨蚀处露出木纹。倒是门边矮墙上，绿叶葳蕤牵丝攀藤……也许我记忆有误。

入得院门，厅堂、卧室、厨房……井然，宽敞。床橱箱笼，地上脚踏，还有八仙桌椅，一色老红木，沉郁而一尘不染。女主人端茶倒水，又拿木格模子做七宝特产印糕招待我们。看她在客厅和厨房间轻盈走动劳作，衣袂飘飘却没有声息，看她将热气袅袅刚出笼的印糕倾复于蓝花瓷盘，玫瑰色豆沙从半透明洁白如玉的面皮下隐现，我先前的失落感渐被这如画的一幕代替。

老中医世家，父母儿女一大家子，个个白净标致神态安详。后来我看到拉斐尔的圣母圣子画像，常会莫名联想起他们。兄妹几个年岁跟我差不多，小哥哥小姐姐，闲闲地说话，友好却不热络。晚饭后我以为他们会淘气玩耍，至少陪我这客人一起做会儿游戏。他们却逐个去水池净了手,一手拈枚银亮钩针,一手挽根细柔棉线,各坐一隅低头劳作。依旧闲闲地说话,一切似浑然天成。我却惊诧莫名,轮番盯视他们,纤纤十指小幅而快速地抖动,看不清针法,只见他们手下的花边一分一分长出来;脚下篮筐里的线团跳跃滚动着,一点一点瘦下去。

现在想起来,那时的我尚不解"审美",更不谙"凡俗生活的庄严",柔和灯光下,唯蒙眬感觉他们的神态都含着某种圣洁和悯惜。也许就是从那一刻开始,我内心滋生出对手工劳作的美好确认,连带着对七宝古镇又添许多好感。

光阴荏苒。改革开放后的七宝突然红火喧嚣起来。有说,不出上海就可游古镇,太好啦!又说,可惜太过商业化啦!我觉得商业化本身没什么不好,商业化不是不择手段捞钱的代名词。以发展的眼光和开放的心态来看:利用商业化带动经济,提高生活质量,方便周边居民生活,是七宝这些年已见成效的现实。追根溯源,七宝的商业化可谓历史悠久。与江南其他集镇顺河而列不同,七宝的商铺与河流形成独特的"非"字型结构。格局从北宋沿袭至今,其名亦得之于宋初七宝寺的迁入。至于"七样宝物":飞来佛、氽来钟、金字莲花经、神树、金鸡、玉斧、玉筷,则源于民间传说,各有故事。有资料可查,我无须"拿来",能够说明的是,历炼种种,累积着文化传承。

古镇老街以蒲汇塘桥为中心,分南北两大街。南大街小吃铺比肩接踵,北大街主要经营旅游工艺品、古玩、字画。街两旁大多是修葺一新的二层楼仿古建筑,白墙青瓦,朱漆门板窗格,木制牌匾悬于门楣,狭长街面青砖石条,粗看,弹眼落睛,俨然明清古街。细看——这"细看"一词微妙,妙在不足为外人道,道了常不讨喜。偏我这人常常一不小心就"细看",私下里倒是得了很多好处:"细看",才知什么是值得再三再四慢慢领略的,什么,不必有第二回。引申开去,方方面面很多道理原也相通。

七宝是例外。我看七宝如蒙太奇镜头,叠加,幻化,构成,在喧嚣

深处,记忆自动关联它清明上河图般的老底子,关联它简淡而素朴,虔敬而安宁的曾经。借用东坡先生名言:浓妆淡抹总相宜。生意兴隆五彩缤纷是好的,八方杂陈直接地气是好的,吵吵嚷嚷闹闹轰轰也是好的。心知所有的好,都不是粗制滥造、摈弃诚信的理由。即便急功近利的时代通病席卷而来,一时蒙蔽了人们的眼睛和心灵,相信七宝的水落石出处,是澄澈的曾经。

忽听说：那老中医家男孩，在老街开了家偌大酒楼，地段耀目、生意红火。我恍惚如当初看他熟稔钩花边般惊诧莫名，心下无法将那个沉静从容的美少年，与喧嚣酒楼的老板混为一体——是我自己少见多怪了。谁谁某某应该啥样？千人千面本无定论。不过话说回来，万一去七宝吃饭，我不会选他家酒楼。一是本性怠懒，消个费何劳攀亲认故？二是存念当初。有个我不愿提起的"听说"，他家那个与我同年的绝美妹妹，早早离世。

其实我去七宝老街屈指可数，且选项单一。总共三四回吧，有朋友尽地主之谊，请一桌人吃著名的七宝羊肉。我从不吃羊肉，改以糟肉飨我，还带了瓦罐装的回家，香甜可口软糯醇郁。据介绍此乃七宝民间家常菜，用上等五花猪肉入酒酿蜜制，封坛半月即成。讲究的是天时物候（想必早前没冰箱所致吧。民间智慧常出于匮乏。物质齐全，少了步骤，往往也就失了原味和意趣），夏天不宜制作。后来有人专此遍觅不着，不知现今有没有。

最近的，是位美女请临河酒楼小聚。想着七宝虽近却难得一去，心里为东道主加了友情分。却误以为这拥挤景区肯定停车不易，自觉将车停到很远的超市门口，一路奔走汗流浃背。散席后抄近路深入居民小巷借道，发现周边房前屋后各辟许多车位虚席以待，不免哂然：原来市场经济早已渗透毛细血管。

至于小吃，跟如今许多景点相同，七宝美食东西南北哪还限于当地特产。你看人头济济的老街，烧卖凉皮酒酿圆子，鸭肠鸭脚荷叶包肉；枕头粽砂锅饭玉米饼臭豆腐……咕嘟嘟地煮着哧啦啦地煎着，厨师的锅铲当当地敲着，香味和烟雾袅袅地绕着，与那窄窄老街上空交头接耳的酒幌店旗亲密交融。花几文小钱可以在摊档食肆前立等大啖。七宝印糕当然有，也只是借个由头想想老底子，并不买来吃。看那有闲有钱的，则悠悠晃去北大街觅宝淘古董。这可真是老少咸宜丰俭随意。那番色香味声烟火气，活泼泼一派现世繁荣。

我不去七宝久矣，还会越来越少去。因为太挤？因为特色不再？因为许多景点面目趋同？因为自身原故种种？选择多了是事实。舍近求远也是世人通病。更主要的还是珍惜心底之好。记得距老中医家做客后的数年前，我曾因钩编少年悠悠说过的一句"我伲七宝，男女老少都会钩花边的。我伲七宝人钩的花边都是出口的"，而特意翻查资料，这一查了不得：七宝的钩编工艺，早在光绪十二年（1886年）就被来中国传教的法国天主教教士发现，悉数收集转销欧洲。

原来七宝百姓100多年前就有商贸经历，就与国际接了轨。那钩编少年，从小就不自觉地参与了国际商贸活动哎！如今当个老板岂不顺理成章？想象成了老板的他，还是当年那副虔诚从容的样子，又添成年后的谦恭儒雅——由此推想开去，没有理由不相信：喧嚣兴旺的七宝，必将真正从骨子里传承千年品质。那就隔着距离，先在意识上，让商业慢下来，让它有机会从容濡养，水到渠成地变得更有序，更温良，更特色，更诚信。

发展是个中性词。有时候，倒退是进步，回归是传承。说白了，商业化，不仅仅是商品也不仅仅是钱，其蕴涵之深厚，七宝当然懂。

噢！七宝还是上海地方戏曲流行之地，又是上海皮影的发源地，当地的原住居民喜欢沪剧、评弹。哪天，款款步入七宝寺古戏园，临河听一曲吴侬软语、鼓乐丝弦，甚好。

甘肃的树

刚刚过去的 2020 年，九月下旬，我平生第一次赴祖国大西北甘肃。尽管连续奔波疲惫叠加，却依然感受到"跨越八千余年，被誉为'河岳根源、羲轩桑梓'，是中华民族和华夏文明重要发祥地之一"的甘肃的宏阔厚重；领沐到值得慢慢消化提炼的文化营养。而更及时、直观的感受，则是与树的相遇。比如胡杨林。

有说，看胡杨林为时尚早些，要到十月才入佳境。我倒不介意。以我的理解：树有生命，时序更替和南橘北枳赋予它们不同的形貌特质，一方水土养一方树，想必各有千秋。反之，每个季节的树，也必定折射着某种本土特有的性格精神。果然，我领略到"这一个"的独特风姿——

（一）黄河之滨的垂柳

在兰州街头我问路人，也问车站志愿者：哪里好玩？怎么走？其实聪慧又善解人意的小美女、兰州文理学院杨谨瑜老师先已细致提点，我，或许只是想随机听一听街头家常。循着多人指点我去了白塔山公园和中山桥。好在两个著名景点顺路。据说登上白塔山顶可以鸟瞰整座兰州城。我盘算：既然此刻只有大半天时间（明天是留给省博物馆的），与其为大而无当的"一览"费时费力登顶，不如闲庭漫步，切实呼吸城市气息。

架设在黄河上的中山桥，迄今 110 年，据悉全部建材来自德国。整座桥坚固扎实造型简约，以现代审美标准衡量依然不失时尚，无愧"黄河第一桥"美誉。黄河水滔滔穿桥而过让人心旷神怡，友微信留言，"你笑得开阔"。开阔，真好，我喜欢。下桥右拐进入河滨步道——问知沿河一路上有许多的城市雕塑，尤为著名的是《黄河母亲》，我想看看。

不经意间，哗啦啦一派蓬勃幽绿扑入眼帘，我立定，注目这毫无预期的邂逅。垂柳丰盈健硕沿河而列，每一株都足以让我伸展双臂围抱，在我这外地人眼里，它们分明是不容忽略的存在。可为什么，所有路人不曾跟我提起？是因为柳树太普遍太平凡吧，自《诗经》以来关于柳的咏叹纷繁络绎，或喻示心情，惜别依依；或将之比拟成风姿绰约的小家碧玉，妩媚动人。所以柳树又被称为少女树。

丰子恺的柳树直抵品格精神，"越长得高，越垂得低。千万条陌头细柳，条条不忘记根本，常常俯首顾着下面，高而能下，高而不忘本。"丰先生浙籍，他眼里的柳树，应该也是江浙的窈窕淑女吧。婀娜于清秀湖边，或与桃树间植，桃红柳绿，鲜妍明丽。

我眼前的柳树却是如此质朴宽厚、谦恭安宁，是含蓄而包容的母亲。走在树下，神清气朗。拿起手机，只怕拍不出它的精气神。

是的，难怪人们熟视无睹不拿柳树当景点。这里的柳树，与河滨与城市，几乎达成理所当然如空气般的默契，它们在那里，不需要特别关注品赏——累了就歇歇吧，找听见柳树这样说，便在一张绿绿柳枝垂笼着的木椅上坐下休息。此距《黄河母亲》雕塑仅 500 米。歇够了我毫无遗憾地不复前行。天色向晚，我原路踅返。这天，我行走两万步。

（二）莫高窟的白杨

参观莫高窟，首先进入视线的是窟外那些高大挺拔的杨树。就像是场憧憬已久的盛大演出，无形中拉开一道生机盎然的序幕。我的因连续奔波而疲惫不堪的精神，先为之一振，再暗暗喝声彩，然后，在等待谒见神秘莫高窟的虔敬中，闲闲赏读白杨树。

好干净的树。姿态昂扬着，主干笔直粗壮不枝不蔓，洁净的树皮泛着淡青色。三五簇植却互不纠缠各自磊落，我从心底赞叹这样的树际关系。每棵树冠上层次分明的绿叶，与旁枝交错，又有序勃发各自的生机。阳光从枝叶间影影绰绰洒落，斑驳了树下三三两两、悠闲自在的人们。这里，俨然一方净土。这杨树是被现代作家茅盾写进《白杨礼赞》的白杨吗？

读过茅盾先生的"西北黄土高原上参天耸立，不折不挠，对抗着西

北风"的白杨树,赞叹"它所有的丫枝一律向上,紧紧靠拢","宽大的叶子也是片片向上,几乎没有斜生,更不用说倒垂"的坚毅形象……从形态特征分析,似与我眼前的白杨不尽相同。据说我国杨树种类繁多,要是百度一下,应该不难获得更多确切知识,我却没有。心里明白,就算树是同一种,眼光和境界是不同的。大作家笔底"象征坚韧、勤劳的北方农民,歌颂他们在民族解放斗争中坚强和力求上进"的精神为多少莘莘学子传颂,我也是其中之一,但我也还看到别样的风景。

　　我看到的白杨虔诚而平和地静静伫立在莫高窟前,有着阅纳世事、洞明沧桑的样子,禅悟般沉潜安然,删繁就简。沐受着感化和加持,一切皆不言、一切皆了然,形神豁朗、内蕴恭敬,默默守护着神秘的莫高窟。

就像我看到的正在专心修补窟外墙面的一位师傅，我问：您进里面参观过吗？他目不旁视，专心手中劳作，仅轻回两字"看过"。那一份笃定淡然，如莫高窟杨树的坦荡简明。

（三）酒泉金塔胡杨林

远远望去，那一片湛蓝的天，忽地蓝出让人叹息的出尘绝艳——是因了胡杨林的映衬！是的，我们真的走近了胡杨林。噢不，分明是胡杨林，泼泼洒洒不管不顾席卷而来！刹那间我越发心安理得于自己的语拙词穷。你要我说什么？我还能说什么！远也好近也罢眼前真真绚丽得一塌糊涂——夏教授曾义正辞严谴责我：错啦！美好的人事物，怎么能用一塌糊涂呢！我毫不客气怼回去：怪我吗？现代汉语课还不是您上的——此时当然可以怪胡杨林啦，美得不讲道理。

每年的国际流行趋势发布会，都有专家精心研推众多色彩，谆谆教导时尚达人们：今次流行元素有哪些哪些、实际应用该如何如何。偏胡杨林不按牌理，就那样由着性子，轰轰烈烈美出天际，还把那不讲理的美，挥洒成世世代代的流行。九月怎么啦！九月的胡杨林，绿的自绿黄的正黄，红的，红出层层叠叠深浅不一。九月的胡杨林后续可期。九月，难道不是最佳时节。

身在胡杨林，看红黄橙绿交互洇染蓊蓊郁郁，感觉自己只是打翻的巨型调色盘上不起眼的一小粒，这让爱美人士的爱美之心怎生安顿！看树丛间一堆堆衣裳披肩，看树枝旁一个个精心披挂换装的女子，描眉画眼甚至手舞足蹈搔首弄姿，先还有些不以为然：大自然大手笔之下，人工斧凿雕虫小技岂非多此一举——可为什么不呢？率性不羁的胡杨林激发了人们的表现欲，争奇斗妍何偿不是风景。

胡杨林除了感染力外，更有宽广的包容力。所有人在胡杨林里各美其美，没有哪一种色彩不是恰到好处。胡杨，既深谙美的真谛，又心怀悲悯不排斥任何微小心愿。它明白，生命，最强大的支撑在于不屈不挠的生长力。看似随性恣肆没有章法，骨子里却兢兢业业从不放松，深深扎根沙土，时时精进向上。"它耐旱耐涝生命力顽强，生而千年不死，死而千年不倒，倒而千年不朽"。

想一想，春夏秋冬时序更替，恶劣气候知多少？突发灾害知多少？它们，如凤凰涅槃，向死而生。即使大把时光在握也从不松懈怠惰。年复一年日复一日，吸山川之精华、积天地之灵慧，审时度势顺应大自然生存法则。仅看那些叶子：在严峻的气候条件下，一棵胡杨树长出大中小三种形态的叶子，大叶子为了吸收阳光，狭长小叶为了减少水分散失，

叶片上的蜡质，是为了锁住每一滴宝贵的水分。

周而复始生生不息，胡杨顽强地生长，成就自己，泽惠众生——

"金塔胡杨林位于甘肃省酒泉市金塔县城以西的潮湖林场，为三北防护林体系的一部分。这里有着上万亩人造胡杨林。该胡杨林分布密集，长势良好，极具旅游价值……"

初秋去画室打手碟

这标题来自我发的朋友圈。
好吧,我也转发一下项晴的朋友圈:
 "疯乐疯乐的一天
特别喜欢
才华横溢风趣有加的
李澄香和晓睿
酷热中远征西渡
敲锅、论画、谈观念……
晓睿救了我的画,差一点就被我涂掉……"

你看同件事，我俩叙述的口气和视角如此不同。她举重若轻，"疯乐疯乐"着，什么都没耽搁。

"敲锅"，他们把手碟叫作"锅"，他们都这样叫。项晴说。

他们，是她的一些玩伴。玩画画，玩音乐，玩跳舞，玩……找些犄角旮旯去看，去住，去撒野。疫后再次去西藏，待了三十天刚回来。她拍的照片让我惊艳，我说你怎么找的那地方？她坦言：真见到那些地方人家要骂死我。

呵呵，不用多解释，我明白。我已看习惯了照片与实物的严重不符，虽然每次的货不对版依然让我惊艳。有一点大家都明白，没有一门艺术止于复制。

记得是10多年前了吧，项晴和儿子旸旸联办摄影展，大小照片在户外婆娑树影和绿草茵茵中蜿蜒曲折次第隐现。就那样牵住观者，慢慢走着赏着。具体画面我不记得，但知道她不会浪费，一堵颓墙，一扇废窗，一方荒疏死角、一丛瘦花弱草，甚至一条没道理的曲线，在她的镜头里，互相勾搭、你侬我侬缠夹不清，那些神来之笔的新意象新组合，跳将出来，让我无话可说。世上很多事物，本来剪不断理还乱，只可意会不可言传。

"锅"叫得形象，是像一口炒菜铁锅呢，在客厅一隅幽幽发光。项晴手起手落，清脆幽扬的金属声荡漾开来，渗入每一粒空气分子，澄澈而透明。我说我们四手联奏吧。我哪会奏什么，揍还差不多。我揍的声音闷闷的，却也并不难听。手碟，自带优越，是随性、是悦纳又不失个性特征的年轻人的乐器。

上次来，有一两年了吧？我恍惚。也是满坑满谷的画，当然此时画作全新。晚上回家翻查照片，上次，居然是2016年，转眼4载矣。上次，项晴来我们家，或许更久远些？多数时候我们并不热络联系，各过各的日子。各自走了些地方，各自做了些——哦，我没做什么——事情。我习惯于无所事事。

最近这大半年人人平等，各自宅家抗击新冠肺炎疫情。许多的听见、

看见,许多的感伤、感动。熬着熬着都说:想念了。我俩戴着口罩奔赴西渡她的画室,玩玩,顺便谈谈绘画和旅行。话题有些正经起来。她说:噶(这么)严肃啊?我说允许瞎疯瞎闹瞎讲的呀!

项晴到底是项晴,疯着闹着不离其宗。"晓睿救了我的画!之前总不满意,这两天正想涂改掉。"晓睿赞赏的那幅画,什么内容?他们在看画时我在做什么?大概还在对付那口锅,并没关心关于画的讨论。其

125

实无需多说什么,人与人,只要某方面气息相通,只要在某个点上同频共振,话语便不是唯一的交流途径。通常,拐角处的一个小标识,就能瞬间指向一条新的路径。修不修改、坚不坚持都不是问题,每一个选择都是抵达自己的另一种可能。

我更擅于看到一个人内心的骄傲和谦卑。我多么赞赏那样的骄傲和谦卑:从不勉强自己,去拉近与世俗的距离;总能从善如流,心甘情愿地臣服于艺术真谛。

当一个人活到不被绚丽多彩的表象所迷惑所打动,那么高傲与谦卑的外化表现,都不过是渗透到骨子里的不着痕迹、云淡风轻。项晴把一切都当作玩票。她玩得放松自如——从她那些笔触不羁、随心随性的画作可见一斑。

偶尔,我们出游异国他乡,面对蓝天白云我忍不住发条朋友圈,第一时间看到她的留评回应。算时差,那是午夜酣梦时分啊。我就猜:她是正酝酿进入一幅画的创作呢?还是热舞归来,沐浴更衣闲闲划着手机,享受自制的美味咖啡?更多时候是我,睡眼蒙眬着,惊艳她从天涯地角发上来的即视摄影,或她热烈灵动的旋舞视频。哪管白天黑夜,她的时差由她掌控。她在她自己的时空里沉默着,劲舞着,颓废着,充沛着,无所事事着,自由自在着。

可她偏还做出那么多事情。

是谁说的:世间每一件与众不同的好东西,都是以无比寂寞的勤奋为前提,要么流血要么流汗,要么付出大把曼妙青春的好时光。项晴曾全力付出、不懈奋斗。是 2002 年吧,她在她公司的院子里举行 Party,庆祝她的创作设计公司成立十周年。十年的艰辛不言而喻,也不必多言。诗与远方,只是小资们挂在嘴边的理想,她默默思考默默干活。劳累之余坐在设计室,推窗可见院子里她自己设计布置的,以粗犷原木和天然树叶为内部装饰的玻璃房。那是一间房子,那是一个物体,那是一条精神通道,诉说一个辛勤打拼的都市女子,对自然世界、对自由人生的憧憬向往。

我曾以玻璃房为题材写过《风情女人的风情小屋》，写的什么全忘了。记得文章发表后，有次项晴说起她爸爸的读后沉吟：哦……她这样写你。揣摩那位慈祥长者的话，感觉意味深长——或许有一点点失落：毕竟，在一个父亲眼里，宝贝女儿始终是个长不大的小姑娘。或许有一点点感慨，也或许有一点点骄傲：女儿长大了，真的长大了，出落成一个有能力有担当的女人。一个风情女人。

她当然风情，依然风情，愈发风情。一个内心敏感的画家、设计师，怎么可能不"才华丰艳，而风情潇洒"呢！如今的她已踏入坐看云卷云舒的自由王国，她在她自己设计督造的、带玻璃房的园子里，侍弄花草、调配咖啡、自制干花和甜品。她做的南瓜酪和甜酒酿美味可口，她不慌不忙酿造一个个平凡日子。天知道她还能省出多少时间去西渡画室，昏天黑地埋头创作。昏天黑地那个状态我没见过，是这满室的画为我的想象提供了佐证。

网络鸡汤文总是谆谆教导人们：要尽可能地把所有时间和空间都留给那些重要的事情。要提高社交标准，去交往灵魂共鸣、彼此助益的同频者。不必把太多人请进自己的生命。云云，云云。话说得无比正确，读者听者该干啥干啥。毕竟，"吾之蜜糖彼之砒霜"，人与人的"重要"截然不同。毕竟，说是一回事，听是一回事，懂得，是另一回事。唯真懂的人默默越过那些高大上的箴言，不用费心费力，减法做得娴熟：摈除急功近利，摈除无聊的人情往来，摈除缤纷的虚假荣耀，摈除喧嚣杂念，"只取一瓢饮"。简单，给人丰厚回报。

不时也做做加法的，这大概要讲究些方法论了吧。比如我说，夏天过去了，再不买冰激淋吃了，我要有锁骨。项晴就说：锁骨当然重要啦！可她用了行之有效的方法，跳舞。挥汗如雨地跳舞，锻炼愉悦了身心，锁骨只是唾手得来的赠品。

既然画画是本分，也便不必急于求成。旅行归来，项晴并不刻意写实那些见闻。她懂得从"具体"中抽离,沉入浸润,从点滴的、不同地域的行走、看见、触摸中,汲取养分,滋养灵魂。所见所闻丰富了感受,她默默咀嚼、品味。她的作品力求表达另一番味道。她说她不求"好看",要的正是"那种味道"。那也是说不清道不明的,可我认同,"那种味道"与别的不同而确实珍贵。

比如刚刚过去的这个2020年的夏的味道,如何?每个人的感受不一样,表述方式也不相同。项晴的《夏日系列》靠在画室墙边,一厚叠装了画框的未完成作品,我不设想它们会生成什么味道。我欣赏她永远不失尝试新事物的生命热情——落实到"敲锅",她说:"那是一段自闭的日子,爸爸去世,我怎么都走不出来,想,要有一种方式与爸爸对话。遇见手碟,音色如天籁,又酷,就是它了。爸爸也会喜欢。"

"敲锅",是项晴困境中的自洽,是她与爸爸的精神交流通道。想必她的在天堂的爸爸,那个从小到大给了宝贝女儿无尽的爱和言传身教的爸爸,那个上海戏剧学院导演教授的爸爸,能接收到并且,懂得……

尴尬北京行

（一）缘起

无意间翻到2017年3月17日的北京行记录，记忆连篇而来。

那次的北京游纯属偶然，是闲聊时先生说起："小时候放暑假家里没人照管，把我寄托到北京烟袋斜街亲戚家，不知道现在……""那就去看看呗！"我说，顺便看看天津。我没去过天津。

我怕麻烦，也是早前烙下的印记——曾在北京电话订票，让送个快递，不肯，说太远。远是实话啊，帝都浩瀚。再说已是老黄历，如今全国的快递业电子业多么发达，何劳操心。却成了我的借口，偷懒把行程交给了旅行社。根据参团标准可以在同价位内选择出行方式。我们改飞机为高铁，意在浏览沿途风光。比飞机慢三个多小时又何妨，本来就是看看玩玩而已。团费我挑了最贵的，只为五星级酒店那顿丰盛早餐。

这是我的分别心：到南方，比如苏州杭州，只须24小时有热水、空调运行正常，环境相对清静，有统一质量标准的连锁店尽够了。那些城市不愁找不到实惠又可口的饭菜。尤其是苏州，清晨顺着垂柳轻拂的小河漫步街市，总会有古色古香门面不大的清爽面馆等着你，吴侬软语，汤宽面细，"宛若水中央"。帝都的炸酱面肉夹馍火烧焦圈也都是特色好物，无奈与我的南方胃不合。

（二）路上

G2高铁一路周到，服务员推着小车在车厢里来回叫卖：德州扒鸡要吗？啤酒要吗？咖啡要吗？零食要吗？有要午饭的吗？不提钱字，好像他请客。我问午饭多少钱一客，说，有40元的有60元的。我说不是规定高铁上不能断供15元一份的客饭吗？售货员白眼翻到天花板，迟疑说："我这没有，要不您去餐车问问。"我不问也不吃，有电话进来，说是旅行社司机，嘱我到了北京站打他手机，我便在号码前标上"接站师傅"，心里尚笃定。可接下来，一连进来四个电话，个个不同号码，都说是接站师傅，我懵了，到了打谁？只有先后标上"新司机""最新司机""打这个司机"……

出北京南站再接电话："车已经等着啦，您往南走，到了路口往西拐"，又不同先前四个号码。现代电子技术给人方便，却也让人云里雾里地心虚，我打电话给上海的旅行社，让我别急，他问问。在他问的间隙我无助地对不断进来的电话喊：您直接说在什么路吧，我不懂东西南北。先生说有太阳的话他能辨别方向。

终于坐上了接站的车，开了好久好久，越走越偏，天黑前住进酒店。

（三）拼团

直到第二天在天津的一家饭店里，后知后觉的我才明白：这次预订的行程是从一开始就面目全非了。饭后我小声问导游，我们订的是美食之旅，这？我不讨厌白菜豆腐，也不拒绝辣椒，我吃自助餐被队友戏称兔子，因为拿的都是绿叶菜。可是素菜和素菜不同啊，你懂的。导游和颜悦色告诉我，他主要的服务对象是云贵游客，"你们两位拼团到我这里，要是根据你们的行程价目来安排全团，我就亏大了"。

拼团？如此，我之前疑虑的为什么导游一早带着一车游客来酒店接我们，以及小客车座椅之硬，颠得我腰酸背痛不敢靠近椅背，才——得到了解答。可上海的旅行社为什么事先不提醒我这是拼人家的低价团？非但不提醒，还一个劲地鼓动我，这个星级之旅价格虽贵，却省心省力舒服周到……

按照预计行程第二天并不是天津游，但既是拼团，我们只有跟"团"走了。至于导游鼓动大家参观和购买手工特色美食，我当然不尝不买，我知道如今手工昂贵稀缺，但我更知道手工食品对诚意、诚实、诚信和细节规范要求更加严格，"拼团"，我还是尽量吃吃流水线成品算啦。

（四）换酒店

　　回到北京我又给上海的旅行社去电，要求换回行程规划的酒店。知名旅行社的态度就是好，客服经理首先致歉说：具体组织这次行程的是一家挂靠单位而不是本部，对于这种偷梁换柱行为本部会处理。然后他又责令"挂靠"那人，当即为我们换酒店。那"挂靠"又去周旋良久，将我们的住处从四环换到三环的西国贸大酒店。"主要是两会征用了当初为您预订的市中心酒店。"我们的行程客服小姐细声细气的解释在空气中游丝般飘荡。

我其实无所谓四环三环还是市中心，又不买房又不求职，但头天晚上找饭店和水果店的经验给了我直观认知：酒店外面的那条马路上，汽车助动车自行车川流不息闹闹哄哄，走出好远没见有店，站在街沿茫然四顾。幸好犹豫间一戴眼镜白净小伙主动上前询问，我说我找……小伙伸手一指，"马路斜对面有小饭店，您再往北多走一阵，有两家大饭店和水果店……过马路当心着您呐！"真诚的提醒熨帖到心里。

　　在西国贸，至少无需找东找西了。酒店里的饭菜就不错。周边点心店、水果店、超市一应俱全。

（五）北京男人

问了导游才又知道，这趟行程中并没有烟袋斜街。我也才回过味来：为了丰盛的自助早餐而订的五星级酒店，居然我们总共才享用一次。每天一大早导游从不同的旅馆接完八九个客人，最后来接我们，都是打包早餐：几个小面包一个煮鸡蛋一个水果一盒酸奶。导游不是说了吗，我们是"拼团"，他没法按照我们的行程标准做特殊安排。那么只有我自己特殊安排了。当机立断脱团（事后朋友得知，说你可以要求旅行社赔偿啊，我没有，还是因为懒），逛烟袋斜街去吧，毕竟烟袋斜街才是此行的目的地。

空气中的旅行社那细声细气的女生闻过则改，叫了出租车专门接我们去烟袋斜街。司机是成都人，住北京生活好多年了，因为"北京的米好吃"，理由让我哭笑不得。又一路殷切介绍景点，哪个名人故居哪个纪念堂哪里哪里……半京半川，伴随着一路堵车磕磕绊绊，我的思想小差一下开到半个世纪前——

1952 年，天安门外的长安左门与长安右门，因为妨碍"几十万人民群众在这里接受毛主席检阅"被果断拆除，梁思成哭了；1953 年，北京开始拆除一座又一座牌楼，梁思成据理力争无果，又哭了。他痛心疾首说："早晚有一天你们会看到北京的交通、工业污染、人口等出大问题。"嗳！我在心里篡改鲁迅名言：哭泣如何不丈夫。

下了出租车，抬头见高高的牌坊上"南锣鼓巷"四个大字隔路相望。"啊哈，先逛这著名的北京胡同吧。"我说，先生头也不回撂下句："怕太晚了。"咦！这慢条斯理的老男人，这会儿倒急切起来。我说才早上九点多晚什么晚，正好过去问问路嘛！我相信，对面巷口一定会有现成北京男人等着给我们指路——北京胡同似乎总跟男人连在一起，是这次来北京逛胡同烙下的印象。十多次来北京，从前怎没注意。上海的弄堂口，好像总是三五女人聚在一起叽叽喳喳说笑。

不出所料，巷口几个老男人，操一口地道京片子围坐一堆，暖阳下聊得热烈,一连串话语间嵌着个拖长的儿化音,绵实而脆亮:"往那边儿您呐!"(手一指,哪边?我光顾着听那京韵儿了),听见东南西北我又问:北在哪里?那人并不因我无知而鄙视,"坐两站地儿,下车就看见鼓楼了"。另有备用方案,"要不您别坐车了——咱不是玩儿来了吗?您就从这南锣鼓巷一路逛到头儿,看见鼓楼了您往……"——我也没记住东西南北,但记得老先生满头华发,笑容可掬。

嘿!北京房价那么贵,马路那么堵,居,大不易,却有那么多人愿意住北京,不是没道理哈!一方土地的精气神儿在着呐!瞧这见多识广、朗阔而又温厚的北京男人。似乎,再窄小胡同口,也会坐着个老男人,远看似打盹,近了才知他已浸润在怀揣的收音机伊伊呀呀京戏昆曲中。却绝不嫌弃你问路打扰,和着匣子里京戏昆曲那韵味儿,念白似的一五一十切实道来。

(六)烟袋斜街的惆怅

可不是!逛到南锣鼓巷尽头果然就见到了鼓楼,鼓楼拐个弯儿果然就是烟袋斜街。走进去,慢下来,终于,在"小时候"的老房子前迟疑着站定。门是虚掩着的,轻轻一推就开,却不见人影不闻人声。眼前的"院子",建筑风格跟这条被改造的繁华商业街一样,可为什么独独这多年老屋不开店不翻新藏在个什么"刺青"招牌后边,得以一枝独(不)秀地保存下来?院子也只是个叫法而已,里面应有的空间已经基本填满。

听先生说过,院子里,除了陪伴他的老亲戚,还有个上海女人——先生犹犹疑疑期期艾艾,是近"乡"情怯了。终于没去敲任何一家房门,伫立良久才离开,没走几步就是主街。回头,见一条白狗从胡同那头慢慢踱来,悠闲而安心。院子后来住了几家?胡同里还有哪些人家?家家都有怎样的故事?世间的油盐柴米,看似差不多,其实冷暖自知,旁人难以况味。

小时候的烟袋斜街什么样?那院子从前该是宽阔许多吧?一整个暑

假他是怎么玩的?我想问问先生但终未开口。这条在清末至二三十年代以经营旱烟袋、水烟袋等烟具和古玩、书画、裱画、文具以及风味小吃著称的特色文化街,曾留下过多少故人故事、名人足迹?身边人流熙来攘往,我俩身心似都笼罩在一种怀旧感伤的氛围里。直走到后海一家老字号饭店,也是饿了乏了,进去歇脚吃饭。

(七)笑喷

我为先生点了服务生推荐的招牌羊肉,好大盘。我要了盅热梨汤,梨是连皮煮得半透明的一整个,黄澄澄甜津津。我三两口嚼咕下肚,又点一盅慢慢呷。一边深切反思:怪我太懒太笨,把行程交给了不靠谱的挂靠个体户。先生说,也好,要不是天天早上来催,你能凌晨起床,摸着黑去排队看天安门升旗?打死你也不肯的。我说吃不好睡不好连累你也受苦,真抱歉。先生只埋头对付他的羊肉。

我平时总说先生"存在主义""事不关己高高挂起",比如有人在公共场合大声聒噪振聋发聩,令我十分反感,他却说,他们本来就那样,你要他怎样。比如不断有骚扰电话鼓动你买房贷款,我烦得要摔手机,他说,他不干这还能干啥。可此刻,事已关己了呀!我说下次再不参团了省得受骗,先生说,你以为你不参团就不受骗啦?人家要是连你这样的都骗不到,还怎么在这社会上混!你还让不让人活了?哈哈哈哈气得我,一口梨汤笑喷。

按图索"迹",再见英伦

写这篇"英伦"前,我在每天照例的随意浏览中看到这条标题:超强变异毒株失控!全世界下"禁英令",伦敦一夜变鬼城,英国恐断粮?——不是巧合,新冠病毒的各种信息,在即将过去的 2020 年层出不穷司空见惯,既凶险又普遍。看不见的病毒让看得见的生命显得脆弱而渺小、甚至稍纵即逝。此刻"英伦"吃紧,谈什么都奢侈。然而在的都在,此一时彼一时耳……

彼时,2016 年 9 月 16 日,我在朋友圈发了条图文:"打开微信,这么多中秋祝福,谢谢啊!节日已经过去,我的祝福是:祝各位至亲好友,健康快乐万事如意!我正在伦敦冒雨走街,爱你们!"我哥小窗秒回:太阳从西边冒出来啦!我们在东边找你们过节呢。是了,前一天正值中秋。我说,手机没电了,我说,充电宝找不到了……

循着隔三差五微信图文,半个月英国行足迹渐次浮出脑海。按图索"迹"实录些片段,算是后疫情时期的一次温故神游——

(一)波光里的艳影

九月的英伦已经进入雨季。徜徉在冷雨霏霏的剑桥郡,架设在曲折前行的剑河亦即康河上的桥梁在雾气缭绕中朦胧隐现,如诗如画,那份沁入骨髓的美,给人感受到的,除了幽然纯净,还缠夹着涨溢的温情,和说不清道不明的——惆怅?伤感?"波光里的艳影,在我的心头荡漾",诗人徐志摩一介文弱书生,气场却大到将今日氛围荡漾成当年波光,摄人心魂,绕不开。

剑桥大学没有特定的校区,不设围墙,不见校牌,绝大多数的学院、研究所、图书馆和实验室,各各散立于剑河两岸,整个剑桥郡,便都成了校园。这个大约拥有 10 万居民的英格兰小镇,处处弥漫着浓郁的文化气息。遑论梦里,醒着走着,也几乎不知身是客了。都说英国人礼貌而拒人千里,这不见高墙深院的高等学府,算不算一个姿态,以示对哪怕读书有限者的亲和迎迎?

通常,我的游走目的简扼而单纯:偶尔偏离常规,看看不一样的风景。可风景从来不仅是物,剑桥的风景有了徐志摩,就有了与你的情绪波动同频共振的底里。你被那"挥一挥手"的优雅洒脱和"那河畔的金柳""波光里的艳影"的清丽出尘所感染,被那美好意象背后深不可测的情愫所迷惑,不知不觉,你的眼前掠过一枚孤独临风的身影——那个只活了34年的诗人。

"但我不能放歌,

悄悄是离别的笙箫,

夏虫也为我沉默,

沉默是今晚的康桥……"

是1928年的夏天,徐志摩没有告诉任何人,独自悄悄来到康桥找他的英国朋友。遗憾的是朋友们一个都不在,只有熟悉的康桥在默默等待着他。感伤、落寞,以及对一幕幕过往经历的怀念,交织在内心,奔突、发酵、滋长。直到当年11月6日,他在乘船离开马赛的归途中,面对波涛汹涌的大海和辽阔无际的天空,《再别康桥》这首传世之作,才意兴湍飞、喷薄而出。

"悄悄的我走了,

正如我悄悄的来;

我挥一挥衣袖,

不带走一片云彩。"

轻轻的吟诵不知不觉伴随雨声敲打心灵。我摘下眼镜抹一把脸,湿漉漉的。哦,雨似大了些,我往撑着伞的先生靠得更紧些……

(二)古堡里的柔情

英国有许多著名古堡,最为人们熟知的要数伦敦塔、温莎城堡和爱丁堡城堡等。这些城堡大多保存完好值得细细品赏。我在爱丁堡随手拍下很多人物情境照,奇怪的是,给我留下最深印象的温莎城堡,却只找到参观结束后我匆匆抓拍的城堡外草地上的三两张照片。是因为观赏太专注了?是思绪飘得太远未能顾及眼前?还是照片本不足见证旷世真情?

我的专注点,不是森严厚重的建筑本身也不是它背后的历史风云,而是一则不合法度常理的温情故事,我总是更注重人和情。我记得我内心的慨叹连连。

位于伦敦附近的温莎城堡确实集宏伟壮观和精致唯美于一体。这座含有哥特式风味的古堡,900年来已经有39位英国君主在此度过余生。后来也成了伊丽莎白女王喜欢居住的行宫。它还成为备受人们青睐的旅游打卡地。然而温莎城堡另一个,甚或更重要的盛名远扬的原因,却源于爱德华八世为其爱情毅然放弃王位,演绎出一则流传至今的"不爱江山爱美人"的动人故事。

当年,爱德华八世邂逅在美国的有夫之妇辛普森夫人,被她的高雅气质深深吸引,而辛普森夫人也对他倾慕有加——故事至此其实并没有什么特别的动人之处,就是两个一见钟情的男女天雷地火、互相吸引而已。后来辛普森夫人为爱德华离婚,爱德华为辛普森夫人向国民宣布逊位,降为温莎公爵。他们为爱作出的惊世骇俗的选择,受到王室以及社会上广泛而严厉的谴责,当时只有萧伯纳、丘吉尔、毕维布罗克等寥寥几位智慧而优秀的人物表示支持,丘吉尔说:"国王想娶他心爱的女人为妻,有什么不可以呢?"

故事至此其实也并非最让我感动。真正打动我的在于他们婚后,仅

在温莎城堡居住数月,便双双去到法国定居,过着平凡人的平凡日子,相伴厮守一生。所谓相爱容易相处难,冲动过后的一辈子相守谈何容易。心理研究表明,当有人为一个人选择放弃很多既有的东西,那么放弃以后的得到，会很自然地令他权衡掂量，值不值得。据说，大多数人得出的结论是不值。以之观照这两个各自放弃了权位和家庭的人，是一往情深根本不屑于掂量，还是掂量权衡以后依然一往情深？不得而知。他们传颂于世的故事如童话般美丽：从此以后，两个人幸福地生活在一起。

生活总是以平淡为主。长久的平淡相守，必然已经超越了一见钟情的最初冲动，而是两颗心、两个灵魂的互相交融欣赏，是一份更深的情义。这才是比最初的选择更美好更难得的后续。这在活得越来越现实、越来越物质的人们看来，不啻是个奇迹。这也许正是人们一方面批评它不合法度伦理；另一方面却依然认可并从中获得审美层面上的极大满足。我想人们品味和领悟到的是更深层的人性。

（三）乡镇一隅的浪漫

这是个乡村小镇，格特纳格林，苏格兰南部边陲最古老的村庄之一，它又被称作逃婚小镇。所谓逃婚，毋宁说是结婚，其名称得之于此地结婚年龄限制比别的地区低（当年英格兰的法定结婚年龄是男22岁，女20岁，苏格兰是男20岁，女18岁），所以想要嫁娶而不到法定年龄的青年，往往逃到这里来成婚。据说，世界上现存的最古老的婚姻证书，就是1772年在这里颁发的。

如今这里已经成为旅游景点，商店满坑满谷的甜食，远近满眼鲜花丛生，整个格局好像随时准备举行大型婚礼。立足现实想想：两个年轻人主动要求被婚姻束缚捆绑，过着日常的凡俗生活，不免让人产生些许非现实的、古老的、既浪漫又踏实的奇妙感觉。而眼前，周边空旷场地正在形成的社区集市，似乎是当年浪漫又踏实的爱情故事的写照和延伸。那乡气的、甚至不乏简陋拮据的集市，反倒呈现出爱情和生活的质朴本色。即便只是景区的一种场景布置，也因恰到好处而蕴含了审美意义。

雨后初霁的清寒中，居民们三三两两似从连绵绿茵里冒出来，有的开辆小车，有的手推小货车，各自迅速在空地上摆出货物或搭个简易小台，比上海的涉外社区集市冷清多了。各摊档出售的显然是些家庭剩余或自制的物品：旧书报杂志，旧相机眼镜，酒瓶酒杯，手工编织的儿童毛衣，薄铜片敲出的浮雕（以前看三毛的书里荷西做这类手工，曾经深深沉迷），还有中国特定时期的宣传画、纪念章头像什么的，显然是招徕中国游客，但手工和画面都不出色，比较小巫。

（四）逃婚小镇集市

一对老夫妇的小桌上几个玻璃瓶子吸引我仔细端详，老夫妇并不介意我只看不买，笑眯眯介绍：这是自制蒜头，这是自制的蜂蜜橘子酱，我见标签上1.5英镑和2.5英镑的价格，换算下来也就人民币十多元一瓶，看上去很规范，俨然工业化成品生产。我知道如今手工越来越难得，但就食品而言我一如往常地并不青睐纯手工。我觉得大流水线更容易统一规范操作和标准化质量掌控，当然我掌控不了几噁英几聚氰胺。

我还是由衷地对老夫妇竖起大拇指，我真心欣赏他们，在这天涯一隅人烟稀少的旷野小镇，乐呵呵过着清简生活，做做蒜头甜酱，在绿茵和鲜花环绕的村庄里自给自足自由自在与世无争……想起林语堂说："世界大同的理想生活就是住在英国的乡村"——林理想中的英国乡村，应该是天然的、绿色的、原生态的一望无际。在我，就算这逃婚小镇添了许多人为痕迹，依然不失乡野情趣，让我心生欢喜。

走马观花英国游不止一次，浏览景点也远不止此，仅择细微片段记之，或许多少注释了前文我自己的说法：在的都在。比如情感、情义，艺术、精神。以及凡俗意愿的生生不息。

完稿见刷屏：当地时间12月28日，钢琴家傅聪因感染新冠病毒于当日在英国逝世，享年86岁。想起傅老先生说的：我就回到音乐世界里——他一直都在音乐世界里。

GPS 启示录

网上看到一则消息，说一位男士车行夜路，跟着 GPS 导引不知不觉闯进一大片荒野墓地，惊慌撤离时车轮突然爆胎。男士吓出一身冷汗，颤抖着打开后厢盖却怎么也取不出备胎，忽见前方路侧孤伶伶一栋房子闪着幽光，奔去求助，呼叫拍门全无应答，原来是座空厂房。男子越发惶恐腿软，迅速逃进车内关紧门窗报警。直到警察赶来帮他换上轮胎带他开出墓地，犹自惊恐……

这算是比较极端的个例吧。其他诸如被 GPS 带入死胡同，甚至根据指示开进农田或冲进河里的故事实没少见。与此类误入歧途相比，我算好的，然而在路上瞎转悠，数小时出不了怪圈的事却没少发生。这首先要怪我实足的路盲，在家门口多走几步都可能迷路的。其次，人家车载导航应该比我陈年八股从不更新升级的手机导航系统要先进得多吧？反正——

就在前两天，去本城远郊，把目的地输入 GPS，查看全程规划路线并无破绽，就算慢行，3 小时也足够了。然而车行一个多小时忽然发现，我这还在城乡接合部的几条公路兜兜转转呐。我的 GPS 哎，又出错啦！靠边调整路线，听那女的报出路名，一五一十毫不含糊，便重新跟着出发。岂料这一走，没完没了一直走到地图外面，它依然斩钉截铁指示：靠左行驶不要转弯靠左行驶不要转弯……好吧，我输。

雨天迷茫，雨刮器上一根橡皮胶条大半脱落，甩啊甩的，还是怪我咯，每次下雨说下回一定更换，每次雨后天晴则过维修店而不入。再遇下雨却又自责偷懒，因为擦不干净的那一片正对着我昏花老眼的视线。

那天，用了五个小时才抵达目的地。那天回到家感觉人很虚脱。

翻看笔记想起好几年前有次，也是去郊区，回程上了条比较陌生的高架路，许是先前在市区找路兜兜转转把 GPS 弄晕了，在高架上它偏给我报些浑身不搭界的市区地面路名，还不厌其烦规劝我："调头行驶调

头行驶调头行驶"——调你个头啊想得出哦,高架上调头!心里骂着,行动倒还不失冷静理智,知道它是依赖不上了,干脆随它在那里瞎啰嗦,自己特别用心看清每个匝道口标示,找个似曾相识的路名下了匝道。遇多出口的环岛,我特别慢行,浆糊脑子却特别快速地盘算起每个路口以远的延伸方向。

居然,我既没调头也没绕行,准确无误回了家。是兔子被逼急啦。这件事给我的鼓励是,即便愚笨如我,也不是完全没有潜力可挖。这就证明了科学研究成果:每个生命都有很大潜能可以开发利用,尽管潜力大小有所不同。似我这样智能有限,又比较懒于思考学习的,一旦加强自律克服依赖心理，凡事笨鸟先飞提前做好功课，哪怕临时抱佛脚动起脑筋来，也是可能有所提升和进步的啊。

再说了，马大哈懵懂上路，有时候也可能获得意外惊喜，那种不经意的邂逅，则又非"完全正确"可以比拟。那次找到上海新辟景点"青西郊"，那些长在水里的大树，亭亭玉立真让人欢喜。尽情游玩大半日，返程跟着GPS指引误入一条陌生的无名小路，放眼望去，近处绿荫缤纷，远处庄稼成片，自然景色不输精心打造的青西郊啊。极目四望，依稀可见白墙黑瓦民居傍水而建，三三两两，简直美如世外桃源。

今天，现在，要去找回那条小路我是万万不能了，惊艳也正在于那可遇不可求，歪打正着似偶尔入了人的梦境。停车坐爱景色佳啊！我们下车拍了好多照片，浑然不知夜幕降临。

总体而言，误导当然只是小概率，GPS正确起来那是五头牛也拉不回来。它的坚持，它的倔强，它的毋庸置疑，过后想想令我赞叹不已。有次去杭州，我忘了通往郊区的一段路因大修而封闭，上了延安高架，GPS却早早自动改道，一直过了沪青平出口，指令我转入A5。我因为对自己的智商严重不自信，取卡时有点发怵地问收费窗口：请问往杭州方向，这样走对不对？

错啦！

那正确的该怎么走？

不知道。

没有退路。卡都领了，只有勇往直前。准备在第一个道口下去再回头找路，但GPS沉着冷静不屈不挠：两公里后高速路，不要下行靠左行驶……1千米后高速路，不要下行靠左行驶……不要下行靠左行驶，不要下行靠左行驶。

GPS较起劲来简直令人发笑。有好几次，我故意反其道而行之，它不屈不挠提醒我"300米处调头行驶""100米处调头行驶""调头行驶""调头行驶"，我偏不。直到对我彻底失望，它沉默许久，才不太情愿似地给出一个不调头的全新方案。屡试以后觉得它还是值得信赖的。可这次，人专业"窗口"都说错啦。再不下行，真怕是南辕北辙了。下？不下？下？犹豫间又过了一个出口，GPS舒缓报出前方目标："沪杭高速"。

因修路而绕道，完全正确！原来是窗口那小伙子错了。可我怎么能够想到：天天在这要道口把关的业内人士，会不知道自己辖下路段大修封闭的陈年消息——追根究底毕竟还是我的错：天天，各种媒体都在无孔不入地告诫我们"要多长个心眼"。对此我私心里颇有微词，我想，心眼太多，处处算计，做人未免无趣。可具体到一个"窗口"，一个小小的GPS，信还是不信，确实要有自己的"心"和"眼"呢！我正是因为一无所知，结果差点冤枉了坚持真理的GPS。

好了，真真假假、林林总总，GPS给我的启示已经足以推而广之、普而适之：一、不断学习、自强自律，使自己多一点智识和常识以备不时之需；二、增强满足感，一开始就立足于靠自己、不指望天上掉馅饼，一切的得到就都是额外收获；三、充分信任、用人不疑，维护自己和对方相互提高、共同进步的尊严，比如对GPS的及时升级更新和适应；四、允许出错、善于变通，道不行乘桴浮于海。万一出错不妨欣赏别样的风景；五、仅有理念或理论不够，还须踏实做好看似微不足道的具体小事，比如出门前充分做好路线规划功课；六、分阶段实现小目标，给自己逐步增加信心，比如GPS，若不能一步到位遥指目的地，那么分路段次第接近目标，看似比较烦琐，或许反倒有利于步步踩在正确轨道上前进。

至于那位误入墓地的老兄，至少有两点值得学习：一是心知靠自己努力无法解决问题，能想到及时求助于万能的警察；二是保证求助工具比如手机，在急用时有电并畅通，若是手机也失了灵，岂不更要吓得灵魂出窍？还有还有，像我这样的笨人，更要以勤补拙，明知设备老旧，更要常检修勤维护……就这些，我能做到已是大大进步了。

汉口路上申报馆

从地铁 2 号线南京东路站 3 出口上去,就能望见《解放日报》大厦了,十分便捷。我提前从 1 出口上到地面,然后从山西南路汉口路走过去。有段时间没来汉口路了,与其在地底下随人流奔涌,不如在汉口路上慢慢踱。

汉口路不算繁华,暮春清晨的暖阳爽落清淡。

汉口路是 1862 年英美租界合成的公共租界。西区法租界给人的感觉与之完全不同:不宽敞的路两边种植着粗大的法国梧桐,夏日,茂密的树冠在头顶上方合拢成绿色凉篷,阳光透过树叶洒下星星点点,反倒显得格外神秘宁静。落寞而精美的花园洋房总是关着门,少有人出入……汉口路,也曾是闹中取静的呀,如今冒出许多美食店,其中还不乏颇有名气的网红店,分布在不长的路段以及周边。

汉口路是上海市黄浦区中心路段之一,东起外滩的中山东一路,西迄西藏中路。总长不到 1600 米,却历经沧桑变幻,几度风光璀璨。如今谁都知道,这一带的房价是贵得令人咂舌了。许多人却并不清楚,"这里曾留下一代代名人的足迹,从赫德、杜威、罗素、爱因斯坦,到鲁迅、胡适、柔石、阮玲玉、张爱玲……是他们,串起百年上海的沧桑历史"。

309 号在众多网红店中依然卓尔不群,不仅因为美,更因为它的前世今生。此刻,我已走到跟前:山东中路口,两路交接处的汉口路 309 号——历史上大名鼎鼎的申报馆。这是一幢上海市优秀近代建筑,这里也曾是中共上海市委机关报——《解放日报》社址。

《解放日报》新大厦坐落在闵行区的都市路上,早些年,那是条落寞荒寂的郊区路段,蛮远的,没事不会轻易去。"建筑很漂亮很现代",忘记当时去干什么,只记得我这话一出口,就被在新大厦里轮值的报人怼了回来:"这么远这么落乡,要这么漂亮干啥!建大楼的花费补贴我

们买住房,比什么都强。"

如今的人们,谈什么都自然而然把话题扯到住房和房价上。也难怪,衣、食、住、行么,始终是咱老百姓的关注焦点——所以,今天的申报馆,终于拿来吃了?"去吃申报馆。"这语法,我懂,你也懂的。

申报馆就是《申报》报社。以前称报馆现在称报社,一字之差当然不仅仅在称谓。《申报》是1872年4月30日创办的一张报纸,据资料介绍,1949年5月27日上海全部解放,《申报》出版发行了它最后一期报纸。5月28日《申报》停刊,中共中央华东局和上海市委机关报《解放日报》,接着在申报馆诞生。所以今人把申报馆所在的汉口路,称为上海报业的发源地。

汉口路,存在150多年矣。

当时汉口还未与武昌、汉阳合并为武汉,而是作为直辖市存在,其商业发达程度仅次于上海。汉口,听起来有种粗犷、豪爽的感觉,我喜欢。去过几次武汉,觉得名实相符,更喜欢。有次读到池莉写的:"汉口"居然被现政府的地名办,莫名其妙地丢失了。丢失了也不打紧,全市人民都知道照样这么叫。这份我行我素的直白,是不是很汉口,很池莉?反正,上海有汉口路没有武汉路。

汉口路俗称"三马路"。按路段顺序排,从北京路依次往南为南京路、九江路、汉口路、福州路、广东路。上海人把南京路叫作大马路,于是九江路、汉口路、福州路、广东路,则被依次唤作二、三、四、五马路,后又把较短的北海路叫作六马路。1865年,上海公共租界工部局以长江中游港口汉口的名称,正式命名"三马路"为"汉口路"。

在申报馆门前伫立片刻。然后,我推开弹簧门,甫坐定,就有服务生递来点餐簿:喝什么?吃什么?其实,真为美食和口腹之惠,周边自有太多更好的选择。来这里,多为"环境"和"氛围"。别的饭店,再是富丽堂皇,高谈阔论之余只是"吃"。稍嫌仓促。这里适合浪费时间。早午餐从上午十点开始到下午三点,消闲半日,与时光静静相守。正午饭点客人会比较多，其他时间都还安静、清爽。

呷口咖啡，悠悠瞭望，偌大餐厅保留着100年前欧洲新古典主义的浮雕穹顶，以及餐桌椅们空落落的慵懒感，无不散发出别样的味道。

许多人知道这场景，大概因了曾经红极一时的琼瑶电视剧《情深深雨蒙蒙》。对，这里是剧情取景地之一，剧中人设何书桓和杜飞便是《申报》记者。我不记得我追过剧，当然也无从记起剧中情境模样，猜想那时候看，是特别文艺而纯美的吧。人是真人，据说在琼瑶的剧情设置里，何书桓向报社要求去北京采访学生运动，是有事实根据的。不知晓历史也无妨，反过来以剧识人知事，这是当今普遍捷径。

从一楼尽头的阶梯拾级而上，呈现眼前的朗阔高敞的二楼的黑色栏杆，让人感觉如乘邮轮，又如绵延流畅的五线谱，挥洒出舒缓灵动的韵律节奏。我对着做旧的吧台前那堵泥墁墙拍摄，在一边拖地的清洁女工说，"我帮你拍张照吧"，我欣然站到墙边。照片拍完一看，"只谈风月"成了"只谈风"。我笑了。女子要为我重拍，我说风就风吧挺好的。我其实没谈风更没谈风月。

"风月"是什么？《南史·徐勉传》曰："今昔止可谈风月，不宜及公事。"意为只谈风和月等美好的景物，隐指莫谈国事。其实谈什么话题不仅受大环境条件限制，也还因人而异。文朋、群友、闺蜜、合作伙伴、点赞之交……聊的话题各各不同的吧。也有点像办报纸呢，不同宗旨栏目、不同文采文风，各有主题和侧重。长长短短，还有书面表达与口头的不同。

与发小，聊什么？从小相随相依，哪怕成年后各奔东西出落成完全不同的人，你们却有相似的起点，像同一片土地上的幼苗，彼此见证着彼此成长的艰辛。一起办过家家，一起抵挡过风雨，对各自的家庭，父辈、祖辈，甚至曾祖辈，都熟谙和了然。难得见个面，不舍得风花雪月、风柔月好，话题不知不觉转到父辈祖辈甚至曾祖辈，渐沉渐重，从心底剖白对他们的爱，对他们为家庭、为子孙后代、为莫须有的罪名，吃的苦受的难，无比痛惜。对他们的磊落正直，参悟似的懂。

你们的"风月"关乎生命，生存，命运，关乎血脉亲情。几多沧桑，说着说着感伤不已、潸然泪下。这还只仅仅摘取了零星断章。若一五一十道来，是绵绵无绝的长篇巨制……

《申报》亦久远，前后发行时间长达78年，而说起20世纪30年代《申报》的繁荣，今天人们或许未必清楚，必须提到的人物是史量才。1912年，史量才接手了经营困难、年销量为7000份的《申报》，通过建造现代化新闻大厦、更新印刷设备、改进文字排版、增设新栏目、开展广告业务等手段，大大提升了报纸销量。至1933年，《申报》创造出15万份年销量的神话。

"九一八"事变后，史量才常告诫同仁："人有人格，报有报格，国有国格。"报纸的报道风格变成"传达公正舆论，诉说民众痛苦"，理所当然，《申报》也受到抗日力量和进步学生的喜爱。

如今，申报馆尚存，与牛排、鹅肝酱、拿铁咖啡、柠檬茶相提并论。或许有一天，申报馆又派了别的用场，生产销售别的吃穿用度不是没有可能。无论如何我们明白：申报馆，不仅仅是旧址、建筑、餐厅。它涵泳着一份精神——个人命运也好，文化事业也罢，凡属物质层面（包括肉身），看似眩人耳目，看似脍炙人口，终不能长久，唯精神，静水流深，代代传承。

看病琐记

医生说：切记切记，不要再用眼过度啦！否则……
——会瞎掉？
瞎倒不至于，大致还能看见手指在眼前晃动吧。
好，既然除了手指晃动我还想看更多，那就少刷手机少上网少看书，正儿八经多看……病。

之前很少去医院看病，平时有点头疼脑热，忍一忍就过去了。医院总是人头济济，让我搞不清收费窗口、发药窗口，以及哪个科在哪里。就算耐着性子上下奔波看病开药回来，也从没耐心服完用过。

看眼睛终于成了必需，明知道医不好，至少希望它别再坏下去。我首选社区医院，图近便，图人少，还图环境好。其实一直百试不爽：凡事不能有所图，你图什么，那什么就可能变成幺蛾子烦扰你。

挂号免费更不能图，因为医生有的是找补办法。比如主诉"视力模糊"，医生就一再提醒"你头晕"，我说我不晕，只是想查一下血脂血

病中看

糖血色素之类是否正常,是否会殃及眼睛。医生沉吟:光检查让我怎么……最后额外开了几大盒藿香正气水——天热了你肯定贪吃冷饮,冷饮吃多了肯定体质寒凉,体质寒凉肯定需要吃药。我晕。我无力反驳,我确实嘴馋贪吃冰激淋啊!

想起来,比上次好些。上次是旅行出发前,去开几粒方便随身携带的助眠药,结果女医生软磨硬泡给我开了几大包中成药,没法带,很鸡肋地摆在家里。我不舍得扔东西。

正好小良问我在干嘛,便一股脑儿向她状告看病种种,受她一顿抢白:怎么可以到这种医院看病?

——这种医院怎么了?人新建大楼黄金地段杵着呢。

我也真是晕了,居然帮医院数钱。

好啦!那些花架子没用的。赶紧去华山医院!小良斩钉截铁。

好吧……明天(明天我也不会去我有拖延症)。明什么天呀!现在!立刻!挂急诊!查CT查核磁共振查——你等着,我来陪你去。现在?正值晚饭点。小良正在从奉贤赶回市区的路上。她哥病重,她亲力亲为督导治疗用药,几乎每天往返穿梭在市区和她哥所在地。她哥身边可是嫂子侄子一大家人呢。

良啊良!一天到晚奔波你累不累呀?小良命令:"我到了,你下来!"

没想到晚上医院这么多人。灯火通明喇叭声声。门口排队等候验证健康码的队伍弯弯绕绕,我在心里后悔"蛮好不要来",小良已经东钻西撞各种侦察。不知道是不是她施了什么魔法,反正她去窗口挂了号很快就叫到我了。可进了诊室我居然没有"主诉"的机会——小良她挡在前头与医生交涉,"她头晕眼花她心脏不适,她……",我一再据理力争我头不晕心脏很舒服,什么病都没有。小良一只手背在身后悄悄捅我,意思让我别说话。我心里好笑又好气:我大会不发言小会不发言,为阐述病情想发个言咋还被你越俎代庖了?我自己的病自己不清楚?我眼睛模糊说话不含糊呀!

直到深夜回家的路上她才恨铁不成钢地开导我:你哪儿都舒服看什么急诊!你这种没有生命危险的病,在见多识广的医生眼里,连一碟小菜都算不上。你不是想做检查吗?你得让医生重视你的诉求……

我是真的晕了,脑子里只纠缠一句古话:取法乎其上可得其中。小良的作派常提醒我默念这句话,心知此时用在看病上并不贴切,但我英明地脑补一番,也就顿悟了其间的异曲同工:凡事制定高目标,有可能只达到中等水平，如我这般通常连中等目标都树立不起，最后落下个低等水平那是大概率了。

好吧，我不说话。医生开了各种检查预约单，后面的日子我只须按部就班各种检测。排队间隙油然想起小良：一桌朋友吃饭，谁喝醉了，肯定是她先离席照应，吩咐旁边人如此这般配合。谁遇麻烦，通常也是她给出建议。她信手拈来的各种知识常识；她不遗余力地付出和经久不息的耐力，让我自愧永远无法企及。在我看来她活得岂止积极精进，很多时候简直是严阵以待，甚至"高射炮打蚊子"。而我，基本是她的反义词。我总是懒总是怂，遇事没试一下先退缩认输。

按照俗话说的"物以类聚，人以群分"，成为反义词的这两类人，应该不会有多少交集吧，多年来我和小良的交集倒是不算太多也不算太少。曾经两次同赴贵州、跋涉乌江，同到遵义采访九旬老红军，还一起游历过些上海周边景观。梳理下，原来我们之间也不乏共同点：

一、我们虽不住同个小区，但属同一街区，可算是邻居。至少在认识的同行中没有比她住得离我家更近的；二、她帮忙办事责任感爆棚，热情几近灼人，且"来之能战，战之能胜"，十分威武。闲时她却云淡风轻，水里火里分得煞煞清。骨子里她不乏现代文明边界意识，这就与那些交浅言深，明明只见过几次面共过几顿饭，认知悬殊、三观天壤，却一味地满腔热血呼"朋友"唤"闺蜜"瞎腻歪的，有了本质区别。或许她是因为整天东奔西跑顾不上热络吧，反正这种云淡风轻正好长在我的审美点上（我是懒人天性使然）。隔着审美距离，反倒得以从容客观地赏读"这一个"——

小良若是一味地严肃紧张，一贯地在俗世俗务中长袖善舞，也许我就不劳笔墨了。偏这人有着天生呆萌的另一面，淘起气来常令人忍俊不禁。有次我俩一起路过一条小弄堂，她突然收住说了半句的话，蹑手蹑脚在一家门前蹲下，叽叽哝哝自言自语——她被居民家里几只小猫吸引，跟猫说话逗乐呢。撸了小半时辰猫，她又缠着主人家赏几颗猫粮放进嘴里，边品尝边瞪着那双不谙世故(怎么可能!)似的大眼睛,细声细气说:"嗯,蛮好吃的,下次买了来送它们。"她那样子活像个少不更事的小姑娘。

类似举动在她身上并不稀奇,但又常令我因此默默慨叹人与人的不同:有人从来不曾年轻过,多小都老气横秋;有人永远不会老,多老都是少年。

写到这里突然发现自己跑题了:写看病呢,怎么写成了"小良撸猫"?或许潜意识里我是想证明,自己这双昏花老眼尚能发现看病背后的更多;想表达我在看病过程中以及之前之后的"看见",具有大大超越视力所及的深层意义?——是的。且凭这一点我原谅自己的跑题。

本来,所有的生命活动,所有事事物物的看见,无不仰仗眼睛。为模拟"只能看见手指在眼前晃动"的情境,我试过在黑暗中走去摸索平时熟视无睹的物件,那种茫然失误的尴尬简直令人抓狂。眼睛呵,真真重要得一塌糊涂。但所有深层意义的发掘和发现,所有对"看见"的把握,仅靠眼睛显然远远不够。起码除了眼睛还包含感知、体察、累积、消化、领悟等心智和情感的共同作用。"看见"是项错综复杂的系统工程。曾有人问我:"你视力这么弱,怎么偏能看见那么多?"我想答案也在于此。或许还有能量代偿和能量守恒法则的天然调节加持。

好了,所有的检查结果都出来后,小良仔细考证审核,说:"没问题,没有哪一项影响到眼睛。"

我重新回到单一的眼科,心里颇有早知第五个烧饼能吃饱,前四个大可不吃的懊恼,当然这只是独自瞎想想的戏话。若是小良知道,又该"语重心长"了。认真说起来,第五个烧饼也未必需要吃——问题很严峻,办法却不多,医生也只能给一句"少用眼"的"医嘱"。

少用眼,肯定会错过一些美好事物,反之也会提醒我,更专注于甄别遴选最好。弱水三千只能取一瓢饮。多与少,本也辨证。赶紧厉行节约吧,省下眼睛,调动更多心智和觉知去"看见"世间至美。以我昏昏,察其昭昭。

早春醉白池

连日烟雨迷蒙。阳台瞭望，恍若在山中。上海的早春如此湿冷，倒显得这一日像个例外——3月10日，朗朗春晖播撒一路。想：即使大好春光，若非观展，我会专程去一趟松江？近又怎样？同属上海又怎样？舍近求远本是人类通病。

记得20年前来过醉白池，此刻印象模糊，只顾低头刷手机，先翻健康绿码，又查电子请柬，"进去吧进去吧"，门卫大爷语音糯糯。本地人（约定俗成指上海郊区原住民）从来友爱宽厚好白话。

入园，日头底下慢慢逛漫漫望。远近树荫蔽日，小桥流水，绿柳红樱，雕栏画栋，回廊曲径……好一派明清江南园林风光。年轻男女衣袂飘飘，唐装汉服整饬俨然，货不对版不要紧，你穿了，人家就懂了。今人物质富裕，早春时节，春服已是灿烂。

昔，孔子让侍座弟子们谈理想、志向，众弟子形色各异如闻如见：子路急躁率性；冉有深思简言；公西华委婉温雅，"亦各言其志也"。

最是曾皙淡定，兀自低头抚琴，被问及，乃"鼓瑟希，铿尔，舍瑟而作"，曰："暮春时节，天气和暖，换上春装吧，约上五六个成年人、六七名儿童，去沂水沐浴游泳，去舞雩赏景吹风。然后，唱着歌儿回家。"何其洒脱趣致活泼欢喜，何尝不是志向？志向里见性情，让我别无选择，当然站孔子——"吾与点也"。

一路赏景一路乱想，兜兜转转进了"池来的爱"四人画展厅。下午的开幕式，我们上午入内，不经意间，干净、清静得来全不费工夫。迎面几尾鱼儿出游从容、出神入化，是鱼之乐也，即便立地活过来，大概也并不十分惊人。知道是电影《南征北战》海报创作者、油画家金柏松先生作品。手头有本他的作品集，先已赏读。

另三位：作家、油画家姚育明；青年油画家陈哲；国画家杨华。共

50多件作品,各有千秋。画的是各自内心精神,我只默默体会画里气质气息,无须多言。

却听身边钢铁老直男开了腔:我得跟姚育明说句话。

——说什么?

——不必往学院派上靠,她内心够丰富,就一直照着深心最原始朴拙的东西,画下去。

到底没说。

看完画展没等开幕式大部队开来。姚育明微我:你们稍等会儿,我正在来的路上。我们没等我们撤了,出园找饭吃去。说不说不重要等不等不重要,员诀的信任最重要。姚育明原是《上海文学》编辑,文学创作颇丰,绘画只是偶然机缘,弄成一发而不可收拾,自有其不足为外人道的快乐。她画的花草树木猫咪女孩……无不想象奇特趣味盎然,是玩儿呢。玩得开心最好。

饭店近便,就在公园隔壁。醉白池酒楼大而简,阔大水泥楼梯满铺红地毯,绰绰立在面前。拾级而上,推门,许多的大圆桌小方桌济济一堂。偌大个统厅,闹嚷嚷正播放流行歌曲,实在是十分十分的国营。

菜品目录占了一整面墙。站着,无须望,就照这里的格局点呗,大盘鸡大盘鱼的端上来,再烧个豆角炒个米饭,管饱终日,价格合宜。一切皆是好的。至少,它符合我对"上海郊区"的审美念想。

却不料,旁桌几个女人的高谈阔论震聋发聩。我正偷偷调侃"打翻田鸡笼",一句话入耳提了点——"刚下飞机直奔醉白池而来",不由我心头一热:都说风景在别处,我们轻易不来走一遭的"身边"这个地铁直达园门的醉白池,可是值得直接飞来的、正儿八经的上海著名景点呢——

醉白池与豫园、古漪园、秋霞圃、曲水园并称为上海五大古典园林,它也是五大园林中最古老的。从其前身宋代松江进士朱之纯的私家宅园算起,已有九百余年历史。曾命名"谷阳园",是因陆机、陆云家乡在此,取陆机诗云"仿佛谷水阳"而得名。

追踪循源,要目历历。"谷阳园"经历代扩建,到了明朝末年,松江著名书画家、礼部尚书董其昌在此处建"四面厅""疑舫"等建筑,并雅集当时一批文人在此吟诗作赋,形成占地约5公顷的董其昌书画艺术博物馆。

其实有段时间,我来松江还是蛮勤的。那时新区刚落成,马路空旷四通八达,途经谷阳路、其昌路,我并不细究来历。今人活得粗糙,忽略精神内涵,更关注的往往是物质。路的那边,有我喜欢的建筑——也不是物质啦,我爱它的设计。

"醉白池"命名于清朝康熙年间。著名画家顾大申将此处列为私人别墅并重加修建。顾画家崇尚诗仙李白,园子修建一新后他琢磨,若李白再世来此一游,应该也会被清澈的池水和古木参天的园林所陶醉吧。

又想到,宋代有个当官的诗人韩琦,十分迷醉唐代诗人白居易的诗,曾在故乡河南安阳建一座古典厅堂名为"醉白堂"。既然自己也常陶醉在白居易诗的优美意境中,何不来个仿效,两白一用,将自己的园林命名为"醉白池"。

今人命名亦爱仿效、崇尚。崇尚什么呢?你看如雨后春笋般冒出来的新建房产,名称千奇百怪五花八门:欧洲什么什么花园;凡尔赛什么什么宫殿。我曾多次匆匆路过的"其昌路""谷阳路"另一端的那些新建筑,也常有整片整片地段、小区,顶着不乏高大上的欧化名称。它们,能与"其昌""谷阳"等,一同流传于后世吗?

至今,"醉白池"之名也已传承300余年。醉白池已于去年,被评为国家4A级旅游景区。入园那天,董其昌书画艺术博物馆正值开放展出中,我因逛了大半日又饿又乏来及细看,留待下次专访吧。朋友们若有兴趣,不妨前去观瞻。疫情期间防控宅家,闲着也是闲着,莫辜负了春暖花开大好节令啊。

读图碎碎念

（一）郊外的院墙

它长在郊外的公路边。卡车轿车呼啸而过，司机个个盯视前方，没人侧过头来看它一眼，更没人停车观赏，毕竟，它只是一堵破败颓废的院墙。墙里从无声息，也许曾是仓库或是座废弃厂房，如今寂寂无主。当我有一天偶遇，却被惊艳。

它是如此丰富。

墙皮龟裂脱落处露出点点红砖，雨渍风蚀在它身上洇染出深浅不一的蓝，以及灰、黄、绿等疏密有致的印痕，与它前面那些枯根残枝，组合成一幅神秘莫测的写意画，又像一个梦境，奇幻而不可言喻。我伫立欣赏。从没见过它生机勃勃的模样，却不合时宜地想起杜拉斯《情人》里的名言：比起你年轻时的美丽，我更爱你现在饱受摧残的容颜——这

能挨得上吗？没办法，思维有时候并不讲理。

凡去郊区我一定去看看这堵墙。路人极少，我将之视为己有。不料有一天它不见了，那些截了枝的枯根被几排绿油油小树替代——多好啊，它没被遗忘而被赋予生机，我却欣赏它把残败演化成美画的能力。其实任何事物都在变化着甚或稍纵即逝，任何呈现都只是皮相，比如这墙上的图案，其实就是霉菌斑嘛！可既然柏拉图能从凋零的花朵中看见"美的永恒价值"，我未尝不可以从一堵废弃的院墙，发现美的真谛，至少它是当今盛行的铺天盖地标准化、网红式审美的逆袭：美，本不可以批量生产！美也不一定非得花昂贵的代价。

它小众到唯我一个观者。画它其实也多余，"意态由来画不成"。

（二）莫奈的破绽

在莫奈的61幅真品画展上流连往返着，我被这一幅作品吸引，兴奋得一把拽过身边人，"看看看看，莫奈也这样画！"

——什么叫"也"，难道他学你样？

我不理会先生的揶揄坏笑，急切品读我的发现——红绿相间的冷暖对比，层层叠叠的睡莲铺排成的漂浮世界，影影绰绰流动。舒展丰沛的画面，却在右上角和两下角留着空白。我想起自己在画一盆碗莲种子发芽时，因为不知道怎样表现容器的圆，而笨拙地在画面右侧留着上下两个弧形空白。我一直耿耿于这"不可以"，现在想来，如果……

"也许这是幅未完成作品，也许这是莫奈的新尝试……现在谁都说不清他当时怎么想的，可以肯定的是：随着时空转换更替，不同的作者和读者，甚或同一个作者和读者，都可能生发出不同的表达和解读。此不可以不代表彼不可以，从前不可以不代表现在不可以，更不代表将来不可以，审美观念是不断变化的。假如有足够的信心和把握，假如热爱到不计得失，那着什么急呢？心平气和慢慢来吧……"

是啊！审美观不但是变化的还是势利的。假如才华足够横溢，假如生命力、创造力足够旺盛，假如勇气和自信心足够爆棚，假如爱到不能自拔，那么"破绽"就可能发挥成特点、特色，一度的孤独寂寞可能成就新的流派，甚至成为引领时代风尚的艺术标杆。

比如《日出·印象》。整个画面笼罩在稀薄的灰色调中，笔触随意、零乱，雾气迷蒙的海面，反射着天空和太阳的光影和色彩；岸上景色隐隐约约模糊不清。当莫奈表示这幅海景写生画是他对自然的瞬间印象时，评论界便嘲讽攻击他是"对美与真实的否定——只会画一种印象"。莫奈索性给作品命名为《日出·印象》，变本加厉将"印象"发挥到极致，他终至成为世界公认的印象派之父。

莫奈还将热烈与执著付诸爱情。那个与好友雷诺阿去巴黎郊外写生的平常日子，因为与美少女卡米尔相遇而变得艳阳朗朗。从此他画她，迷恋她，追求她，他们结为夫妻。富商家族以断供阻止他娶洗衣妇的女儿。莫奈却不为穷困潦倒撼动，他一生都在画卡米尔。《花园中的女人们》《窗前的卡米尔》《撑伞的女人》……画中的卡米尔永远笑得温柔甜蜜。当卡米尔在贫病交加中去世，他将全部的真挚和热爱埋葬进《临终的卡米尔》。画毕他伏在卡米尔身上恸哭不已。

克劳德·莫奈(1840—1926)，这位伟大的法国艺术家，以他的熠熠光华照亮艺术世界之一隅。在他的画前，我感悟着对美、对永恒精神不懈追求的极致意义。但我内心始终有一句不精进却清醒的个人独白：当上升到创造、创作、神智的层面，所谓"勤能补拙"，大概率只是一碗安抚人心的鸡汤。

（三）盥洗室的眼睛

当我开始写这篇读图感想时，很多画面纷至沓来。我把这节优了先，其他的留待日后慢慢写吧。因为刚刚完成的宁波之行的遇见，给我留下很深很新鲜的印象。对，就是这一幅，由黑白照片裁割构成的现代派装饰画。它以近一平米的面积，装饰在酒店客房盥洗室的墙上。它的下方是一个简明的圆形大浴缸,同样的现代派风格,两两合拍,挺和谐,入住时并没让我觉得有什么不宜。

问题出在我的偶一抬头。

晚饭时分,我们逛了中国港口博物馆回到客房。先生去餐厅吃饭,我懒得下楼,想冲个澡吃点水果零食代餐,便拿了超市买的荔枝到盥洗台清洗。流水潺潺清凉舒适,不料偶一抬头,镜子里一只硕大的眼睛不偏不倚盯视着我,吓我一跳。我硬着头皮坚持将荔枝洗完擦干,澡却不想洗了。我觉得,不管我站在盥洗室的哪个角落,墙上,镜子里,甚至小小的活动化妆镜里,都各自切割出更多的眼睛。无论泡浴、冲淋、吹风,那只眼睛必定直面,后视,侧目着我。越是刻意回避越想不时地瞄它一眼。

盼望先生赶紧吃完饭回来吧,"咋么那么贪吃!"不料人家毫无共鸣,反而哂笑我"狭隘了"——

我也知道,现代派往往运用把现实人物、事件、图像变形的手法,塑造怪诞形象,制造一种陌生、奇幻的效果,传达作品的抽象意义。现代艺术审美的多义性、不确定性由此而生。其间交织的幻觉、意念、此处、远方、过去、现在、将来等不同元素,亦真亦幻,亦梦亦醒,交相碰撞。若非多元、多义地去理解,而将之限定在自设的条条框框里,则真的是狭隘了。

其实读画如此,伸发开去,世事大抵如此,比如人与人的沟通交流,知心亲友另当别论(那往往更像写实主义)。一般的泛泛之交,甚或本不在同一层面上的言来语去,岂不是多义而不确定的?话不对版不中听,可能只是你们阡陌不通,甚或是话语出自对方自己心态的折射,与你无关。理解两字本来难上加难,世事本来扑朔迷离,那就由他假作真时真亦假,若都要钉是钉铆是铆认起真来,岂非作茧自缚!

道理我都明白,可回到盥洗室的眼睛,我认同很多人确如我先生所说,能够放开固定思维去欣赏、接纳,他们非但不回避,甚至还可能特别喜欢这样的画面,感觉能从中获得多层面多视角的赏读愉悦和想象空

间。仅从现象分析,酒店是以客人满意为宗旨的服务性行业,五星级酒店服务理应更加到位些。如果多数客人不能接受这画面,恐怕早被撤换了——至于我,还是不想看见,盥洗室里的眼睛。

宅家画画解压

我喜欢宅家，可这次不同。手机刷不停，电视，开得比全年总和还频繁。关注点就一个：新型冠状肺炎疫情。发布会，专家访谈，医护驰援，确诊病例，等等等等。我算术差，晕数字。可这次，数字不是数字是生命！更有交织着悲伤和鼓励、泪水和希望的文章、视频……看得身心俱疲，读书写字都徒劳。总要做点什么吧，想起试试画画。

写生、临摹之际，这些"模特"们的来历和故事，激活记忆奔来眼底，遂粗略录下，两相对照。让始于无奈的开头，成为我"战疫"时期的纪念。

这是篡改去年冬天在日本拍的，从高山阵屋到三町古街走过的红色中桥。我把茫茫雪景改成风和日丽、春水荡漾的春天，弱化了标识性的红色桥栏。是我想要的，我们的春天。希望疫情寒冬快快过去。

曾经在楼顶开辟一片四五平方的菜地，被朋友誉为"全市最高海拔蔬菜"，收获颇丰。灯笼椒大如拳头，茄子扁豆等也都长势良好，吃口"生猛"。可惜后来地里生虫，弃之。唯在室内养各种水培植物。薄荷，绿萝，龟背，滴水观音，等等。我知易而上挑了这株简单的来画。水瓶是吃完甜酒的弃物，整个不值分文。

有时我们出门半月一月，回家见瓶水干涸，速注清水救急，倒伏于地的枯萎枝叶居然重新碧绿秀挺。如是者再三，令我感念不已。简单其实不简单。水培们仅靠清水一掬，历经寒冬酷暑，竟存活一年有余。作画时见"模特"许多黄叶，姿态却舒展，想，它是耄耋老年了。内心升起很深的敬畏。

后来我想，如果从那家陶瓷店顺利买回心仪陶罐，也许就不会有第二次土耳其之行了——那家店！那些韵味十足的陶罐们，从店里洋洋洒洒铺排到店外土坡。室内还有帅哥现场制作表演。

我迫不及待挑选，无奈偌大店铺仅两名店员，被各方游客团团围住，

询价的,商讨的,付款打包的。除了我,别人买的都是精美细瓷。那些艺术瓷盘瓷瓶比我看中的粗陶昂贵不知多少倍,我怎好意思贸然打扰人家的挣钱生意。

回来竟不忘。先后购得高矮胖瘦各型各色几十个陶罐"聊补",到底不是"那一个"。潜意识里,第二次的土耳其之行肯定与那家陶瓷店有关,却没再遇。"遇",是个神奇的单词。

差强人意买回的这只陶罐忘了价格,反正巨便宜,长相也毫不起眼,但不妨碍我偶尔从楼梯走廊的陶罐队列中,单独给它多一份深情的注目。

鼓来自津巴布韦。两位酷爱非洲艺术,多年生活在非洲的吴先生和王先生,直接从当地艺术家手中觅得木雕石雕作品,各各精彩。难怪在那个非洲艺术展上与鼓不期而遇,我围着它转了一圈又一圈,最后止步端详良久:用整段非洲红木芯雕成,色泽暗沉,木纹肌理依稀。一两个木结,似眼睛,见证多少沧海桑田;显然是依树干本身盘曲形状,顺势截成两个部分。我展臂围抱底座,两手不能相碰,可以想见其苍劲伟岸前尘。

上下两部分叠加，几近一人高。上半部分人脸，奋力抱起，翻置于地，截面是张用藤条和木楔绷紧的鼓皮。底座阔大平整，坐着击鼓何等便利，真是美得周全而极致。初来时，偶尔晚归的我与鼓对峙不无畏惧。先生说，要看怎么解读。这刀削斧凿不事修饰的阔绰手笔，似粗犷刚劲，其实构思相当微妙细腻。你想象一下，这底座直白简练的正负空间关系，是不是传神表达了母婴哺乳的亲子天伦。可不是！如此抽象又具体，粗放却柔软，有什么让人惧怕的理由！

　　作曲的白先生来做客，未及寒暄直奔主题。咚咚，哒哒。手起手落如翻飞白鸽，滔滔语汇丰沛流泻，时而清脆如豆；时而沉郁如泣；时而雷鸣闪电风骤雨急；时而惊涛拍岸水落石出……我屏声敛息，不觉手心汗湿。倏而鼓声止。说，鼓是用来拍击的，长期闲置鼓皮容易溃败，可惜了它的难得。如今市售的鼓大多油光锃亮，铜钉闪闪，只能算个乐"器"。他边说边用手指密密移叩鼓沿，侧耳倾听：喏！"击点"在这里！

　　我不懂"击点"，可我分明听见生命深层的呼唤：碰撞和交流，理解和默契。更有惺惺相惜，通向慈悲的——懂得，那生命与生命的致意。

在阳台上望野眼

"阿要买晾衣裳竹杆伐",悠长的叫卖声突兀划破清寂长空,在楼宇间颤颤悠悠回旋。声音是熟悉的,只因没想到它会在这时候出现。起码两个月了吧?春节,商贩们照例各回各乡,何况今年,假期加疫期——算来宅家已经40来天。复工复工。卖竹杆的也复工了?

奔去阳台寻声源,未见。放眼望下去,十字交叉的开放式"内部路",人迹依然寥寥。偶或三五个,阳光下挪移着孤清身影。前阵子每天下雨,冷蕊苾苹化三两朵,黄的蓝的,迤逦漂浮如池塘睡莲,如梦。从前这时节也张望,也如梦,春节期间的都市从来寂静如梦。我喜欢水洗般的街道。1月22日我走街发微信:不打伞,雨中漫步好惬意。立刻有圈友留评:非常时期,千万当心身体不要着凉!

我迟钝,水冷水暖一概后知。元月28日初四,去熟门熟路的饼屋买蛋糕,遍寻不着,好不容易逮着人问知:关张多日矣。转身去另条路上大型商城,胸有成竹计议:先吃饭再购物一举多得——是眼看着他们张灯结彩"恭贺新春"的呀,竟也黑灯瞎火闭门谢客。一再的碰壁打击信心,兜兜转转,最后坐进"垃圾快餐"店。以前厅堂拥挤不肯逗留,此刻食客寥寥却也无心安享,匆匆吞下"堡"和"块",对"宅",提高了感性认识。

也是因为终于有了口罩,宅家概念确切起来。网购的KN95,20多元一个,未验真伪,承诺优先发货。之前出门,我拿大围巾没头没脸遮掩匮乏。友说,"那样根本不能阻隔病毒",我说至少可以消解别人对我的恐惧。才发现,自己表面强悍淡漠,骨子里也怕孤独,怕被视为异类。

有次去超市购物。排队付款时,一老太太食指轻捅前面男士肩膀,说我排你后面,再去拿样东西来。男士骇然:"侬(你)讲归讲,勿要碰我呀!"我暗笑:隔着厚棉衣碰一下什么要紧!他若知道我的拮据——

那天临出门发现口罩戴反了,应该朝下的褶子朝了上。这口罩本是下楼取快递戴过没舍得扔的,我毫不犹豫正过来再戴它一次。口罩难觅呀!物尽其用,委屈自己总比吓着别人好。

也曾动念抢购口罩。出小区不远的一家大药房,还没开门就见围着没头没尾买口罩队伍,我顺着人墙找队尾。一小伙正掰手指算账:从头数到我,205人,不算那些不排队的"熟人",就照一千只每人半包5只算,也轮不到我。我听了赶紧走人。他排我前面都轮不到,我算老几?开源不如节流。宅家不出门,省口罩就是对抗疫作贡献。

说回阳台瞭望。卖竹杆的早已销声匿迹,我目标右移,那条同样冷寂的小路隐约呈现。小路窄而短,除早晚高峰平时一贯清静。年前我特意从头至尾走了一遍,总共不到三十分钟。可是曾经有过张爱玲。想写它的故事,此时想起的却只有事故。我调整视角,试图透过高楼后面常青的绿植和疏朗的枯枝们,去分辨洋楼群中的"那一栋"。大火中的那栋楼,多么彰显!

是傍晚。当硫磺气味越来越放肆地扑入我的鼻腔;当警笛声在远空中久久呼啸盘旋却戛然止于近旁,电脑前飘零得不知所以的我的思绪,突然被拉回到"绝不可能是谁在划火柴"的现实中。当然更不可能是大朵烟花次第绽放的,硝烟弥漫的年三十夜晚。失火了!我惊觉。

打开阳台门,阴沉的黄昏已经完全被烟雾笼罩,扇立于阳台周边的白房子蓝房子粉房子……全都轮廓模糊色彩莫辨。唯右边绿房子大约10层以下,被火光映成惨绿——就在它的右后方,熊熊烈焰正触目惊心地蓬勃在一个方洞内,那是被烧黑了窗框的窗洞,看去更像兽口,伸出巨舌奋力狂舔。天哪!那排老洋房!隔着单车道小路,从楼上看去俨然咫尺。是哪一栋哪一家?我搜寻记忆,只听楼下阳台不知哪家小邻居,正激动地放声朗诵:大火啊!多么壮观的大火啊!烧得再猛烈些吧!

夜色朦胧中我连猜带蒙,应该是消防龙头的水柱在顽强地与巨舌较量,火势不甘地渐弱,渐弱,最后变成一股浓烟袅袅升腾。火终于被扑灭,空气越发呛人。我关门进屋,拉开窗帘一角张望。那黑洞洞兽口里火舌复燃过数次,幸好有消防车在楼下长时间守候,及时掐灭火势。正如我们目前继续宅家坚守,不给新冠肺炎病毒复燃的机会。

下楼去"倒垃圾"的家人回来直喊"还好!"还好起火点是顶层,还好火势向上烧穿了房顶也殃及了紧邻却比从楼下往上烧损失小,还好楼下只是被淹,还好没有人员伤亡。我说你倒很孔子哦,只管"伤人乎"。家人顾自比划:云梯那么高,水柱那么急,消防员一人一把斧头——要斧头干嘛?赶紧切断火源啊!噼里啪啦!雷厉风行!

关于"人",后来几天拼凑得来的消息:那栋失火洋楼的三层阁,竟然挤住了40多人!上面三令五申明令禁止的群租,原来就在眼皮底下,就在有关部门辖下!早年,资本家被扫地出门,洋楼收归国有。"七十二家房客"那时普及。逢动迁安置,后业主们也走得差不多了,陆续住进更多租客,他们在洋房安营扎寨,素不相识的租客守着各自一席。没人顾得上公共设施,老化的电线趁虚肆虐⋯⋯

失火当晚,慌张逃出的住户,凡本市居民,都被安置进三星级宾馆。绝大多数外来租客当街站着,汗衫短裤的男人,一只皮鞋一只拖鞋、握着煮饭瓢勺或抱着光脚孩子的妇女,以不同口音喋喋不休,对围观人群细数未及抢出的损失,那单弱嘶哑的诉说,迅即跌落长龙般寸步难行的下班车流的嚣叫中⋯⋯

然后,住宅区复归宁静。小洋房顶楼黑黝黝窗洞被黑黝黝夜吞没。那些群租客去了哪里?他们还有哪些人?有几个拉着板车在各小区门口收废品的,会不会住在群租房里?其中一个30出头的细高个,每次我出门或回家,总见他坐在板车上专心看他的旧书报。有人拎了废品去找他,他如梦方醒腼腆一笑,过秤付款,继续埋头书报。我感觉,如果说其他收废品人的诗与远方在他们热聊的国际国内钢铁市场,而他的,就更广阔辽远。他有没有群租?

还有那黑瘦的东北汉子,记得有个大热天来家送水,见他浑身汗湿,

我邀他歇歇脚凉快凉快，顺便陪他聊了些家常，得知他每送一桶水挣一元钱。得知他当过兵，得知他老板管饭不管"几金"……他出小区门时因为在楼里逗留太久被安保拦住盘问，直到我下楼亲口证明他才被放行。这事让我觉得特别对不起他，从此不好意思再叫他送水。他，会不会也住在群租房里？

不知道……从此，我再没获得那些不知其人的租客们任何消息。却听说，最"划算"的，是住户中一家本地业主，之前什么条件没谈妥，成了洋楼唯一钉子户。趁这次火灾安置，得了三房两厅加丰厚补贴款，"比先前动迁户优惠许多"。

有说"塞翁失马安知非福"，我心下并不同意。福与非福，若是换了"失马""得马"的原主人公，怎么考量？一场灾祸必不孤立，必定链接上下、殃及周边。就算得失互逆到底不是恒定。得失仍在循环运转，何谈祸福？灾祸若殃及生命，则灾祸就是灾祸，安有福与非福之分！是谁说的：时代的半粒灰，掉到个人头上就是一座山！我深认同。更有众所周知的熟语警示：生命无常。幸运和意外，不知哪个先来。

冷，回屋。想起本市禁烟花爆竹前的年夜，也是这样隔着阳台玻璃门张望：房间般大的烟花一朵朵一丛丛，蹿上数十层楼，次第绽放于眼前脚下，不绝如缕，梦幻般绚烂烁烁，直至初一凌晨春晚结束。想起有一年我妈来我家小住，想看烟花又恐高，我捣乱，使劲拉她去阳台，她用力把住门框骂骂咧咧，笑得气喘。就这样，不知不觉在推搡笑闹中辞了旧迎了新。绚烂后的寂静越发寂静如梦，却明白，来过的，来过。尝读《战国策》，曰："事有不可知者，有不可不知者；有不可忘者，有不可不忘者。"那不可忘的，不会忘。

谁解鸟儿语啁啾

天光未明,空中啁啾。看时间,不到凌晨4点。立春以来鸟儿醒得早,醒了,它们是要说话的。叽叽喳喳一天世界。它们无需设防,不必信奉沉默是金。也不睡懒觉。

如果被鸟儿吵醒,我也不再睡,楞怔着听它们说什么。先听见唧唧哝哝打招呼,你好我好大家好。继而嘈嘈切切错杂谈,各抒己见。是交流昨晚梦境还是商讨今日行踪?甚或,也还掰扯几句"他们"人类因为新冠病毒肆虐,如今尽量宅家不出门?这我可不知道了。我们能懂的事情真的很少很少。

反正城市生态越来越好我明白,听鸟儿们嗓音就明白。它们波澜壮阔、蓬勃嘹亮地唱起来了——它们都藏哪儿呢?我想找找它们,可城市绿化再好,总归是楼宇背后还有楼宇,马路背后还有马路,到哪找去。

偶尔，鸟语落到窗前，你侬我侬，那声音温柔又切近。我便起身蹑手蹑脚凑到玻璃门上，掀开帘角张望，见阳台栏杆上一枚俏影，想是在呼唤它那慢性子的另一半呢。它倒也不着急，时而悠闲踱步，时而驻足凝思，我不敢动，怕惊扰了它们。还是坐下听鸟语吧。远远近近高高低低不绝于耳，它们不累的么？它们不渴的么？它们轮值的么？实在猜不透。

天是真的暖了，可以开开门透透气了。有天刚打开阳台门，传来婉转问候：你好！你好！受此热情鼓舞，情不自禁要答应一声。将应未应之际，却又传来沉沉一声慨叹：没办法。跟着又一声细语：哦哟！这是唱双簧呢！调皮幽默意味让我忍俊不禁。是……求助度娘，曰：会说话的鸟有鹦鹉、鹩哥和八哥……这一对鸟儿是？我深度近视不能对照条目验明正身。猜想应该是夫妻。"没办法"那个是男鸟，"哦哟"那个是女鸟。我不是没依据的：那"哦"是第三声，拖长了音往下转个弯（U）再返回来。十足的上海腔调。女孩子们一般用来表示恍然大悟或不以为然。鸟儿，是女主人教的还是无师自通？

同楼紧邻，偶尔阳台上与女主人打个照面，略略可见一缕乌黑长发透迤披肩。男主人见得多些，在电梯里，在楼道口，在小区门外，瘦瘦高高一新西兰男子，年轻的模范丈夫。每次见他，或捧一束鲜花、或提一袋菜蔬，更多时候，自行车后座带着背书包女孩——接送女儿上学下学。小女孩黄发大眼漂亮得不像话。遇见了，互相点点头，笑一笑。不知姓甚名谁。私底下万一提起，就称"哦哟家"，比如："哦哟家的信错投到我家邮箱了"，简白易懂。水泥森林中邻里关系，仅此而已。鸟儿们却殷情问候，也调皮逗趣问好，也推心置腹叹息，不把自己当外鸟，实在让人感动。

郊野的鸟儿嗓音是不同的。那种叫法，只听近处远处树丛枝叶间此起彼落，滚来滚去滚来滚去，无数的大珠小珠落了玉盘。我在树丛间细细找寻。树是我不知名的，但好看，很是茂密高大，似乎一直绿着，天暖了更绿。我在一棵棵常绿的大树下徘徊，仰视、回望、近观、远眺，

不见歌唱家身影，只闻树叶欶欶响动，所有的枝叶间都流啭着那醉人的声音啊。听着听着入了神，迈不动步子，干脆驻足细品。

细品，才能领会它们的丰富性。

鸟儿的语言、音调，不知有多少种噢！所谓和而不同，又都悠扬滑润："……"，我试了又试想了又想，竟找不到贴切的象生词来表述，只好用了省略号——唐朝的孟浩然孟大先生可就厉害了，活泼泼一个春天早晨（《春晓》），人家只用20字来状形状声状色："处处"啼鸟的悦耳流啭、啁啾应和；"夜来"风雨的沙沙作响、飘摇轻扬；雨后落红洁净纷繁"知多少"，听觉、视觉、感觉，不知不觉全被调动，就此跌入如烟如梦无边春色。

更多古诗写到鸟儿，往往反衬环境的清幽静谧，比如我特别喜欢的"鸟宿池边树，僧敲月下门"（唐·贾岛《题李凝幽居》），比如"蝉噪林愈静，鸟鸣山更幽"（唐·王籍《入若耶溪》），等等等等，其"推""敲"而来的禅味意境，素朴到极致而又深远清越到无限。

还是因为那时候人心静定吧。在我听来，鸟鸣是一台盛大交响，真真壮观——壮听。此一唱彼一和，彼一呼此一应，三方六方，八方来朝，却又脉络清晰选择性对应，多声部合唱，各司其响。不知道它们各自，是情侣呢朋友呢还是家人，若不是浓到化不开的爱情亲情友情，怎会有如此耐心，声声呼唤乐此不疲！

有时候，呼唤声是那样地和蔼慈祥："唧唧唧，唧唧唧"，大概是家里的主夫主妇，觅到美味了，找到好去处了，垒了新窝了，招呼一家老小享乐品尝。也有时候，一连串的短语，竟是一声高过一声，声声干脆利落毋庸置疑："叽得叽！叽得叽！叽得叽！叽得叽！"我对先生说，你听，那鸟光火了，火气老大了。"那鸟脾气不好，动不动光火，像你！"是他趁机攻击我，鸟儿未必同意。黄永玉大师说了：鸟是好鸟，就是话多。光火话多的鸟，肯定有它光火的道理。不平则鸣。鸟儿可不是那种藏着掖着的人。

噢对了，还有一件事，关于鸟儿的行为语言、身体语言。有天我看到书房窗户上一只鸟儿的脚印，就一只，指爪清晰，是脚底的平面。简直不可思议：窗户是垂直的，也就是说，鸟儿需要横在半空中，才能把它左脚或右脚的脚印，像盖章一样盖到窗玻璃上。这种高难度姿势是要在太空失重状态下才可能完成的啊！一只小小鸟？疑虑中我发了条信息到万能的朋友圈咨询，得到的解答却不尽人意。

圈友@很牛的回复倒是给我提供了特别的思路：想象一下游泳比赛时，运动员是怎么在对岸掉头的？脚往池壁用力一蹬窜进水中，就是这道理——鸟儿本来朝着窗口飞来躲雨，近了突然发现有玻璃，说时迟那时快身体迅速反应，腿一蹬回身飞出去，救了自己，留下脚印。那天应该是下雨，爪子若是干的就不可能留下这么明显的脚印。我仍然将信将疑但是佩服@很牛的独特思维和鸟儿的应急智慧，而雨湿这一点尤其有道理，唯此正好让小脚沾了印泥，盖出一枚完美的图章……

果真"贫穷限制了我的想象力"哎。知识的贫乏，同理心、信任心的贫乏……难道只是应对鸟儿时显出拮据？推想开去，我们因自身局限而低估甚至曲解世人世事的情况，还有多少，曾经甚或正在发生？我们不但低估、曲解，甚至自以为始终正确、公正，站在"永远有理"的制高点上，不遗余力攻击、批判世人世事的情况，还有没有呢？

纵观鸟儿展示给我的品性：坦荡热情、幽默风趣；团结友爱而不失自我，简单直接而不乏智慧。这样的优良品性很自然地提醒我：大千世界恒河沙数，唯有随时怀揣善意和虚心好学的信念，去敬畏生命，尊重知识和智慧，涵养自身同理心和共情力的生发滋长，才能将这些平时没少停留在我们口头上的词汇，真正渗透到意念行为的细枝末节处。从这个意义上说，鸟儿不啻我的老师！

此刻我在手机上写字，窗外鸟儿正一递一声互诉衷肠，好听极了。好吧不写了，去对鸟儿道声谢谢。如果哦哟家的哦哟在，就殷切问候它们：你好！你好！

辑二：嘉人·故事

太阳唤醒万物

每年元旦、春节,李元先生都会发来他自制的贺卡。简明话语,单纯画面——画通常来得遥远。退休前他在美国新泽西州立鲁特格斯大学任物理系教授,兼世界华人摄影学会副会长。每年寒暑假、春假等,他便外出旅行摄影。那些年他跑遍了美国各州,"只剩下阿肯色州没来得及去。"他曾不无遗憾地说。退休后他加倍补偿,经年累月独自驱车,长途跋涉在世界各国无人之境。

那一年,哦,是2008年,汶川大地震波及成都,我们不知道李元先生是否在他成都的别业,想提醒他撤离。多次电话和伊妹儿联系不上。过后很久才接到回信:

"……谢谢你们的两次来信。我也不知道什么原因,从雅虎发出去的中文信,常常会变成乱码。看到来信后,我把原来我写的那一封打开,自己都无法看懂……地震那天,我正好去了非洲的纳米比亚。而且刚到就去野外露营拍照,一直到10天以后才知道国内地震的消息。打电话到成都,得知那里的朋友和我的房子都没问题……回来上网才看到你们的来信……"

李元先生祖籍浙江宁波,毕业于台湾大学,1996年获美国印第安纳大学哲学博士学位。1984年美国摄影出版社出版的《风光摄影》,誉他为八位近代风光摄影大师之一。他在美国、中国内地和中国香港出版有《表现主义的风光摄影》《创意与思维》《谈美国摄影》等画册和文集多种。

读他的作品,感受到的是深邃的哲理美以及通透灵动的诗意——

"我总喜欢把一条河流比作人的一生:从一个不起眼的地方开始,冲出了挡路的峡谷,切出一条水势奔腾充满生机的道路。各处汇聚的支流像是八方来会合的英雄,充实了它,支持着它。我为它的呐喊挣扎鼓舞,为它奔向大海的决心欢呼,""晨雾像条毛毯,轻轻覆盖在原野上,仿佛是怕它在晨寒里着了凉,""太阳不知在什么时候也走了过来,一步步拉开每一幅窗帘,像慈母一样唤醒万物,我们似乎都接受到了上苍的祝福。"

……

我就那样不知不觉沉浸在他的作品集《瞬间遐思》里,久久出不来。生命的鲜活和灵魂的悸动给予我强烈冲击——山的博大深沉、水的咆哮奔腾、云的自在飘摇、树的振臂呐喊。天与地的交合、光与影的热吻;树根将浑身骨骼扭曲得嘎嘎作响几近折裂,那是它们不懈地努力与抗争;风车自觉站成浮沉起落的灵动音符,因为它们深谙有序便成节奏与韵律;

几茎芦苇、一片落叶，轻吟浅笑的点染，在不经意间透露内心的丰富与幽深……

原来大自然能以如此极端个性化、人格化的主观方式，在一个个具象的平面里，与人，作深层的、立体的、多维的沟通与交流！取景的国度、地域退隐到虚无，唯有生动影像引起共鸣与震撼；原来摄影与音乐一样没有国界，它可以穿越时空直达心灵。正因此，我这不折不扣的外行也不妨与李元先生聊聊摄影——

您的文字如此优美。若不是全身心投入摄影，您应该会走上文学道路吧？先生笑得顽皮，"你不知道，在台湾考入大学后，排班次是以入学考试的国文成绩为依据的。我当时被排在倒数第二班……后来我写文章，是摄影的训练和培养。"

那您又是怎么走上风光摄影这条道路的？

李元先生的语气多了坦率和真诚，"在国外，社交场合很少谈及个人私事，一般都是不着边际的闲聊，比较上层次的就谈艺术。所以我把摄影当作是一种跟别人、跟自己沟通交流的手段。西方文化教育领域同样存在不正当竞争，相互间的倾轧、排挤比经济领域有过之无不及，处身其间，觉得自己没有那么大的信心去跟别人较劲，干脆回避，这大概是我从事风光摄影而不是人文摄影的潜意识作用吧。"

"至于你说到物理和摄影的关系，也许每个人都有自己的理解。对我而言，物理是脑的应用，摄影是心的表露；物理是职业，摄影是业余爱好。我以物理养摄影。业余，可以更自由地表现个性，不必拘泥于任何规定，将作品当业务来推销。这是自己比较满意的境界。"

一位哲学博士，会在世人理解中的玄妙精深的哲学，与较多感性的、时时需要身体力行的摄影之间，把握一种怎样的关系呢？

李元先生说，中国文化传统讲究"人法地，地法天，天法道，道法自然"，在我们的宇宙观里，大自然是一个充满活力的有机体，我们的生活和生存本身就是大自然的延伸。风光摄影使我觉得天人之间的距离

越来越短。当我独自走在山林中,我非但没有任何恐惧,反而更觉亲切。其内涵远远超过了对自然风光的描述和对"画意"的追求。

深入浅出的理解和阐述,与他日常接地气的言行一脉相承。记得也是春节,在李元宁波的家里,一众亲友闲聊,讲着过去的事,李元总是顺口问妈妈这什么那如何,是对母亲习惯性的依赖,大概也是娱亲的故意吧。反正老太太特别高兴,在座所有人也都赞叹,那些年代久远的细节,老太太竟然答得一五一十分毫不差。其时老太太102岁,身板硬朗、耳聪目明。每年,李元都抽空回宁波陪侍左右。

还有次我们在上海徐家汇一家小饭馆为李元接风。点了绿茶。菜是豆苗盐水虾之类的家常。餐毕服务生送了两件衬衫,明显是促销手段。衣裳的做工和材质都比较粗糙。我先生是从不挑剔衣服,过时的旧陋的一概不论,我已习以为常。见李元先生也乐呵呵接了衬衫收好,忍不住瞥一眼他的穿着:白底横条T恤、米色西短。一身短打让我看了心里直乐:哈哈李元,也只是一普通退休老头!可他那双眼睛,无论何时都清明澄彻一如孩童。

是清纯内心的自然外泄,也是水光山色的浸润濡染吧!难怪许多评论家说李元的摄影风格特别纯粹,个性鲜明。当然那也是不同历炼和生活环境形成的融贯中西文化的结果:西方社会强调个性、自我,而从小对中国诗词、戏剧的喜爱使他对"写景抒情""情景交融"等有较深素养和领悟,这些,无不成全了他的摄影具有非同一般的独特性。

如今80多岁的李元依然单身。在漫长的孤独行走中,有没有过奇情艳遇,像罗伯特·金凯与弗朗西丝卡在麦迪逊县的一见钟情如火如荼?李元先生告诉我们的旅途奇遇却无关爱情。也许,所有的惊奇、惊叹、惊艳,都已融在了作品里。有个冰雪聪明的女孩,读到李元的作品时着魔般嚷:天!他当然用不着结婚了!那花草、树木、山水,全都渗透着他的爱情!

也许,真的只有如爱情排山倒海般的激情,才能产生不知疲倦的原动力。可是于李元,更多的似乎来自于好奇心。李元说,好奇心是一个人永葆艺术青春的法宝。他认为好奇心不一定靠天生,也可以后天培养训练。"走出去面对新事物,寻求新刺激,激发好奇心,不但可以使自己具备独特眼光,还有利于用新的眼光看待曾经熟悉的旧事物"——

名山大川就像摆在橱窗里的商品,你看到我也看到,但正如宋代大儒欧阳修所说:"以我观物,故物皆着我之色彩。"通过"我"的观察和创意,把独一无二的感觉赋予照片传达给他人,这就是"我"区别于他人作品的根本所在。

在我看来,即便李元本人的作品,也有着前后期的截然区别。有媒体曾评论他:以前追求光、构图,如今不讲章法,越来越随意了——我想,那是日臻炉火纯青的境界。正如海明威说的一句话:优于别人并不是真正的高贵,真正的高贵是优于自己。李元举《菜根谭》为例:知者为高,知而不用者更高。

"上学时看巴金的《家》《春》《秋》,很热闹。后来读他的《随想录》,感觉没了'火气',蛮欢喜。"想起那天在饭桌上,李元先生不紧不慢的语调,竟是浓浓的宁波腔,我听着,蛮欢喜。

好吧!值此新春来临之际,让我们欢喜祈颂:一元复始,万象更新!

沸腾的工匠精神

"工匠精神"当今盛行（或许正因难得），它包括敬业、精益、专注、创新等。春秋时期孔子主张"执事敬""事思敬""修己以敬"，略同。对一个以拓展创新为己任的设计师而言，极致的工匠精神，是创作的深厚底气和强大支撑。他们把沸腾的燃情挥洒成长久，将耿耿的专注坚持成日常。他们那种永动状态有时甚至身不由己。他们始终看见远处有束光在召唤，他们被迷惑被牵引。他们从劳苦中获得愉悦和幸福，如我此刻看得见的两位——

（一）何肇娅以劳为逸"感恩拯救"

退休后的人生几乎一眼洞穿，何肇娅不要。八年的首饰设计是人生重启，她称之为"黄金时期"。她感恩首饰的"拯救与陪伴"。如果说遇见首饰纯属偶然，那么抓住机遇却是不乏辛劳的必然。何肇娅毕业于上海戏剧学院舞美设计系，首饰专业训练的欠缺，被她锲而不舍转化成天马行空的优势。她把作品发到朋友圈，那些不拘一格的设计赢来关注。不怕被抄袭？她说她常常得益于神来之笔，连她自己都无法复制更无法批量生产——其实最无法复制的是她痴迷般的专注努力。她常常专注到令人发指。比如商量旅游，她也踊跃的，可临到具体定时间她却退缩。十天半月免谈，七八天、三五天？她沉吟良久，幽幽地开口：最好不超过一天一夜。哈哈哈气得我笑起来：你那是到灶头间转一圈好吗？

她不复回答，埋头于面前堆成小山的首饰素材。那些让我顿生密集恐惧的大小素材，被她一往情深地注目，触摸，拣选，排列，组合，连缀，不肯忽略一个细若游丝、小如芝麻的细节。有时候一件作品即将完成，只要稍感一点点不到位，她就全部拆掉重来。那些金属的，珠玉的，沉香的，景泰蓝的，绿松石的……各式各色素材，每一样都是她亲自觅来的宝贝。她把它们变成独一无二的项链,别针,耳环,包饰……变到气质迥异的潮人身上,在不同主题PARTY上无声诠释不同的个性语言。也有作为交际手信带到国外馈赠客户或亲友的。电视台女主持佩戴她的首饰出镜;电影作曲家居文沛戴着她辨识度极高的耳环走上戛纳电影节红毯,赢得的掌声和赞叹里,何肇娅听得见对自己的一份构思劳作的嘉许。首饰设计是她的重要交流方式,她宅在家里,让她的首饰替她周游世界。

何苦劳碌如此?煮咖啡,烤面包,做美食,她都拿手。闲来再按个摩蒸个脸养个颜岂不享受?退休,退而休。

何肇娅说摄影就是她的偷闲和休息。任上海市女摄影家协会副主席期间,她出版了《上海女子》和《海上名媛》两本摄影专著。做首饰间隙,她以《上海女人·印象1930》为专题,奔波拍摄多部作品集。她说,拍摄过程倾注了她对生活、对人生的理解和内心的憧憬期待。目前她最得意的是,她设计的首饰型眼镜链深受青睐。"这是我的全球独创哎!"她不自谦地夸口。我在心里叹:此人不懂累。

(二) 李锐丁向死而生舞台大如天

多年前去过李锐丁的工作室。满坑满谷的画稿、面料、饰品、成品戏装,晃得我眼晕。几十年过去,他的时间跨度上密布着耀眼亮点。摘其要:1996年日本留学归来,他在上海巴黎春天设立了自己的时尚品牌专柜,成为中国第一个拥有自己品牌的设计师;在人们普遍以白为美的年代,他首倡基于健康的"美黑"理念,于2004年开出全国第一家美黑沙龙;2007年,他与两次获奥斯卡服装奖的石冈瑛子携手,担纲奥运会开闭幕式服装总设计师;上海世博会开幕式,他任首席服装设计师;以五千年中国衣冠服饰文化为底蕴,综合我国从古到今舞蹈精华的大型服装舞蹈《金舞银饰》,他任舞台服装总设计师;2018年,他担纲第20届中国上海国际艺术节全球首演节目,芭蕾舞剧《闪闪的红星》服饰及造型总设计师。

我问李锐丁，你最得意的作品是哪部？最大成就是什么？他答："天天向上。"小学生般直白单纯。细思，不乏深意。在东京武藏野美术大学留学期间，他遇见导师、伯乐——无印良品创始人兼视觉艺术顾问小池一子。他们的理念如此合拍："留住天然性，讲求素材本身质感"。直白，质朴，单纯，何尝不是他生命的底色。一切正是由此生发：浓墨重彩。驰骋纵横。尽情挥洒人生。

天天向上其实更在于面临挫折打击时永不懈怠屈服，甚至在顺利时主动走出舒适区，尝试新可能新机遇。从上海戏剧学院舞台美术系毕业后留校任教，成为服装设计与绘画老师。他不满足于令许多人羡慕的稳定，将目光投向当时汇聚世界前沿设计的日本。他辞职，去东京攻读研究生学位。他靠打工赚钱支付高昂的私立大学学费，还经常自掏腰包请同学们看电影看演出，他说这是笔非常合算的买卖："把时尚强加给别人，让更多人理解欣赏，多么快乐的事情！"

一次次的"强加"其实是渲泄和强化着他的时尚理念。为建美黑沙龙他不惜重金购买最好的德国仪器，经营6年亏损100多万，他仍觉得这是合算买卖，因为全国各地多家美黑日晒沙龙相继冒了出来。

三十多年来他往返于中日之间，潜心研究中国传统民族文化下舞台人物造型的创作方式。繁琐的沟通、碰撞、设计、绘画、选料、裁制……每个环节他都亲力亲为。为了一块面料的染色，他飞到世界各地寻觅。因一件衣服上的羽毛或亮片达不到效果，他一遍遍返工。他不能容忍一点点瑕疵。他亲手为每部戏中的角色化妆造型，只为达成人物与服装的高度和谐，帮助演员准确找到角色代入感。所有的辛劳和折磨都是自找，他苦得乐此不疲。

真正的痛苦是，当交出最完美的心血之作却不被理解，甚至有导演和演员要把衣裳剪掉。那是心灵深处的恶梦。其实各行各业设计师在面对资方时，都有过解释不清的妥协之痛。用情越真伤得越深。他因此特别崇拜奥黛莉·赫本，"她太懂纪梵希，珍惜纪梵希为她设计的每一件

衣服。他们的互相欣赏缘于高度的灵魂契合。"真希望他也遇见懂他的"赫本"。从小痴迷舞台,视舞台大若天的李锐丁,仅以生理年龄计如今也算老男人一枚,却依然茕茕孑立。"再腾不出时间和精力供养家室"。节目上演前,他可以连续工作50多个小时不休不眠。当今的设计大多用电脑绘制,他却坚持手绘。他认为智能技术只是工具,永远代替不了人本身的艺术创造性。至今他手绘的近万幅设计稿绝无雷同。"我做了200多台演出服装设计,想做的每件事我都在第一时间去做,就算随时死去我也是开心的。"执念悲壮。他那沸腾到无处安放的炽烈情感,终被内心深爱的舞台全盘收容。

都知道叫尚圈做私人"高定"赚钱多,可李锐丁选择了更难驾驭的舞台服装定制。演出服设计面对的是整台演出团队的艺术家,除了个性化度身考量,更需要丝丝入扣的敏锐体察,实现角色与服装的形象契合;需要共情和想象,挖掘视觉美以外的深层内涵;需要周密细致的前瞻眼光,助推剧情与人物的递进互动;需要完整的知识储备,精准阐释剧目背后的文化支撑;需要换位思考,达到观众的最佳视觉效果。这些,只是我的浅表推想,个中三昧,李锐丁以他具足深厚的艺术功底,完成了令人惊艳的呈现。

例举《闪闪的红星》。作为小说和电影,多年来已形成受众固定的赏读模式。改编成芭蕾舞剧,从叙事性表达变为记忆、想象、梦幻、憧憬、展望的意识流动形式,更抽象,更具浪漫色彩。如何实现红色题材艺术化,历史题材现代化,民俗元素时尚化,写实表演芭蕾化,中国故事世界化……系统繁复的转化过程我无法还原表述,仅说一个红色:红星、党旗的红是核心色彩,其材料虚实,透明与否,光泽有无等,他用了十几种红色组合处理。而母亲、潘冬子、红军战士、群众等服装的色彩形象语汇由此派生。还有映山红——仅一个映山红他用了近30种红色来组合变化。更有剧情推进中的涅槃升华,悲伤情绪,憧憬与梦幻等不同的视觉传达。整台舞剧出现上百种色彩,耀眼亮丽,又不失朴实流畅的交响式的色彩排布。加之每款服装如旋律般飘逸灵动的复式造型设计,以及国际流行的毛裁、拼贴、手绘、半朋克式制作手法相辅相成的运用,无不优化和完善了这台超现实主义与超浪漫主义结合的红色交响。这台芭蕾舞剧继去年在上海以及全国多地演出之后,将于今年7月1日作为主要庆祝项目,在北京首都大剧院上演。

眼下的李锐丁,正忙于《天地神农》歌剧的整台演出服设计。他在他沉甸甸的个人作品集中说:"我别无选择,只能一部接一部做下去。"

走出懿园的上海女人

何肇娅拍摄完《上海女人》，又顺手拍摄《从懿园走出来的女人》——说顺手，是因为她自己就是个生活在懿园里的上海女人。一个一个拍摄她们，正如一遍一遍梳理回味自己：感觉，状态，心情，一道稍纵即逝的纤妙心绪，一个不经意间的细微举止，她心领神会，拍得踌躇满志。她拍一个就又活一回自己。说是顺手，她拍得并不轻松。一遍一遍活，累不累。

何肇娅做什么事情都百分百投入，一门心思。之前她做编织设计，那披披挂挂，领子不像领子袖子不是袖子，没样没形的别出心裁的衣衫、围巾，在不同的朋友派对或商业推广会上受到赞叹惊喜。那些被媒体命名为"软雕塑"的编织物，她自己也穿成了与众不同的招牌形象。"我就是不甘心自己默默无闻嘛！"听她这样说我就想，人与人真的不一样，我是甘于平凡甚至也并不羞于平庸的，当然我也明白：事实上不是甘不甘的问题。许多时候人的道路、状态，都不是你选啥就能来啥的。那只是现实而已。可何肇娅为了她的不甘心，真是受苦受累却又甘之如饴。人劝她：这个年龄该享福啦，延缓衰老嘛要保养身体保养皮肤啦，何必那么操劳。肇娅有她自己的理论：我像年轻人那样上紧发条做事，证明我心态还年轻啊，操劳才是最好的保养啊。所以这甜和苦，真的是依个人性情和价值审美而定的，彼之砒霜汝之蜜糖，滋味独享冷暖自知。

何肇娅的炽热激情，动辄要把自己融化到操劳里去。当她开始把兴趣转移到首饰设计，满脑子想的满嘴说的就是：又有新想法了又找到新材料了又有新款推出了。那些项链，造型、色彩、元素，确实奇崛绮丽，有的夸张有的别致，有的质朴有的蕴藉，每一款都出自她十万分的用心。受了馈赠我并不戴，只是把玩欣赏。我想不出我拿什么衣裳，什么姿态去配那些"弹眼落睛"的首饰，"不见得为根金腰带去置办全身行头吧"。

但我还是赞叹肇娅大胆泼辣的想象力。

　　感觉肇娅从前蛮"愤青"（年龄不"青"了）的，指点江山声情并茂。不知什么时候开始，她竟平和许多，观点不同也只是笑笑，意味深长。我说肇娅你好像变了哎，她说我忙啊我没时间没心思计较啊，自家做事体也来不及啊，人最难的是战胜自己啊。接着她就如数家珍：谁谁某某们来挑项链；某公司定制了一百根钥匙链——"其实我可以五个十个一款。可是我不，我想让每一款都不同，都独特。"她每天冥思苦想励志得一塌糊涂，就忘了"愤她的青"。

　　肇娅的先生也是摄影家。有次——这一晃竟然好多年了？记得是我与曙丽，在他们家玩。她先生姚铿在另一间屋里鼓捣音响。我俩去看他，他把抛在房间中央的三人沙发正中间那个"独一无二的位置"让给我们，

"一个一个听。记住,欣赏音乐,始终只有一个最佳位置。"他煞有介事对轮流坐到正中间的我俩循循善诱:"是不是有千军万马从你脑后奔腾而来?好,现在,千军万马应该绕到前额来了!"哈哈哈哪有什么千军万马啊,我俩直笑了个人仰马翻!这样一对各自发烧的夫妻,过日子多少会有些不靠谱,难怪他俩常被人误以为情人关系。肇娅坦然领受,"情人就情人吧,关系松散反倒有利于互不干扰各做自己。"

他俩烧菜都拿手。姚铿烧一道烤麸,那色香味——就是手续繁复,"烤麸洗干净用纱布包起来,放洗衣机甩干……"算了算了我听了头晕。肇娅做的面包用料十足。每次大面包喷香出炉,她总说,"你先掰块尝尝",我不舍得,我要完整美貌一大个的拿回家去给先生吃。肇娅兴兴头头出门,

去拍摄，去讲课，去展示她的新作，骑着她的老坦克。我也知道骑车既时尚又便利，既环保又随意，可还是忍不住提醒她："你骑辆好看的车子也才配呀！"肇娅答得顺口："好看的在楼下汽车间秀着——"

什么叫"秀"着啊？哦是"锈"着。崭新脚踏车"锈"了一年多，"已经蛮难看了，再锈锈就好了。"肇娅说，"新车骑出去要被偷。旧车一文不值，到哪里锁都不用上，往墙角一推，方便。"她这一说不要紧，害得我老去想象那个画面：肇娅山青水秀一脸认真，骑个锈迹斑斑脚踏车，哐啷哐啷穿行在繁华都市的大街小巷……哈哈哈哈打住吧我笑死了。

游水博园，游伴玉莲

一月里，朋友们相约去了趟上海韩湘水博园。不日后全国各地即因疫情先后颁布禁足令——宅在家里回想，此行赶得巧，弥足珍贵。

清早小雨淅沥，玉莲带领司机，一路到各家附近路口捡人，一路发消息报告行踪：已上高架了。路有点堵了。可能要晚到，稍安勿躁哈。偶尔还发个小笑话、小表情。玉莲是个特别沉得住气的人，平时话不多，此刻啰嗦，知她是怕我们等得心焦。我想，你为人民服务哎！怎么还服出一箩筐歉意来了。其实在玉莲，这是常态。在我，却每每感慨：把好事做成常态，更难能啊！不知道内心要怎样的修炼。

同属上海，水博园在郊区马桥镇，距离市中心还是挺远。到目的地已是饭点。玉莲先下车去买了门票交到每人手里。入园，她又安排司机师傅去吃饭休息，随后我们大家才坐定。点新鲜农家菜，在包房拍照，沸反盈天。饭毕游园，雨未停。偌大江南水景湿漉漉的宜人。亭台楼阁掩映，绿荫环绕缤纷。烟雨朦胧中我们撑起伞，漫步于水墨丹青。肇娅因拍摄工作先已来过，我是初次领略，感觉说出话来都像被水洗过，清泠泠的滋润爽洁。忍不住发个朋友圈，立刻有人回复：好灵！在哪里？我答：不知道。

笑煞人家：你都身在其中了怎会不知道——他们哪里知道，我是真不知道。我想说：你要是也有这么个事事替你想得周到、安排妥贴的朋友，你也什么都不用知道，何况我一贯糊涂，只要好看就行。好在同道清咖清醒能干，及时指点我：这叫韩湘水博园。我心里不免又起疑惑：地处上海，何以"韩湘"？莫不是与唐代传奇道人韩湘子有关？一查，果然。韩愈悼文中"十二郎"是他钟爱的侄子，其子即韩愈侄孙韩湘子，因宅院"韩仓"曾建于此而命名。

关于韩湘子，当然是另外的故事。这水博园，则为保护黄浦江饮用水源的安全而建。同时集黄浦江历史、文化和当地马桥古文化展示，以及生态示范、休闲旅游、科普教育为一体。据介绍，水博园整体规划面积约 1200 亩，区划为古生态园区、古文化园区和乡村休闲区。

古生态园区除了河道、古桥、景观石、仿古建筑外，百年以上 600 余棵古树尤添古朴、自然野趣。徜徉其间，不再有心力脚力去参观科技展示馆、马桥历史文化名人馆，以及董其昌画院等——留待下次吧。别怪我们没文化，吾等久囿水泥森林小市民几枚，难得远郊撒野相聚，当然更愿意无拘无束亲近乡村和自然生态景观。再说了，马桥古文化距今将近四千年，其错综浩瀚，实非走马观花一趟可以了解。若有志于上海历史研究，这遗址所在地当然不失为重要一页，却需潜下心来做足功课循源解读。如此，现成仿制则又退位其次了。

远眺水上古戏台，自然想起从小读到老的《红楼梦》。感觉这座原建于清末，因战乱而毁的近年仿作，设于水上不失为好创意。话说贾家老祖宗，带领刘姥姥与一众家人取乐，特意安排设宴藕香榭亭阁。这边厢推杯换盏吃喝谈笑，那边戏班子女孩隔水演习。风清气爽中，琴箫悠扬，穿林循水而来，飘飘渺渺，意韵万千……不由心下赞叹：果真品位不俗。又有一搭没一搭地对身边撑伞的玉莲说："认得数十年，从没看过你的舞蹈演出呢。"

这又是外人不知道的，却又是真的。早先跟玉莲同事，一起写字开会，说东道西。后来分道扬镳，她做外贸我当记者。数十年过去，我早没了理想，她从小热爱的舞蹈从未间断。演出得了金奖，她这个领舞却不露声色。她不是爱舞蹈爱到骨子里吗？春夏秋冬，每天每天，她汗流浃背练舞或授课指导到深夜。微信里，她也常在深夜才冒下泡。全身心都交给了舞蹈，我猜她做梦都想得奖呢。只是她视舞蹈为神圣，爱之深切，自然不舍得轻易说出口。也是天性柔软善解，朋友们面前从不抢风头。哦她也抢，抢买单。急了她会脱口而出：今天得奖高兴，谁都别跟我抢。

其实玉莲是个极有主见和执行力的人，她认准的事一定坚持去做。

跳舞一跳几十年，已见性格一斑，另一件事，她的坚持简直让我汗颜。她孝顺，绝非一般意义的"孝"和"顺"。她因为忙，很多家务，包括自身诸事以及给宠物狗洗澡美容等，都花钱交给专业机构代劳。唯有八十多岁的病弱老妈，她接到家里，洗澡理发陪侍吃饭，桩桩件件亲手照料。有两年半时间妈妈腿受伤需要天天换药，妈妈嫌护士换药疼，玉莲就把药配回家自己帮她敷。"妈妈年纪大了，有时犯糊涂，别人受不了她。没办法"。她就这么轻轻一句"没办法"，把一切都受了。她的先生心疼她，尽可能包揽家务，每天给岳母翻花样做可口饭菜，把她的孝顺分担过去。

偶尔，我跟肇娅聊起，都唏嘘，都感慨：那样一个手无缚鸡之力弱女子，多年如一日亲力亲为照顾体弱年迈的母亲，仅"孝顺"两字何足涵盖。加上肯花时间精力也不够，加上十足耐心也不够，加上情义和担当也还不够呵，还要有足够足够的善良，还要把所有这些都加到一起。"久病床前无孝子"，人最难的，是把点点滴滴做成日常。玉莲，举重若轻地做到了。依然轻言慢语，依然一笑眼睛就眯成弯弯的月亮。她身上永远有一股特殊的力量，我称之为柔软的力量。

胡乱想着我不知不觉落了后，见她们几个回身等我才清醒，才发现都收了伞，雨停了。我们嘻嘻哈哈拍照。肇娅说我像座山雕，难看。难看就难看吧，反正桥是好看的。此刻我们站在一大片水岸上，视野开阔。随意近观远眺，映入眼帘的是各式各样静卧水上的桥，正形、倒影，水汽氤氲、扑朔迷离。难怪韩湘水博园又被称作古桥博物馆，桥之多，令人诧叹。据说，园内五十多座桥，有的是从江苏、浙江、安徽三地原汁原味移建而来，大多为明清时期古桥。有的，依古样仿造。布局参差、造型各异。比如五孔的"韩湘桥"，单孔的"醒狮桥"，还有"泰顺桥""女儿桥"，还有双孔、三孔、多孔，等等等等。有的跨梁有的曲拱，也有长长的廊桥……每座桥各有名称，各有历史，各有故事。

联想开去，生活中，形形色色的桥实不少见。除了水上，陆地上的

桥也越造越多。都市里，不乏科技含量的立交桥、斜拉桥……日益崛起，加速了沟通交流，方便了人们出行。更有古今中外画家、诗人、艺术家笔下形态种种，意象万千的桥。吴冠中的桥，寥寥几笔，看似简单清爽，我一临，没了精气神。桥梁专家茅以升说："桥，不过是一条放大的板凳。胸有成竹、浪漫豪放。"卞之琳写道："你站在桥上看风景，看风景的人在楼上看你。"唯美又哲理。更多人说，沟通心灵的是心桥，建立商业往来的是商桥。

对，现实生活中，少不了实物的桥也少不了意念中的桥。要我说：缘分是桥，引渡人们在茫茫人海中彼此相遇、确认；友谊是桥，牵联同道在人生路上看见彼此的美好，从而努力让自己变得更好——咦，是游水博园让我有心思静下来想想这些的吧？可谓额外收获。看水，看桥，穿树林，收获已经多多了呀！是为记。

阿忠

早在写发型师安力亚之前我就说要写阿忠，有意无意的推迟大概缘于珍惜？其实，当头发太长太乱需要打理时，总会很自然地想起他。

跟阿忠照过面或有过交往的人，是不是都会在某个时刻，有原由或没来由地想起他——个使劲折腾给人留下强烈印象的人？

记得有位朋友要找"好的发型师"，我就介绍她去找阿忠。后来，那朋友一改平日斯文在电话里惊呼：太夸张了！那样金光闪闪的一个店，那样花花绿绿的一个人，我怎么敢把头发交给他做？我笑了：你没做头发，却已经传染上他的夸张啦！

阿忠也曾试图劝诱我做夸张发型，还建议我挑染一绺白发，我严辞拒绝，难道我这个年纪还愁长不出白发，还需要特意挑染？我推诿说染白发我们总编要骂的。他就轻声嘟哝：你们总编怎么那么讨厌。我说你就老老实实给我理个短发吧，没想到，经他三剪两剪，我的一头老实短发竟然俏拔灵动地出现在镜子里，平心而论，比其他资深发型师做的潇洒利落太多。我就想把他介绍给身边爱美又懂美的朋友。

当时正遇一个在刚落成的松江生态园举办的活动，参加者都是些我比较认同的审美独特，又善于兼容并蓄、长于捕捉灵魂闪光点的朋友，我邀请了阿忠参加。

那天是安排了园内吃饭住宿的，大家没白没黑玩得特别嗨，阿忠到得迟，点个卯默坐了会儿，道歉说店里忙不开，便自己打车回了市区。忘记当时是琼玛还是陆星儿，望着他的背影说："如今人们脸皮越来越厚，偏这小伙子还会羞涩脸红哎！真难得！"大家也都感慨赞叹。

当时松江新城尚在开发修路，阿忠一趟来回打车不下数百元，我有点歉疚邀请他，也才悟过来：他其实并不想结识任何人，大老远赶来纯粹是不肯辜负了别人好意，薄了别人面子。不久以后我才又悟过来：很多"中年妇女"去找阿忠做"老实"发型,是被他面无表情的一句"我不会做短发"谢绝了的,包括我介绍去的好几位。我是受了优待还蒙在鼓里呢。

阿忠"花花绿绿"是真的,而且常变常新不重样。他的神情,却是一贯的羞涩低回,含些忧郁——且不说那样的羞涩低回确实当今少见,就说与他夸张外形的反差,已足够让人惊为异类。有次去他所居住的艺术小区喝咖啡观展,带着点好奇拜访了他的家。

门开处,一整面亮黄的墙上,深深浅浅信手涂鸦的流线,绵延成一张写意侧脸。墙多大脸多大。再探头,右侧那堵呈直角的艳丽红墙前面,一羽帽皮衣女子端坐正中,身量比阿忠高大,初看吓一跳,定神看才知是模特。两边各有一尊西洋少女胸像,金色。可惜场地太小,没拍几张照片。

见他那六平方小厅被仨模特占得满满当当,我说,你这房子总共才多大,弄这么大个装饰,岂不占地儿?再说,晚上回家猛一照面,不害怕?他笑了:模特不光是装饰啊,每次我设计出新衣裳,总要穿在她身上慢慢欣赏,直到新的款式出来再为她换装。你看她头上的帽子,是我昨晚才赶出来的呢。我笑而无语。这么个不按牌理想啥来啥的人,在自己的私密空间折腾自己呢,你跟他讲什么规矩道理?

阿忠原籍陕西,从小跳舞,科班出身。因为不能忍受当时所在歌舞团温温吞吞的演出状况,辞职出来开发廊,生意极好,赚了钱,不甘。东渡日本当了发型师,钱挣了,青眼也赚了,突然又没劲,来上海,在灯红酒绿的淮海路一侧建了形象设计室。每天,目送一个个时髦女子从鲜亮的"涩谷"迤逦而出,融入那白昼的车马喧嚣或夜晚的霓虹闪烁。一度有过满足,但时间不长。

深夜下班回家,他拿自己的衣裳来折腾。两条牛仔裤拼成一条;时髦小包贴到汗衫上;围巾缀了裤腿汗衫缝了帽檐……东拼西贴的,竟被商家觅宝似的花大钱买去当样板批量生产。也有到店里绣眉画眼的日本

女子,从他身上现剥了衣装饰物,回国去赶时尚。而他,忙完了衣饰折腾自己的家。

一套实际使用面积不足50平方的一室两小厅单身公寓,从买下来开始就折腾个没完。原来的精装修带家具"全部敲掉、扔掉"。墙面自己重新涂抹;家具是画了图纸让师傅打造心仪样式。橱门自己画,一扇红一扇蓝;沙发套用设计服装的余料镶拼,赤橙黄绿青蓝紫各不相同五六套,"换一套就换种心情"。

墙饰说起来有点复杂。先是有了一尊从泰国来的天使塑像,放在发型屋门口,常有过路老外对着"咔嚓咔嚓"按快门。可惜有一天被清洁工敲坏了。拿回家磨掉锐口,正好见市场上一种特殊材料制作的装饰苹果,手感观感特别逼真,花30元一个买回一堆,配了托盘让天使托着。不料装修房屋时又打碎了,苹果骨碌碌滚了一地。弯腰去捡,灵机一闪,苹果结了满墙。香。

香气从小小的盥洗室散逸出来。盥洗台上轰轰烈烈排开BOSS、毒药、夏奈尔,还有润肤蜜露、卸妆水、粉饼、粉底霜……如火如荼香遍镜子里外,保姆阿姨说:"每次出门都要化妆,至少粉底是要打的。"

那天去理发,见阿忠脑后扎一大把无数条亚麻色发辫,头上身上环佩叮当,肤色是美容院阳光浴晒成的巧克力。想起传闻说他爱着个时尚男,冒昧问了句:走在街上,人家能分辨你是男是女吗?麾下发型师抢过话头:"昨天有三位外国女孩路过,在店门口打着飞吻对阿忠大叫大嚷:嗨!帅哥帅哥我爱你——这种事很多很多的!"

是我自己看不懂嗳!心里自问:我们有多少时候是拿了自己的执念和定见,去揣测别人、误解别人,还自以为伟大光明正确的?

再去"涩谷",竟然换了门面,不见了阿忠。他去哪里了?想起有次理完发告辞,一向沉默寡言的阿忠问我:"你知道月饼礼券买哪家比较好吗?"我说你买那干啥?他静默了一会,说,"他们"说我们这里生意太好,赚钱多,常常拉电停水,一停一下午,没法干活。眼下快中秋了,"他们"说可以送点月饼礼券。

不知道阿忠口里前后两个"他们"是哪些人,是不是同一拨人,但我分明感觉到这种周旋行贿巴结人的事情,让他为难,让他穷于应付,也让他除了羞涩还有自轻自责。我恨自己没有能力帮他,就不再去他的发型屋。如今"涩谷"早没了,不知道是不是与阿忠的为难自责有关?或者仅仅是他又没劲了,又折腾别的什么新奇玩意儿去了?

后来有一天,偶然从一位网友那里获悉,阿忠在广州从事他喜欢的服装设计,还创建了自己的品牌。

再后来,如今,不知道阿忠又折腾出什么新名堂来?不过我更关心更期待的是:如今的他可以由着性子使劲折腾自己喜欢的,不必去对付他不擅长的人际关系,更不必勉为其难地去行贿、巴结、周旋,去看人脸色……

玩味"跨界"

"跨界"是当今使用频率甚高的一个词汇。其实古今中外巨擘,早已行之在先,比如苏轼,既是诗人,又是画家、书法家。比如达·芬奇,数学、地理、天文、绘画、音乐、雕塑、哲学等样样精通。纵观身边,"跨界"似越益普及,我就顺手摘取片段来玩味——

(一)作家画猫及其他

这猫,煞有介事盘踞椅上,把一张普通的旧木椅子坐成"展红"——在《池来的爱》四人画展上,所有的观者都忍不住近前摸一摸,或围着它转一圈。姚育明的画,常会冒出诸如此类别出心裁的意趣。

今春,在人文历史丰厚的松江醉白池公园。展画的"四人",一是画鱼出神入化的油画家、电影《南征北战》海报创作者金柏松,一是青年油画家陈哲,一是国画家杨华。姚育明被冠以"作家、油画家"之称实不虚夸。她退休前任《上海文学》编辑,且个人创作颇丰,至今出版作品集《另一种睡》《手托一只空碗》《心门》《姚育明作品专辑》等十数种。绘画是"野路子",仅从不舍得洗掉女儿画剩的颜料开始,涂几笔,涂几笔,一发而不可收,居然延续……多少年?我恍惚。

前不久我在网上看到篇文章,眼熟,配图也眼熟——原来是我写的。我想下载保存,平台提示:请付款8元。嘿!你们转载并没给我稿酬,下载倒要付费?我不!当然还有更甚的,连署名都改了的也有。说回来。图是姚育明画的,图文最初刊于《读者导报》,整版。一晃十多年过去,有点陌生有点吃惊:姚育明早就画那么好了?记得当时姚的新书《手托一只空碗》出版发行。王蒙、陈忠实、冯骥才、史铁生、杨显惠等,都有专门的述评与推荐。我还能写些什么?好在她的自写自画,既有深刻透彻的人生感悟,又不乏奇思妙想盎然趣味。作为上海知青,她曾在东北下乡多年，字画间透逸出那片土地既厚重又通达的轻松愉悦，我喜欢。

作为一名"资深爱猫者"，姚育明曾出版关于流浪猫的散文集《猫眼》，我眼疾日甚，只随手翻翻。读文字，写猫似写人；看配图，是猫也似人。流浪猫在她家养成院猫，个个姿态鲜活性情生动。她写它们画它们，笔底涌动着深厚的悲悯与温情。她说："它们和我们一样，也有着它们的尊严，这种尊严我们在安详时可以看清。"她由猫眼反观人心："是否知足，是否感恩，是否慈悲……在人与这一只只跃动的小生命的相处中，究竟是谁成全了谁？"

细致入微的观察力和感同身受的共情力，让她的画别具从内心生发出来的感染力生命力，一间房一棵树一片云，莫不是活泼泼的，自带旺盛的成长性。看似随心所欲、不拘一格的画，却凸显着形象鲜明的个性特征。有位画家看她写生醉白池那棵老柳树，感慨说，我们当初学素描，学色彩，学了半天有什么用？大家画出来都一样，千篇一律，还是你这样好，有自己的风格又带点趣味。

说到风格和趣味，我想起俄裔法籍犹太艺术家马克·夏加尔。我曾经弄丢了姚育明的一本马克·夏加尔作品集，她虽然洒脱表示：书肯定是到了比我更喜欢的人手里，挺好的。我却有点内疚，因为知道那是她非常钟爱的——这又是题外话。我想说的是：她的喜欢是有道理的。我觉得她的画与夏加尔作品似有某些共通之处。比如色彩的浓郁鲜明，比如多元素的组合，比如那种漂浮、浪漫、梦幻的感觉……

巧的是就在前几天，我看了一场夏加尔画展，在饱览数十幅珍贵真迹的审美满足之余，我又有个新的发现：夏加尔所有的自画像，神情总是腼腆温柔，而他与妻子贝拉在一起的画面，大多是妻子在高光处，他的形象却在次要的、略靠后的位置，这让我体会到画家骨子里的低调和善良——对了，这一点与我从姚育明的文和画里读到的，似有着某些看不见的、内在气息的关联。尽管姚育明并不画自画像。

姚育明的画经常是多元素组合，我把它看作是故事性、叙事性的诉求和表达，毕竟她是作家，她有很多话要说，于是将太多的元素充斥进一幅画面。其实，那何尝不是一种绘画语言。当她将自己对信仰的理解，对生命的尊重，对生活理念乃至梦想的倾诉……以形象而不是文字的方式表现出来，那些画面自有其独特的视觉张力。

我无法简单粗暴地评判：看似单一的与多元素组合的两种画面或者说风格，究竟孰高孰下。因为没有可比性——单一未必不是抽象提炼和巧妙概括的结果，虽简单却不失内涵。那是一种境界。我可以说的是，要将许多元素自然地铺陈在同一画面里且详略得当，绝对需要很大功力，而且内涵丰富，这又是一种境界。不同画家不同作品各有千秋，读者看到的，或许只是热闹而已。包括我。

有时姚育明在朋友圈发一幅刚完成的画，比如："小练笔，蓝毗尼印象之一"，我看到顺手留评：舒畅，喜悦，优雅。快速的解读，是这幅画传达给我的第一眼印象。有时她画"昨夜梦境"，漂浮的、失重的、红黄蓝等明亮色后面透着浓黑，缠绕牵绊。她梦见了什么？多半与猫有关吧。我想：这种毫无顾忌和章法的笔随心至，会不会使她的画风不知不觉走得更远？

（二）舞姿背后的画风

我说过我是个好观众，观演中守规矩不拍照，其实这本是上海观众的普遍素质，无需一提。此刻我将剧场环境照和海报图片拼接起来，用以回放现场氛围，却感觉到它所表达和涵盖的，远不止一幅平面图所能诠释的审美效应，和一台舞蹈表演所能引申的背景内蕴。

"素人舞蹈剧《悠悠视界》……作为一部小剧场作品，它的主创与制作团队囊括了近150人……它将于5月21日至23日在上海国际舞蹈中心表演三场。参演的13人，是9位素人和4位专业舞者。他们历时8个月，飞越40000千米，跨过疫情、年龄、距离、职业隔阂等，从哈尔滨、杭州、上海各角落汇聚于此……"。之前，"素人"项晴微我：参加了

一个舞台剧的演出……在上海国际舞蹈中心……我请你们看。我叫旸旸赶紧订票……

她说,难得上台跳舞给朋友们看,我要好好跳,因为你们懂……

我哪里懂一分一毫舞蹈。但我懂一个"懂"字在项晴心目中的分量。它是个无关技术无关具象无关物质的精神指标。那种看似随和到无可无不可,骨子里却追求简单纯粹,容不得半点瑕疵的精神洁净(癖?)的"懂"——这个话题我从未与项晴有过讨论,但我看得见她在纷纭世事面前不予回应的超然静默。其实她有许多一起嗨玩的朋友,比如画友碟友旅友舞友酒友咖友……我还是感受得到那藏在内心深处的"洁癖"在,我无言地,予以十二万分的理解和认同。

项晴的形象定位常常在我眼里刷新:一个画家,曾以设计为业,玩摄影玩音乐,天高地远自驾疯玩,她居然还能有时间和心思,画出那么多作品——烟云迷离的,灯红酒绿的,繁花锦簇的,荒天僻野的。画中女子,有时侧影,有时仅一个背身,风姿绰约着,神情落寞着,似出尘、似入世,洒脱不羁……那些线条、形状、纹理、色彩等视觉元素,扑朔而幽微,绝不追求某种精确性,却喻示说不清道不明的神秘延伸……嘿嘿又离题了哈,说回舞蹈。

是去年九月的一天,项晴说:"上海国际舞蹈中心海选招募演员,今天是最后的舞蹈面试,我蒙混过关啦!"这种附着偷笑表情包的自嘲式谈笑,我看过并没太往心里去。她总是这样轻松愉快,玩似的。可仅仅八个月,她玩上了正儿八紧的表演舞台。据说剧场卖票迅捷。

"《悠悠视界》的舞台表演,动作大多来自舞者自己,而非由编导编排设计。因此在列表上,他们不仅是'演员',同时也是'动作设计'……"

项晴会怎样设计?舞蹈设计跟她从事的平面设计、室内设计,是完全不同的领域。观演前我看了一小段她们排练的视频:她与一个小女孩,两位舞者的形体对话。没有追光没有装饰背景没有音响效果,白墙、日常着装、不化妆的脸。素中之素。那一招一式一举手一投足一对视一转身,由肢体语言传达的那份呼应那份悦纳那份情意那份理解那份惺惺相惜，诚挚又不失诙谐，温暖而让人感动。

项晴说："能被导演选中感到非常荣幸。"

报考、排练、演出……有时看到她发的朋友圈，热的天，深的夜，独自劲舞，昂首挺胸，视线落到遥远朦胧的虚无。感觉俗世的一切她一无所见，如一团火，自燃。那份专注，让我感动又似非现实。那是我的万万不能。不说别的，仅那运动量，我想想都累得不行。项晴说："我喜欢。""我喜欢"是她使用频率很高的口头禅。有时看到她穿得层层叠叠，那原是她帅气而不羁的日常装束，问她：穿那么多你不热吗？她答：不啊，很舒服，我喜欢。

一个总在讨自己欢心而不在乎别人眼光的女子，明明比谁都努力，却永远云淡风清悠然自得，为什么？细想想，还是印证了我前文所说，保持精神世界的洁净（癖），删繁就简。这在信息泛滥、泥沙俱下的当今时代，尤其应提到重中之重的核心位置。弱水何止三千！先要有定力"摈弃"而不是获取。摈弃那些内卷的繁枝末节，汩汩清流才能良性循环。尼采一语中的："我之所以这么聪明，是因为我从来不在不必要的事情上浪费精力。"深赞！删繁就简的聪明人，才能全神贯注做好一件事，或者去"跨界"，在一瓢之外再取一瓢饮。

项晴一人饮了好几瓢，且每一瓢都饮得津津有味。如果说她的舞蹈表演，多少得之于父母从事导演职业，从小耳濡目染熟稔舞台和表演，那么她在绘画、设计、音乐等领域都玩出了相当水准，固然也可以说是艺术上的融会贯通，然其边界距离仍是不言而喻。项晴很幸运的是，得天独厚地具备了筛选和把握"最好的"的品位和天赋，于是她得到学习力、创作力、执行力等能力的加持。当然凡此种种，哪一样又离得开后天的修为与努力。

行文至此我忽然悟到：我之所以将两位个性迥异，兴趣爱好不同且毫无交集的女子（本来计划写三位，限于篇幅）相提并论，除了"跨界"

与绘画这共同媒介的牵引,原来不乏内在关联:一、两人都有极高的悟性;二、两人都已退休;三、两人都有不计得失沉溺喜好的痴迷激情……或许,两人还都自觉或不自觉地恰巧利用了身心调节的杠杆——以一种活动来治愈另一种活动所产生的疲惫感,使两者或多者,齐头并进、休生养息。

又想起另一句流行语,"跳出舒适圈",依我看让你舒适的"圈",未必非要"跳出",让你义无反顾想要"跳入"的"圈",一定不乏"舒适"的诱惑。完全苦行僧的干活,哪来不懈动力?"舒适"本多义,它包含精神的、物质的、身体的……各人侧重而已。放任自己去追求你看重的,讨自己欢心,享受多角度探索尝试带来的快乐,义无反顾地去接近和实现心之所向,生命将绽放别样的光华。

我在水乡遇见你

偶遇也许短暂，回味意蕴绵长——题记

有不止两年时间我宅在上海远郊朱家角。

朱家角蛮有名的。本地人不出上海走一遭朱家角，算是远了足踏了青。外来者无论出差或旅游，领略过都市风光再到朱家角逛逛住住，这趟上海行也便圆满。

朱家角位于上海市西部青浦区中南部，是距离上海市区最近的江南水乡古镇。它东临西大盈与环城分界，西濒淀山湖与大观园风景区隔湖相望。南与沈巷镇（2001年并入朱家角镇）为邻，北与江苏省昆山市淀山湖镇接壤。朱家角镇距上海市中心48千米，318国道贯穿镇境。古镇距今约一千年历史。宋元期间形成小集镇，明朝万历四十年（1612年）因水运交通便利，商业日盛，发展成为典型的江南水乡古镇，号称"上海第一大镇"，全镇总面积138平方千米（含水域）。

1991年，朱家角被列为上海四大历史文化名镇之一。古镇纵横着北大街、东井街、西井街、大新街、东市街、胜利街、漕河街、东湖街、西湖街等老街。其中北大街在2005年11月被评选为"上海市十大休闲街"之一。2007年，朱家角镇被评为第三批"中国历史文化名镇（村）"。2016年10月14日，朱家角镇被住房城乡建设部评为第一批中国特色小镇。2018年5月24日，朱家角镇入选中国最美特色小城镇50强。以上是名片文本。以我"身在此山中"的感性认识出发，常常在瞬间变成词穷的叹息："真好看！真好看……"

我的"山"，宽泛到了方圆数十千米以远——古镇老街早已游人如织，拥挤不堪。与我对名胜或旅游的审美存在一定距离。

通常，在且伸展且后退的318国道上驶入青浦地界，眼前突然开朗，闲闲望去,桥多了水域多了水面开阔了,远近绿植被衬得青森森的,俨然现成水墨。目力所及,屋舍渐稀。疏朗点缀,偶或一片新建小区,同样的青瓦白墙、竹树环绕,水景边静立成两两呼应的倒影。就是从那一刻开始,我的赞叹喷薄而出汹涌不绝。感念房产商实诚,广告文案里"宜居"两字真不是噱头。

我住的小区距离古镇其实还有段路,从最近便的后门入街,快步起码走十多分钟。偏僻,环境清幽,入住率却低。邻里交集屈指可数,反倒给我留下深刻印象,比如那幽幽旷野的萨克斯声……

"一歇歇落脱几角洋钿,一歇歇拾到几角洋钿"(沪语:一会掉落几角钱,一会捡到几角钱)。

先生没头没脑的嘟哝让我怔了一下。旋即我也就悟到,他说的是夜幕中飘渺入耳的旋律——《回家》。再不谙萨克斯,这首《回家》是耳熟能详的。还有《月亮代表我的心》,还有《路边的野花你不要采》,还有《外婆的澎湖湾》……再不专业,捡出同样耳熟能详的这些曲子中不时多出或遗漏的一两个音符,也是毫不费力的。

初时,乐曲在先,没见人。我断定那是个男人(哪个女人有那样的中气?)。我还断定:那是个老男人(不是因为那些老歌,"他"也吹最新流行乐的。只是莫名觉得,同是不识谱的兴之所至,年轻人的出错方式不一样);"他"不是个专业音乐人(这还用说!),连欢场助兴都不是(灯红酒绿的闹腾回来哪还有兴致和耐力一遍遍复习!)。十分业余,又"爱好"得十分痴迷——也许正因此,引起我的好奇和关注。

约摸估算,差不多除了吃饭睡觉,只要他的车在,他的"爱好"就在空气中荡漾。而"他"的车,除朝九晚五上班时间,每个黄昏和夜晚都在,双休日也在。时钟般规律。

后来的多次照面,拼接并证实了我的绝大多数猜测,唯有一点他自己以行动补齐。他另有不少心思和时间精力付予照料他家的狗。黄昏将近,花气袭人的小区空地,一个五大三粗浓眉大眼的老男人,一条健壮

结实温良驯顺的大黄狗。那狗估计身高和身长都不下一米，在主人左近三五十米范围内前奔后突欢蹦乱跳，偶尔我这陌生人经过，我怕，它却并不发威，只听主人低唤一声"阿黄"，便快速贴到他身边。双休日的早上或下午，我从晒台上总能看到楼下温情一幕：男人拿了洗刷用具给阿黄洗澡洗脚，他弯着腰，看不见神情，阿黄是十分舒坦满足的样子。

好了，事事稳妥。突然间，一声爆破音期期艾艾冲入郊野的寂静，冉冉回荡在空中——是谁带来远古的呼唤，是谁留下千年的祈盼，难道说还有无言的歌，那是我久久不能忘怀的眷恋……其间，虽是"落脱"和"拾到"好"几角洋钿"，韩红的幽深旷远感慨万千，全在。

似还多了韩红以外无边的深情……

他的妻子在外形上是个鲜明对照。上下花色不配套的一身睡衣裤衬得她格外瘦弱、小巧。五官端正脸色略黄。除了骑车买菜遛狗，她几乎不出门。她应该是个爱说话的热情女人吧。有次我丢垃圾，她特意过来告诉我：离小区不远的桥墩下有个自发的农贸市场，鱼是河里现捞，蔬菜是农家自种，便宜又新鲜。又一次，我下楼取东西，她在门口张望：你家的储藏室比我家大。一样的房型，肉眼哪分得出大小，可我能品出她的寂寞。无奈我口拙，不知道对她说什么。她告诉我，她提前离职，男人"还在做"，快退了；市区有房但不能吹萨克斯，怕扰到邻居。"他到这里来吹萨克斯。这里真好，来了就不想走了。"（我猜是男人不想走）男人"做"的，果然与音乐无关。男人平时话多不多？凭直觉我以为不多。此消彼长是规律。他把话，把满腔温情，把时间精力，留给了萨克斯，留给了阿黄，当然还有家。他有他自己的热闹和寂寞。

按照世俗标准，一个有房有车有家室有正当职业有不错的仪表相貌的男人，如果他愿意，结交一两个知己（甚或红颜知己）应该不在话下。就算是酒肉朋友，偶尔三五邀约，也是不错的解闷方式吧。而他的倾诉、渲泄、衷情、解闷、慰藉、热闹、寂寞，都系于那管萨克斯。行将退休的年龄。他下过乡务过农？那个时代普遍不读书不学文化，音乐在民间暗潮涌动，大致限于小伙伴间传来传去吹吹口琴，少部分人也会拉拉手风琴、小提琴。不识谱很正常。萨克斯，从一开始就是随便吹吹吧，但长久以来，他必定从乐曲里读到与眼前大不相同的光景。他享受那乐曲里的盛放。

　　……你的声音一直珍藏我心底，寂寞时候我悄悄回忆……回家，一遍遍不厌其烦回环往复。他就在家里，心，放逐到很远很远的家外，很远很远的从前……那里面，也许有一份青涩少年的初恋；也许有一个村里的姑娘小芳；也许那姑娘正是此刻陪伴在他身边的爱妻；也许是把他带进萨克斯天地的老师；也许是样什么信物；也许是个什么事件；也许，只是漫无边际的随意放逐。不管是人是事是物还是无物，都被乐曲保鲜成永不衰落的美好，在心底深处日长夜大蓬勃丰盛。像我家晒台上的太阳花，每天日出都有新的绽放，阴雨天也从不放弃生命的努力。专不专业准不准确全不在话下。他吹奏的所有曲子，欢快也好忧郁也罢，都蕴含了落寞感伤幽深旷远的意韵。

　　有个下午出门归来，先生小声提醒我看步道那头远远走来的女人，"她回来了，她一直在对你笑。"我近视得昏天黑地，既看不清"她"是谁，更看不见"她"在对我笑。近了，我以为眼前这个"她"，是"她"女儿。才突然意识到，不知从哪天开始，萨克斯声已经消失了很久很久。人最关心的，毕竟只有自己。记得她说过"这里风景好空气好环境清静，来了就不想走了"。不曾想，一年前他们走了竟也不想来了。他们的两套精装修房一直空关着。她告诉过我，女儿工作生活在市区。我没怎么见过，之所以误以为她是她女儿，是因为她比一年前年轻太多，漂亮得多，仅依稀可辨从前样貌。精神状态也明显振作许多。

　　最没料到的是，那痴迷萨克斯的男人，竟在最热闹的铜川路上开出家店铺。铜川路什么概念？全体上海人民耳熟能详的海鲜市场！什么龙虾啊、象拔蚌啊、帝王蟹等珍贵海鲜应有尽有，商贩们骑着摩托开着三轮络绎去那里批发，实惠的家庭或亲友去买了各色海鲜回家自做，甚至

还可以当场堂吃。市场里有现买现做的饭店,置一桌海鲜大餐,价格比外面饭店亲民太多。那个地方我仅路过一次,留下的印象是:道路水泄不通,气味腥臭扑鼻。当然那是多年以前。2016年10月31日零点,铜川路水产市场正式关闭。"去铜川路吃海鲜",已经成为许多上海人心中一段抹不去的记忆。在关闭之前长达数年雷声雨点的动荡期,他,竟然扑入前程未卜的海鲜市场?

——"噢不不不,不卖海鲜,经营根雕,斗蟋蟀。萨克斯么……"

萨克斯。他是偶尔吹着萨克斯卖根雕斗蟋蟀呢还是休息天吹?他还有时间和心情吹萨克斯吗?没有或者更有?而她,为什么反而比在风景好空气好得不想离开的郊区年轻漂亮许多?我想她的越变越年轻,首先应该缘于好心情吧——这与我当初的揣测合拍:骨子里她是个热闹女子,在人口稠密交际频繁的弄堂里,她如鱼得水悠游自在。其次,既然人来客往增多,那么人与人的比较、女人与女人的比较自然也多——人往往通过比较激发上进心。这也是入世女人不懈的功课。嗳,人与人,虽不都处在彼之砒霜我之蜜糖般的两极,但每个人都是独一无二的个体,其差别真的不可同日而语。就算客观如联合国教科文组织,经周密科学测评推出的"宜居"之地,到底"宜"不了所有人来"居"。她,是遵从内心呼唤回到了真正适合自己生存的土地。

那么他呢?那个安享寂寞,全身心陷于萨克斯的男人,对沐浴商海的现状满意吗?那份随波翻腾的热闹,也是他潜藏心底的向往吗?或者那竟是大隐于市的心灵归宿?我想不明白。或许他们自己也未必明白。有时候人们自以为的最佳,或许只是温水青蛙式的逐渐适应。而人的潜能又往往出乎自己意料,比如可以把与心底至爱完全不同的日子照样(甚或更加)过得风生水起……

后来我意外从保洁阿姨口中得知,这对夫妇悄悄搬离水乡前不久,那驯良温顺的阿黄被小区外的流动人口偷走(杀吃)了。

捉遗补漏的外来夫妻

我触摸到铁"心"的温软；看见"物"外许多切近又辽远的涵义
——题记

有人问：上次你写的"萨克斯太太"，重回水乡后又住下了？

当然没有。她回小区总共两三个小时——跟物业和小王夫妻在她家客厅开了个现场会：喏这里、喏那里、喏喏喏。屋顶上分布着深浅不一的黄渍细纹，曲里拐弯如人小地图。有两处石灰翻卷开裂，渗着水，钟乳石般滴出了地板上稍稍隆起的一摊摊白迹子，周边地板有的已经疏松翘裂。三方四人逐一确认，都见怪不怪，都淡定如常。漏就修呗。她交出钥匙，物业粗略登记了她家大小物件，接下来的事情就交给小王夫妻。

小王夫妻是物业外聘的、捉遗补漏的泥瓦匠。他们租住小区附近民宅。每天双双来小区上班，形影不离。

小王早前可不淡定。他爬到报修的某家屋顶东敲敲西撬撬，愤然一跃跳到晒台上，蹲着，低头往地上吐唾沫，半天，红头涨脸站起来："妈的！这屋顶，连'防水'都没做！"又吐唾沫："呸！跟我们乡下垒猪圈差不多！"如今小王老辣多了，见怪不怪。"房子漏好啊，漏了我们才有活路嘛！"业主们听他半真半假调侃并不气恼。人都是锻炼出来的。曾有业主从市区或外地，温州啊广州啊甚至香港台湾匆匆赶来，指着漏得惨不忍睹的房子摇头："房产商只晓得赚黑心钱，一包二包三包层层盘剥，底下民工没油水捞，不就偷工减料盖猪圈了嘛！"现场勘察的物业经理和包工头们听人谩骂像听表扬般矜持如常。哪里的房子不漏水。几方碰头迅速给出方案：满铺防水卷材——等于重做屋顶哎，还要怎样！

哪里的房子不漏水，呵呵！当初，明眼人看到古镇好风光，也看见了漏水迹象，有咨询律师的，回复令人啼笑皆非：这年月哪还有不漏的

房子!喜欢就买呗反正便宜。巍巍高楼不照样漏!浦东江景房,贵得离谱吧,漏得墙上都长出这么大蘑菇来了——登过报,你们不是不知道!律师比划着,话锋一转:这远郊呢确实不具备地段优势——潘石屹不是说了嘛:地段地段还是地段。可也有它自己的优势啊:一、环境,景区;二、空气,宜居;三、价格,洼地。这三点,您也看见了。

好,看见了。反正有小王夫妻。两人都姓王,见人都爱笑,混熟了

还爱跟人调侃几句。两人比较常见的画风：男小王爬上人家屋顶，翻过女儿墙，埋头弯腰铲啊铺啊。女小王在这家院门口围出简易作业区，铁锹搅拌一堆混凝土，一桶桶递给作业中的丈夫。有时候她往屋顶递砖递防水卷材，递完她可以就地歇一会。遇到人家外墙高处渗水，他们便扛着八脚梯，挟一条厚木板，现搭个简易脚手架，两人似挂在墙上合力补漏。那情形总让我联想起哥特式建筑——兴盛于欧洲中世纪的哥特式建筑，因精雕细镂叠床架屋繁复而脆弱，不得不派遣大量维修人员蹲守在近旁随时维修加固……哈哈哈这不合时宜的联想常常令我暗自哂笑不已。曾经，我把他俩作为原型写进小说，当然，虚构嘛，人物形象，关系脉络，个性特点，情节铺设以及命运走向，已与真人无关。

要说这水乡的房子呢，本不与精雕细镂叠床架屋沾边。朱家角因为紧靠淀山湖，大多数民居临水而建，多为一两层砖木结构，青瓦白墙，清朗俊逸不事雕琢。就算新兴房产，也晓得遵循和延续素朴通透、温润大气独具特色的水乡风情。低层低密度是景区房产硬指标。古镇周边所有新旧建筑最高不超过5层楼，白墙黛瓦，低调而别具禅意。远眺蕴藉有序；近观宁谧隽永。曾在旅途中见识一些欧洲国家的乡村、小镇，多有类似的低层低密度民居，虽说风情各异，但含蓄静定的审美效果，与上海的水乡建筑殊可媲美。

许是拿地成本相对较低吧,这一区域开发商,大多舍得高价聘请国内外著名设计师,在规划设计中融入现代手法及新型材质,着力演绎古镇建筑风格与内在空间构造肌理的一致性。于是水乡呈现的,无论是民居老屋,还是新建商品房;无论是民间特色小饭店,还是陆续新建入驻的品牌酒家,无不兼容谐调相得益彰。

文友姜老师在我的《我在水乡遇见你》文后评论中提到"徽派建筑",我专此考察并咨询了行家,获知,上次照片上那家新入驻酒店大堂,确实延续了明代徽派古建"江南第一官厅"五凤楼的基调。这是酒店力邀世界顶级室内设计师和著名灯光设计团队,共同操刀完成的一个较高端品牌。作为旧时宗祠仪门常见制式的楼宇,其巧夺天工的恢宏气势,可谓旷古罕见。落实到"这一个",设计师又充分尊重环境,巧妙保留了数百年前古老建筑与自然风光、江南园林相得益彰的意境与美感。诠释的,仍是江南水乡的幽雅风格。它让人欣慰地看到:智慧两字在水乡新兴建筑中得到好的演绎与传承。

奈何"老鼠屎"!颜值爆表,内涵却——从前有"金玉其外败絮其中"一说。时至今日,某种程度上的变本加厉令人汗颜而惊心!放眼纵观:不仅水乡,不仅房产,延展到吃穿用度、身家性命……那见多识广的律师只是一言以蔽罢了。每个人,其实不难烛照自己,终究是在为急功近利、偷工减料、滥竽充数、粗制滥造,买了、或正在买着单呢。

通过小王夫妻,也不难直观地烛照我们普通百姓的人生不易。虽说各有不同。

空旷小区里,他俩劳作的身影显得格外渺小。有些日子两人作业区离我近,在我开着的窗缝迎来阵阵桂花香气的同时,女小王讲电话的声音也断续入我耳鼓。瞭望眼,见她略弯着腰在花树间徘徊,身段极低,嗓音却高,大概手机信号不好。方圆数百米回荡着她娇柔得与年龄不相称的嘶喊——是跟女儿说话呢。我知道他俩有个三四岁女儿,知道他们的女儿在老家由外婆抚养，也陆续知道男小王这个女婿不受岳母待见，只因订婚时他拿不出丈母娘要的六万八彩礼。"俺哥结婚才一年，家里已经欠下一屁股债，哪有钱资助我娶媳妇。"做女婿的没房没钱还偏不服软，结婚四年，他只跟着老婆回了一次乡。忙也是真忙，业余时间他去建筑工地打零，给装修游击队当水暖工，也帮周边居民做些力气活。他想拼命干活攒钱，"将来接女儿到上海读书"。

有阵子，男小王照样这家那家地补漏，却独自扛着梯子或卷材，独自爬上爬下，一会儿敲打墙面，一会儿下楼搅拌混凝土。形单影只不说，从前捞着的一点点歇息时间也没了。偶尔听他跟业主问答："老婆回乡了。她娘生病住院，老老小小都要照顾。"她什么时候回来？不知道。还来不来上海务工？不知道。为啥不请个新搭档？"我舍不得分出一半工钱。"他笑着，语气里有无奈和仓皇。

直到离开那个小区，我没再见女小王。

2018年1月初，我特意去坐了趟刚刚通车的地铁17号线。这是上海市第十五条建成运营的地铁线路，是上海主城区通向西部、通向青浦的大动脉，它标志了上海城市向西发展的动力。对于水乡房产商来说，这无疑是个大利好——早些年地铁还没影，各家房产宣传册上，已打上迅疾飞架东西的地铁标识。房产商的远见值得嘉许，他们打造水乡建筑景观的努力值得敬佩。可偏偏，一个最最简明直白的核心价值观，却被遗忘在冠冕堂皇的宏愿之下。"房子是用来住的"！住房子，底线是不漏对不对？

在洁净敞亮的地铁车厢里我想起小王夫妻。今后行业日益规范，房子不漏了，他们干什么？他们将以怎样的身份和劳动付出，融入我们这座城市？让他们守着新建漏屋随时修补，那像不像个荒诞的黑色幽默？至少，是对他们极大的不尊重！当然更是始作俑者甚至我们整个城市，对规则、对契约、对自己，最大的不尊重。小王们的劳动绝不应该仅仅补救昧着良心无序谋利而造成的谬误。

想起有天进小区,远远见男小王形单影只蹲在一片空地上摆弄什么。走近了见地上众多锈蚀的铁锁和剪刀锤子——那是他作业时积攒起来卖钱的废铜烂铁而已。他的专注引我好奇,直到眼前赫然出现个两米见方的心型。我将那铁"心"摄进手机……它常常没来由地浮上我心头。我不想将之拔高为对美和人生不乏浪漫的憧憬,但它确如海德格尔所说,属于人的本真存在,对,不是"生存",是"存在"。是"无用"的精神富裕。我能触摸那"心"的温软,能看见"物"外许多切近又辽远的涵义……每想起,随之有股暖流漫上心头,水乡般滋润熨帖。

表　舅

表舅是突然出现在我家客堂间的。当时我和哥哥正围着张小凳子盯橄榄核，应着外婆的惊讶声我暂时从橄榄核上收回瞄准的眼神，往上，斜出去，见一堵墙似的大高个子（也许只是我太矮小吧，那时我还不到十岁，营养不良，又黄又瘦）杵在那里，再往上，见颗侧着的大脑袋和一片青森的下巴。

那堵墙开口叫"姑姑"时，外婆仍愣怔着，听他自我介绍："我叫王某（我没记住），王某某（我也忘了）是我的父亲。"

"嗷——"，凄厉而毫无征兆地，外婆哭嚎起来。我和哥哥看着那突然上演的怪诞一幕，捂着肚子滚到地上咕咕穷笑。外婆却伤心得一蹋糊涂。她17岁嫁了我外公，离乡背井，大半辈子过去，来了这个让人稀罕的娘家侄子。

外婆涮眼抹泪呵斥我们"叫舅舅"，又忙不迭拉住舅舅的手，唠唠叨叨说了无数问了无数。舅舅也涮眼抹泪应答无数，不时地还用手帕捂住脸，"呃呃"地哭出声响。我并不关心他们哭诉些什么，我也不记得他到底是外婆娘家失联多年的哥哥还是弟弟的儿子。

我记得外婆炒最好吃的糖圆招待她的宝贝侄子。外婆从搪瓷钵斗里舀出珍贵的糯米粉，注水，揉搓成一堆如同我们玩的玻璃珠子大小的洁白圆子，放到铁锅里翻炒，待圆子们起皮，各归各不相黏连，小心浇一调羹食油继续翻炒，直到圆子在锅铲下滴溜溜滑滚，再往锅里倒入化好的糖水，"嗞拉"一声，圆子变得晶莹剔透颗颗金黄，成了。

糖圆是贫困年代外婆能够自制待客的最奢侈的点心，是每次上门拜望姑姑的舅舅的专享，托他的福，我们这些小孩也能分到几颗解馋。

我总是迫不及待捞起一颗糖圆送到唇边，用门牙咬开脆甜焦香的外皮，那冒着热气的软白内馅烫得我呲牙咧嘴，一边吹气一边吸气，顾不得细嚼，满足而不无懊恼地吞下肚去。

我们跟外婆一样盼望舅舅来。

舅舅肚子里藏着无数的故事，无论是人故事、鬼故事，他都讲得声色光影历历在目，我们又怕又爱听。舅舅还有个好处是给我们提供赖学方便。谁不想上学，第二天只须带上舅舅写的"头疼""肚子痛"之类的请假条，就可以名正言顺向老师交差。我爸早没了，妈闷头忙工作顾不上我们，有了舅舅我们就有了主心骨。特别是我大哥，体弱多病，是家里的宝贝，舅舅也特别偏心他，经常带他出去玩。

那次，舅舅在我家住了个把月，即将离开的前一天，舅舅带我大哥去西郊公园看狮子老虎，大哥不无得意地悄悄向我们炫耀，他拿了（只有他有资格拿）爸爸留下的照相机交给舅舅，因为舅舅要给他拍戴着红

领巾的照片。我们都羡慕得不得了,一整天都盼着他们快快回来,介绍西郊游详情。

直盼到天黑。我大哥独自回来了,沮丧得一蹋糊涂,原来到了公园里舅舅说去买胶卷,让我哥原地等,却再没见踪影。大哥把腿都快走断了也没找着舅舅,又累又饿又怕,千难万难回到家,边哭边扒拉下两碗饭,倒头睡着了。外婆却一夜没合眼,为舅舅留着门。

那以后外婆每天都以为舅舅会来,舅舅会拎着我们的皮箱,里面装着我们的新棉花胎,突然出现在她面前——就在走失的前几天,舅舅告诉外婆,他能买到那种又大又厚的棉花胎,和又好又便宜的牛皮箱。我们家是多么需要那些宝物呵!外婆把多年省吃俭用攒下的所有私房钱交给舅舅。钱估计不会多,因为我家根本拿不出吃饱饭以外的任何闲钱。

也因此，那不多的钱，当时实在要算是我家的巨款了。

　　有一天外婆听到敲门声激动地去开门，迎来的却是两位陌生警察。他们是来"调查冒名的王某某"（记得警察报出一个真名）。也就是说我们的"舅舅"假冒亲戚朋友之名，骗了我外婆，还有多人的钱财，被列入抓捕调查的犯罪嫌疑对象……我记得，外婆当时愣怔良久，最后缓缓挤出三个字：不可能！

小张，小陈

接电话时，她刚躺到沙发上，累，想随意看部电影放松放松——"喂，12床需要抢救！我是值班医生。"

前两天主治医师已经约谈过急救方案，做哪些不做哪些，签字画押一切了然，事到临头却还是慌乱。两人匆匆穿戴，一脚油门冲向茫茫郊野……

每次进病房，她尾随老公，还没来得及把"妈……"叫完整，婆婆就闭上眼睛对儿子下命令："你让小张去那边坐着。"

她很自觉地退坐到婆婆示意的床脚根的椅子上，不说话。

婆婆问儿子："你外婆醒没？"（外婆去世好多年了）

他柔声答："没呢。"

"你又受伤害啦？"（从何谈起）

他更柔声答："没有，你放心。"

"你家住哪？"

他弯腰凑到她耳边："还是老地方呀。"

"昨天的稿子完成啦？"

"完成了，受表扬啦！"

"小张……走了吗？"婆婆两眼瞪着天花板。

"没有，坐着呢。"

母子对话每次都五花八门随机应变，不变的，是"小张"。

每次出病房他都安慰她："对不起，委屈你了，别跟她计较，她糊涂……"

"我知道，我不计较。"

她隐隐地心怀一丝愧怍：是她夺了婆婆的挚爱。

婚后他们另住，婆婆的孤单可想而知。他是遗腹子，母子俩相依为命几十年。他三天两头去陪妈说说话吃顿饭，她识趣地回避，也是真的亲近不起来，年节去看望，不过就是礼貌性地谦让祝福几句。

从什么时候开始？老公回来说起婆婆：好好的衣服，剪掉一只衣袖；没事用手指抠墙上插座"研究研究"；莫名其妙埋怨：谁把这些臭鱼烂菜扔到我床上？

他们载她就医。遮着挡着的，还是被她发现门牌上"精神卫生"字样。抵死不肯下车。"我没病！你们，你，要干啥？"她从没听到婆婆那样声嘶力竭地质问过，那个"你"，她听出确切的"女"字旁。

托了关系把主任医生请到车里问诊，脱掉白大褂。

"请问老人家姓名。"

"沈工。"

"职业？"

"建筑工程研究所工程师"。记忆果然有选择性吗？她不记得：工地监督劳动那些年，她是受人唾弃的反动学术权威。

"这位是你什么人？"

"儿子。"

"这位……"

"……小张。"

从那一刻起，"小张"，成为婆婆对她的指认标签。

"沈工，看看谁来啦！"每次跨进病房，护工小钟会大声喊。

"我儿子来了！"

被窝里伸出双隐现着淡紫色毛细血管的白白净净瘦胳膊，激动到颤抖。那毫不掩饰的亢奋她看了心酸，如果说失智有什么好处，大概不再为教养所束缚，自由奔放为所欲为算一个吧。可也是这自由奔放为所欲为，撼动了她内心深处的自尊。

前不久的小学同学聚会，不知怎么话题一转，曾经的同桌"老中医"的一句话，搅得她心里七上八下：别以为阿尔兹海默症患者永远糊涂，

他们有时候比正常人更黑白分明,他们只是无所顾忌,想欺负谁就永远欺负谁。

欺负?自己做错什么了要受欺负?隔三岔五,她总记得上街采买营养品和美味的水果零食,再贵也不吝啬,然后与老公一起送去医院。每次婆婆会一边夸张地嚼得津津有味,一边大把塞给小钟,"来,尝尝我儿子买的好吃的。"

……

匆匆赶到病房,医生刚施完急救术,与两位护士围在病床前,见他们来,移开条通道,她却习惯性地往老公身后退。她看见老公俯身唤"妈"时,婆婆疲惫地睁开双眼,盯视儿子良久,嘶哑着迸出句话:"我,不行了,你和……小……陈,小陈,你们好好过……"

泪雨倾盆。为这一声"小陈",她似等了几百几千年。

隔空亲情

电话铃刚一响就被接起。大概迅速得是有点出乎意料了,好像透视到他这边在按号码,又或者是个顽皮孩子,刚巧偷拿到爸妈的手机,胡乱按下接听键……他倒发起怔来,一改平时的从容自如。

却又是出乎意料,传来的是个老人的声音:"喂,你好……请讲。"

他记得这个号码的主人来公司咨询过房产信息,是个彬彬有礼的中年人。"——噢,阿阿姨,阿……阿婆,你买,你们家,买房吗?"

结巴着,自己先没了信心,一个老女人,买什么房。何况当前并不是买房的最佳时机。来到这个城市打拼,几经沉浮历练,当上一名房产经纪公司部门经理,虽然入门晚了点,也算抓住过几波行情的尾巴,过往业绩不错。他曾踌躇满志:凭着自己的诚恳聪明和努力,总能堂堂正正在大城市买个房安个家,让自己过上安稳日子,也让老家的亲人称意放心。

怎奈计划没有变化快。如今市场不同了,靠买房积累财富的主儿,早已赚了钱收了手,政策在那摆着呢,"房子是用来住的不是用来炒的",住,又能住几间?而刚需买房,大多精挑细选左右掂量,不轻易出手。偏又遇上新冠肺炎疫情,整个市场一度低迷。

可话说回来,危机危机,危里面往往藏着机,眼下人们历经疫情种种,更注重健康和谐的家居品质。炒房是没了,换房潮却重新涌起。随着房产中介市场门槛提高、优胜劣汰,他所在的品牌公司反倒拓展业务,一手、二手销售齐头并进,上门业务日增,员工也加强主动出击积极性,他翻查出一度失联的客户信息,广种薄收各种联络。

"……买房啊?噢,我……也许,要是,合适的话——你那房子什么情况,能麻烦给我介绍一下吗?"

他的精神再度振作起来。一切皆有可能。前些日子门店不是来了位老人，倾尽积蓄为考取名牌大学的孙子买了套房吗？他沉思片刻，听见电话那头窸窸窣窣，他好像看得见她。要不怎么坐到业务经理位置呢？听见一就能想见三的。他似见她的整个居室条理干净。当然她面前的茶几上和通常老人的差不多，堆满了随时需要的东西：水杯，茶叶罐，药瓶，纸张，记事笔——对，老人说话斯文，应该是个识文断字、自主意识颇强的老人——"哎！阳台，是朝南的吧？晒个被子晾个衣服的还方便吧？"

是的。他收回思绪，应老人要求，又介绍了手头其他几套房源的情况。她问得格外详细，楼层，采光、通风……她思维清晰可他又感觉她思路有些涣散，因为他刚介绍完厨房面积，她也刚胸有成竹、了如指掌地"哦哦""嗯嗯"应答完毕，又不厌其烦地问："厨房面积多大？"

他便又耐心地介绍一遍。

时间过去一个多小时，他听见她有些疲惫有些歉意地嘟哝："真是对不起……我，一个人住两房一厅，我的房子够宽敞了……我……"

他的心稍稍凉了一下，却不失礼貌地想要结束谈话道声再见，又听老人絮叨："我老了，腿脚有病不方便出门，好在儿子一家住得不远。儿子把他的手机给了我，让我有需要随时找他——是啊儿子孙子都孝顺，可他们那么忙，没时间……我……我想，想说说话。"

"噢，奶奶，您说，我喜欢跟您说说话。明天我再给您打电话。"

"谢谢，谢谢你好孩子！"

听到咔嗒一声，他却久久不忍按键挂机。他抹了把发潮的眼眶，想，该回家乡一趟了。已经快两年没回家了。好想好想爸爸妈妈，好想好想从小抱大他的，此刻正躺在病床上的，亲亲、亲亲的奶奶。

王子与公主的后续故事

男生身高一米七,头戴棒球帽,脸上罩着副蛤蟆镜。墨黑的大镜子衬得脸面越发水嫩肥白,让人想起薛宝钗的"脸若银盆"。眉眼是淹没在墨镜后面了,却有车钥匙链粗细的一根金项链,从他敞着的棒球衫领子里晃啊晃地耀眼。这天好太阳。好冷。我在棉衣外面套了大毛衣,戴了大围巾。那金光还是晃得我有点森然。男生的爹娘,目送儿子出了房门,转身,急急跑到大落地窗前脸贴着冰冷的玻璃,眼巴巴向外张望,我便也跟在他们身后望向院子:男生正发动车子呢,那辆电动车崭新崭新的,在太阳底下泛着金属的钢蓝色的光。那孩子仰着头的侧影也便浸润在钢蓝色的光里。好看。

"上班了,今天中班。"电动车突突地驶离了视线,当娘的痴痴目送那消失了的身影,半天缓过神来,梦呓般对我说。她的神情分明是欣

慰的。我也跟着欣慰。为儿子的做了几天又辞掉，辞掉又再找的一份工作，反反复复让这夫妇俩操了老鼻子心，我都知道。有阵子，女人常趁空出去，男人来替她，跟我们这些病人家属打招呼，"拜托拜托，她去张罗儿子的工作，一会就回来。"

夫妻俩同在这家护理医院当护工，迎来送往了无数人，也是积攒了些人脉的。两人不辞辛苦，肯出力，一天二十四小时吃住在医院，男人在男病房女人在女病房，白天侍候老人们吃喝拉撒，晚上各自在病房里摊开躺椅，睡在老人病床边。"都不知道夫妻还有同吃同住那回事儿了！"男人半开玩笑半认真地说。儿子来了，跟着老妈睡女病房，是在小小的储藏室单搁张小床，头靠墙根脚抵走廊。老人起夜，梦呓，突发病痛的呻吟，急救，这夫妻俩，包括这娇嫩男生，能睡好吗？

总算如今，至少眼下，他们是不必再为儿子的工作操心了。据说，儿子的婚房早已在家乡备齐，是夫妻俩辛苦做了这些年攒钱买下的三房两厅。去年当娘的请假回乡半个月，是去验收刚装修好的新房。万事俱备，就等娶媳妇进门。看着这对夫妇尘埃落定的神情，我心不在焉地开起了小差：接下来的故事，会是戴着大金链子大墨镜的王子和即将入选的何方公主，在祖国中部那个小县城的三房两厅里，过着幸福快乐的平凡生活吗？

我严重缺乏想象力……

肺腑之言

不知道手机铃声响了多久,反正当我从惺忪睡意中挣扎着"喂……"了一声,叽叽呱呱的狂轰滥炸便一泻千里涌入耳鼓,直至把我彻底震醒:

"我就出门倒个垃圾啊,防盗门被风'呼'上了,还好里面房门开着,梆梆梆梆敲得山响他就是不开就是不开!是啊,他在睡觉,可那个敲法不会敲不醒的,邻居隔着两道门都出来了,说这不正常别出什么事,借根结实棍子给我敲——3个钟头,我整整敲了3个钟头!只好打110,110只好找来开锁匠。100元开锁费要我付,警察当然不肯帮我出。那死人说他没听见!气死我紧死我恨死我你讲讲看你讲讲看!"

我没讲。

"弟弟你几年都不来看我,我知道你们都嫌我死缠滥打没骨气,可我有我的难处……我住院动手术,吊着点滴厕所都没法上,护士电话一打再打把他叫到医院,'她这病很危险的你知不知道!'他翻白眼说,知道又怎样!拿了单子去报销医药费,报来钱他收进腰包,饭钱也没给我留啊,你讲讲看气人不气人!"

我还是没讲,我没机会讲。

"别说饭钱,家里报纸他订的,我卖了废报纸,那几元几角他也逼我拿出来——他缺钱吗?他是个董事长,手下十来家企业,就算退了休房子和家当他可什么都不缺啊……每天睡到傍晚起床梳洗打扮,然后山青水秀出门鬼混,不到早晨不回家……"

那你该感恩。感恩他夜不归宿你乐得自由。人家二奶三奶,拼着姣好年轻,还要看那阔佬眼色,不知买单到几时。你现成房子住着退休工资拿着,饿不着冻不着;想看报纸自己订啊,卖废报纸那几元几角赏了他又如何!

肺腑之言冲到喉咙口,却被她密不透气的控诉噼哩啪啦挡回来——

"想过离婚可房子在他名下,我那点死工资当初全拿来养小孩,如今孩子只念爹好婚房是爹买的……离婚我住哪?净身出户没那么便宜!我就跟他耗,打死我也不离不离坚决不离!"

那你更该感恩。感恩没离婚遂了你的愿,感恩你们动如参商。你要时时想着:这家只我一人,小心着凉注意保暖均衡营养,万一生病住院,既来则安,请不起全天候护理就雇个钟点小工。出门忘带钥匙直接找锁匠,心疼100元冤枉钱?那就长记性下次别再犯错。至关要紧不气不恨!别说已经形同陌路,就算相爱,你也趁早打消改变大活人的念头。你得明白:他只是你同一屋檐下的轮值对班。一个对班,你要他怎样!

你反过来想想:好就好在轮值对班,若生活习性相似日日耳鬓厮磨,恐怕你再不想离家也只有风餐露宿——其实也不至于。走过去,前面必有别样天地。而你既然不愿离开,不如感恩这奇怪的轮值方式,它多少给你留一份独立空间、自由时间……

我没想到自己如此英明,满肚子见解在肺腑间翻腾,只可惜,我的见解融不进那狂轰乱炸的节奏——

"弟弟啊我的亲弟弟……来帮帮你苦命的老姐姐吧……凭你那身虎背熊腰,狠揍他一顿他也不敢……"

我不禁摩拳擦掌,可我,根本没有姐姐。

剃头铺子

在上海,似这间灰头土脸狭小简陋的剃头铺子有多少?以我偶尔穿街走巷一斑见豹地推算,成百上千不在话下,至少,比粮油店烟杂店多。

——只说挨我家院墙"违搭"这一间。

突然有一天,墙外多了这么间铺子,大小不足一张单人床,顶多两平方吧。房顶是毛竹条撑起的油毛毡,斜向街心。最高最宽那一面将就我家北墙,另外三面横七竖八木板木条钉成。门窗倒有些模样:窗框可辨斑驳的湖绿,上海老公房门窗都这颜色。如今土木兴旺,哪儿哪儿都圈起一大片,碎砖朽木、断垣残壁,有时洋洋洒洒瓦砾尘土中突兀一栋正拆的房子,骨架耸立,炮楼似的,门窗仅大大小小黑洞,裸着里面楼梯和木梁。拆迁工人就地出货,四五十元一排窗、五六十元一扇门,有人家整改旧房,讨价还价买了去装修,那是工人们的外快烟酒。旧陋狠了的卖不掉,任人捡拾眼开眼闭。这间铺子的门窗,是捡的还是买的?不知道。反正我家院门以东这一溜墙和街沿无偿。铺子的门跟我家院门成直角。出门进门我的侧影就在木板房里晃一下。门里安了镜子,门外没挂招牌。坊间都称"剃头阿姨",是连铺主带铺子一块命了名。

剃头阿姨不住这,每天清早赶来"上班",需得跋涉好几条大街小巷。70多岁老人,蹬蹬蹬地抖擞。为什么偏选了这块风水宝地?她自家门前难道不好"做生活"?我有点纳闷。也许她是做了市场调研的:这文园街总长不过数百米,全是住家,人口密。仅街两边对峙的两大墩老公房,南边这墩十个门洞,北边那墩还不止。每个门洞6层,每层4家,再加上我家后面弯出去一整条老式里弄,你算算。头总归要剃的。我家独栋,很奇怪地前不巴村后不结弄,临街北墙又没窗,俨然为"剃头阿姨"留的。我家以东两三个门面,就是横贯南北大马路。市口算不错。

果然,铺子开张没几天就顾客盈门了。都是街里街坊。

最先是大人扭送了男孩子来剃头，这么近便，炉子上烧着饭菜也不耽误把"生活"交到剃头阿姨手上。价格是诱人的，1元2元。后来男人也来了，3元5元。只说便利，不提便宜。抽根烟聊聊天有啥勿好？剃头阿姨能说会道消息灵通，天生聚人气。这街呢，叫文园，其实跟"文"不搭界，坊间男女"老青"大多不上班，下岗的退休的买断的协保的吃低保的辞职在家炒股搓麻将的，东头到西头，西头到东头，哪天不得晃几圈啊。剃头铺子正好成个小驿站，女人们尤其欢喜。

"烫只头发12元哎，外头再小的店二三十元总归要的吧！"义务广告口口相传。

没多久，铺子就以女客为主了。所以严格来说剃头阿姨应该叫美发师。可已经心急慌忙叫开了，改口也难，就剃头阿姨吧，她自己本不在意叫什么。

初夏晨曦中，闲散的文园街也是有点小忙碌的。站在门口阴沟盖前刷牙的（那是底楼人家），拎马桶端尿盆去化粪池的（那是没改装电动马桶的人家），出门买菜买早点的，坐在门前拣米选菜的……

"喔哟，张家姆妈今朝买点啥啦？"

"喏！兜来兜去买勿出呀！"

"这带鱼几钿一斤啊？"

剃头阿姨来了，自然而然成了焦点：

"万和菜场今朝小黄鱼便宜，只卖5元一斤！鸡毛菜1元2斤，落苏……"

有阿姐阿婆后来习惯了，要等剃头阿姨通报了信息才相邀去买菜。

唱和声在习习清风中荡来荡去。

九十点钟，渐渐静下来。

这时，高家阿娘，南面公房靠西边门洞二楼的小脚老太太，押着她三四岁的重孙子来剃头。

"剃头阿姨啊，喏喏喏，迭格小人头发介长勿肯剃，侬剃格头阿是交关好看啊？明朝伊拉娘休息要领伊去白相来，勿剃头哪能好去啊？"

高家阿娘一口刮辣松脆宁波话。

"是格是格勿剃头人家勿放侬进去格呀，剃了头么又清爽又好看，阿婆拨侬吃糖噢。"剃头阿姨粗嘎嘎本地口音。她嘴里似蜜手里用力，三下两下给小男孩套上白围单，顺手从旁边工具筐子里摸出只粉红色尖顶洋房小纸盒，拈出一颗蛋圆形巧克力送进男孩口里。是谁家送的喜糖。

接下来就顺理成章了，剃头阿姨一边锄禾日当午，一边同倚在门前等候的高家阿娘聊天：

"侬当我欢喜做啊？没办法呀！迭只死老头子，一分洋钿也勿肯拿出来，自家饭钿也勿出，我这点低保补贴哪能开销得起啦，现在么事介贵？伊在自家弄堂口做'生活'，靠也勿让我靠近，女儿也勿许碰……"

宝蓉娘和朱家姆妈和静芳也都忙完了早上那点事，先后围拢来。静芳拖鞋趿趿的拎着个塑料垃圾袋没来得及丢，红底小蓝花睡衣映出年轻白皙脸上两朵红晕——气出来的也未可知：

"介老了还死要钞票，勿拨老婆女儿用，带到棺材里去啊！"

她说这话倒没注意打击了身边一大片，身边几位都是老人呀。还好都不多心，同仇敌忾一致谴责"死老头子"。又啧啧连声慨叹剃头阿姨不容易。

前一阵子下雨，我见我妈小房间北墙上黄水迹子深深浅浅大一圈小一圈，世界地图似的。我说，妈这事要说说，外面铺子一搭，你这北墙不透气，都捂霉了！

"唉，我本来是想说的……"

"修私房钞票要自家出的呀，你怎么办！"

"格么，叫伊哪能办啦……"

到底张不开嘴。

剃头阿姨夫妻倒是结发。"死老头子"年轻时就守财如命，数十年如一日，"除了后来有了孙子，舍得拨孙子用钞票，别人！哼！休想！

伊每天出门早锻炼,我叫伊带点瓜啊菜啊回来,伊一分一厘清清爽爽报账,我说'侬有本事饭勿吃呀!'伊讲:'做啥勿吃啊,水电煤是我付格呀。'"

剃头阿姨的指控很令我诧异:"死老头子"竟然早几十年就AA上啦?一锅吃一床睡几十年亏他算得清爽!老夫妻外出吃顿馆子怎么付账?请客送礼怎么分摊?

"屋里厢勿开伙仓,侬搭女儿两家头外面吃盒饭,看伊哪能办……"高家阿娘义愤填膺正出主意,她重孙子头剃完了,急不可耐帮着扯掉白围单,从剃头凳上跳下来想溜,被老太太一把搭牢,头皮青光光,额上痱子粉白塌塌的还在,眼窝和鼻翼有碎发黏着,白瞪白瞪僵在老太太跟前。剃头已给足天大面子,洗头是万万不肯了。高家阿娘也不强求,摊开掌心,剃头阿姨捡起两块硬币中的一块,把那只手掌推回去。

近午了,一声"回去烧饭喽",鸟兽四散。

剃头阿姨锁门:"昨日媳妇送来一只鸭子,炖的汤,回去余点菜就好吃饭了。"

转眼就到大热天了。

宝蓉娘吃完中饭汗水滴答踱过来,"披头散发乌数来,烫一烫清爽点。"宝蓉娘也60多岁了,川字纹很深,眉眼却活络。早年她男人跟着她爹老老皮匠学生意,后来丈人死了,小皮匠才刚中年就升为老皮匠。如今歇业多年,还叫老皮匠。他家住底楼。不出摊,店堂就是小客堂。小矮凳上一坐,围着黑黜黜白帆布的膝盖间夹一根铁撑子,地上那一头是两只脚掌夹着。口里含着钉子,手里拿把榔头,笃笃笃笃敲,有时手握切割刀咯吱咯吱割底子——膝上换了大木砧。底子不外车胎底塑料底。俭省人家,把穿烂的男人大鞋拆了,让老皮匠切掉严重磨损的鞋底两头,中间部分利用来做一双女人或小孩子的鞋。老皮匠在新切好的鞋底边沿团团割出一道凹槽,这就可以左右对穿走针扯线了。针针线线齐整排在凹槽里。每缉一针,先用锥子在定了位的鞋底鞋帮上锥出个针眼。锥几下,老皮匠就拿锥子在头发稀疏的头皮上蹭一蹭。绱鞋是力气活,也是

技术活。绱一双鞋才2角钱。别人家贵一点,有2角5分的,有3角的。老皮匠把绱好的布鞋一双双摆在当街的窗台上,都用鞋楦撑得胖鼓鼓的,像一对对小兔子,红黄蓝绿黑都有,看谁家什么料子衣裤裁下的鞋面布了。街坊走过,都忍不住瞅一眼小兔子,顺便张一张客堂里光景。说是客堂,才七八平方,还安了小桌子和一张单人床,宝蓉娘的妹妹金妹睡这间。后头大房间住宝蓉娘夫妇和他们的两儿一女。金妹的床脚放只马桶,一家老小都在这里拉撒。中间剩一小块空地刚够老皮匠"做生活"。好在客堂没啥客人来。

老皮匠勤勉,钱就比较活,宝蓉娘"会过日脚",每天炖得香喷喷的,馋了一整条文园街,"喔哟香得来,又吃肉啊?"

宝蓉娘很自得:"喏,肉骨头汤佘佘菜,荤素搭配。"

"肉骨头么8分洋钿一斤,骨头啃完卖拨废品站么6分洋钿一斤。"

毛头娘贴隔壁住,晓得其中跷蹊。

"啊?格么骨头只有两分洋钿一斤来。"

"明朝阿拉也去买。"白头发老太和阿三娘舅同时说。

到底也没常头。天天有肉骨头啃,是人家本事。

老皮匠是入赘女婿。公房租赁人是老老皮匠。金妹比姐姐小许多,那时才20岁左右吧。姐妹俩常吵架。枪来棒去,老皮匠见不到缝插不上针,在一旁苦着脸抽烟。不料有天吵到激烈处,矛头竟直指老皮匠。只见神情激动的金妹一转身翻出件黑白花汗衫,用力抖开,对着窗外密密人头,"大家看大家看,迭件衣裳,后身好好的,前头全部破脱——伊,"手指老皮匠,"每天夜里坐勒马桶上在我胸口头摸法摸法……",窗外一片唏嘘,"汗衫都摸破了?""到底——"忙又缄口,怕听漏了关键环节。那金妹却终至泪水涟涟,泣不成声。老皮匠"污蔑污蔑"地乱叫,宝蓉娘骂妹妹"发贱!血口喷人!"

姐妹俩没有血缘。老老皮匠婚后不生养,"领"了姐姐回来,取名引弟,40岁上竟"引"了个妹来。没料,最终搬出文园街的倒是家生女儿,不知是出嫁了还是另找了房子,没见金妹回来过。老老皮匠死了,房子归宝蓉娘承租。整条文园街都夸宝蓉娘"茄"(沪语,能干、厉害的意思)。谁知讨了宝根媳妇,那个闷葫芦小女子,从不吵嚷,却让人不寒而栗:婆婆饭端到手上,正眼都不瞧一个,婆婆跟她说话,爱搭不理,更不叫妈。因为进门时婆婆只给了一根"瞎细瞎细"——媳妇掐着指甲缝跟闺蜜形容——金项链,"啥人高兴戴!"扯开衣领,拍拍空白脖颈以示所言确凿。

宝蓉娘曾向儿子告状,曾跟儿媳伏低,也曾指桑骂槐,软硬兼施全不奏效。坊间说一千道一万,剃头阿姨总结陈辞:"一马吃一马。"

宝蓉娘最宝贝的是女儿,要不怎么不随儿子名字叫宝根娘。

"宝蓉要请客我到菊花去烫头发,我想想,现在便当了,到介远去做啥,我勿去,叫伊来伊又勿肯,伊讲师傅是认牢格,喏,伊给我一瓶药水,伊讲迭格质量好。"剃头阿姨笑着接过宝蓉娘递过来的烫发水。她晓得这烫发水很一般,她更晓得宝蓉娘又要省钱又爱面子,不去戳穿,"啥大不了,和气最要紧。"

剃头阿姨整理卷发杠,问:"大卷还是小卷啊?"

宝蓉娘沉吟,"大卷么打理起来方便,但是容易直,小卷么……"

剃头阿姨体贴地说:"烫大卷,烫得老一点,好保持又好打理。"

宝蓉娘连声称好。

卷发杠子一只只排到宝蓉娘头上,两人一句句"嘎山河"(闲聊)。

"侬老头子现在身体好点吗?昨日看到伊像煞瘦点了。"

宝蓉娘叹气,"还是老样子,胃口勿大好——格么香烟老酒勿要吃了呀,勿肯听!叫伊看毛病么也勿去。叫伊坐勒搓搓麻将么伊要让拨我搓。"

"侬老头子体贴侬呀,阿拉死老头子自顾自死人勿管。"

正说着,一张笑脸探进窗户,剃头阿姨叫起来,"喔哟慧心来啦!"

慧心男人是外企公司主管,在外滩上班,家住虹口,这几年分别在虹口、宝山、浦东买了好几套房子,一个月房租收收起码一两万吧?大家猜的。慧心不炫富。都说慧心福气好,从文园街嫁出去,好比登上了天梯,日脚一步步往高处攀。

慧心的受欢迎倒不是因为她有钱,"人家有钞票是人家的"。这点豁达文园街老街坊都有的。慧心的好,是有钱自己不觉得,长得好看自己也不觉得。低调——也不是低调,"调"字还有点做作,慧心她是真的低看自己。儿子考取工程技术大学,拿到录取通知单时,左邻右舍关心,她就一本正经告诉："总算考取了。这只学堂么，比大学差一点，比高中还是要好一点。"她老公听了来气，"什么话！正正规规大学，怎么叫比大学差一点比高中好一点！"慧心诧异，"这有啥勿对啦？又勿是第一志愿。末节一只志愿呀。"老公是恨铁不成钢，慧心是从来没想成钢，下次一句话出口仍是不知不觉贬了自己。大家却喜欢她。剃头阿姨说："人心是杆秤，斤斤两两都有数的。侬自家称重了，人家给侬往轻里减减，侬称轻了，人家往重里添点。"

"今朝又来帮阿爸送东西啊？"

剃头阿姨拈着宝蓉娘一绺头发，探头到窗外去看慧心手里鼓胀胀一只大马夹袋。

"没啥，一点伊欢喜吃的。"慧心说，"侬结束了来帮阿拉阿爸剃剃头好吗？"

慧心虽是家里最小的女儿，她倒从小不娇气，姐姐们出嫁了，买汰烧照顾爹妈都是她，姐姐经济拮据，她都尽力补贴。她妈在她结婚前一年死了。临出嫁，慧心出钱请了保姆专门服侍阿爸。后来她爸疯瘫，卧床6年，保姆不离不弃。剃头铺子对保姆小陈也是有评价的：规矩人。小陈说："人要讲良心。人家涨工资，慧心阿姐给我更高，每年回乡探亲，路费奖金压岁钱大人小孩吃的穿的用的，慧心阿姐全部想到。我不好亏待伯伯的。"

慧心提着大马夹袋踅进我家后面弄堂。剃头铺子的窗口，此刻站着刚到的"美国老太"。"美国老太"今天没去棋牌室，每星期三，她到地段医院开药，降压药是常年不能断的。每次配药回来，她要到这里弯一弯讲讲闲话。

"今年美国还去吗？"

"勿去勿去，麻将也没搓，恢气煞来！老是鸡鸡鸡，蔬菜也没吃，胃口倒足！"

"格是勿习惯格呀！"

三个老太说笑一回。"美国老太"告辞。临走她又回头,"女儿啥辰光有空啦？我头发又长来。"

"下礼拜六，这礼拜伊拉单位护士排满了。"

女儿是剃头阿姨的骄傲。别人不说，就说"美国老太"，"吃煞"（崇拜、认定）伊了。去美国探亲之前，剃头阿姨女儿帮她密密匝匝卷了满头细杠子，拆了杠子只修剪，不吹风。"美国老太"广东人，圆脑袋，黑皮肤，洼眼黑亮黑亮，配上那头短短的卷发，时髦，漂亮，俏皮，顿时年轻十多岁。在美国儿子家住了两只号头（两个月），外国人中国人一律称赞老太太漂亮，有气质有魅力。话题便转到女儿身上。

"你女儿有40岁了吧，应该寻个对象来，老来总归是个伴呀。"

"啥40岁，毛50岁来。伊看看自家爷娘这样，所以勿起劲。劝伊也没用。"

说着话宝蓉娘头上杠子也拆了，洗理，吹风，面目一新。宝蓉娘在镜子里前后左右照来看去，不说话，笑意却掩藏不住。她往裤袋里掏摸一番，摸出张五块头，理理平，作势还要摸，剃头阿姨说，勿要了勿要了，药水是侬自家的呀。宝蓉娘作罢。

剃头阿姨从慧心家出来，天差不多黑了。她手里多了一包东西。每次去给慧心的疯瘫阿爸理发，钱是只多不少，东西总归也有，鸡鸭鱼肉，或者是皮手套羊毛围巾。都是实惠又用得着的。

这天下午，剃头阿姨刚做完一只"生活"，闲着，一众邻里借了我家竹高椅小矮凳，在铺子前围坐聊天。静芳眼尖，见西头荣贵坊走来一大男人，花白的披肩发，风度洒脱形貌俊逸，"面熟陌生来"。嬢嬢打只格楞，"想起来了——这是顾家儿子呀，画图的。后来伊拉娘落实政策搬到延安路去了，再后来听说在静安区买了房子……廿多年没看见来！"

"是格是格，阿拉小辰光看到伊背只画夹，小朋友都叫伊画家……"静芳说。

"噢!"——都想起来了。

画家竟是来找老皮匠绱鞋的。啧啧!啥年头啦!绱这种陈年八股的老棉鞋!

关于这双43码布底老棉鞋的故事,后来通过宝蓉娘的转述和剃头铺子的整合传播,在文园街流传了很长一段时间。

那时,画家还年轻。

寒假,大小伙回唐沽老家度假。小伙外婆的妈妈或者说妈妈的外婆——一个90多岁北方老太太,眯着眼张着嘴,近瞅瞅再退远了瞧。眼前这多年不见,出落得比洋片里人儿还俊朗的一米八重外孙,让她乐得没法合计,围着重外孙又量又画忙活完,往炕上一蹭,腿一盘,露两只小脚尖尖在大腿两侧,一针一线纳鞋底儿。

开学，小伙回上海，有一天，没纳完的大鞋底儿也送到上海——唐山大地震，没病没痛的太外婆葬身地下。（都忘了问，鞋底怎么还在？）

数年后，小伙的外婆拿出纳了一大半的鞋底儿，含着泪，一针一线完成了她妈妈的遗作。

后来，外婆去世了，外婆续完的大鞋底儿藏进老箱子。再后来，大小伙长成大男人。大男人整天画画，拍照，设计，忙起来饭都顾不上回家吃。

那天，大男人的老母亲病倒在床，微弱的嗓音在电话里飘：大冬天的，熬夜可别冻坏了身子骨啊！我给你黏了双直贡呢的棉鞋帮子，正好配你太外婆扎的那双大鞋底儿，去找师傅绱双厚棉鞋吧。要找好师傅啊别辜负了这双鞋底儿……

"——好师傅么就是阿拉老头子呀！"

故事每次都会有些出入，可宝蓉娘这句话是斩钉截铁不会变的。也难怪她自信，你看看老皮匠那番摩拳擦掌身手，闲了这么多年，"生活"非但没荒废，而且更加纯熟漂亮，一双饱满结实的大黑兔鞋第二天就上了窗台。都来张望。神气活现展示足足一礼拜，才通知顾画家取走。

"钞票无论如何不能收！让我为地下老太太做桩小事体好了！"

这事，宝蓉娘风光，老皮匠更风光——每每剃头铺子议及，老皮匠总笑眯眯及时出现，远远站着，王顾左右，良久，猛吸一口烟，徐徐吐出，踌躇满志。

"后来钞票收了吗？""大眼睛"问。

"……第二天才发现茶杯底下塞了100元。"

宝蓉娘无限遗憾。这一情节她不大愿意提起。

谁都没料到，绱完最后杰作老棉鞋，三个月，老皮匠死了。胃癌，查出已是晚期，手术也来不及了。

更让人万万料不到的是，紧跟着慧心也死了。保姆瞒着那风烛残年的老爹。

"终究是瞒不过的——介孝顺女儿会狠心不来看阿爸？"

慧心人高马大红光满面，才刚50岁出头。那天是在家烧菜迎接毛脚媳妇的，好好地顺着灶台软下去。

猝死。

"唉……介好人……"

剃头铺子前泪湿哽咽一片。

"命运无常啊！"

又都压低嗓音，"讲句没良心话，让疯瘫老爹先去也好啊！"

大殓那天文园街好多人去为慧心送葬。静芳，孃孃，黄毛娘，毛头娘，老黑皮，阿三娘舅，剃头阿姨……有送花圈的，有送单数红包的。

剃头阿姨在灵前含泪表态："侬放心好来，我照样会按时帮侬阿爸剃头格。"

日脚总归要过的。剃头铺子前的闲聊也照旧——终究不长久。

不是迎世博嘛！先是市政建设，整个上海这里那里拆迁拓路翻新，面貌大变。越到后来越细致，世博场馆周边是不要去说它了，就连沿线老远老远，如文园街我家在内东面接近大马路的房子，也都列入粉刷美化范围。剃头阿姨的铺子这就被提到"拆违"议事日程上了。铺子已经开张六七年，习惯成自然，轰轰烈烈的忽然要夷为平地，谁受得了。剃头阿姨据理力争。

"你们敲我饭碗，叫我哪能办？每天到你家报到去！"

"什么饭碗！本来就是违章搭建！迎世博人人有责！"

"哪能勿晓得！我晓得要和谐迎世博，没饭吃哪能和谐！"

"迎世博不是口头说说的，要美化环境，要粉刷，要做很多事情的！"

"格么，连我的铺子一道美化粉刷好来！"

本来被剃头阿姨缠得头疼，她这么一说，人倒气得笑起来，"呵呵呵哪有这样美化的！亏你想得出，就算一起粉刷了，也像一只大芋艿上长了只乱七八糟芋艿仔！"

到底，剃头阿姨拿这只芋艿仔缠到2000元补助，还办了就业的什么证，把铺子开家去了。文园街不少老主顾跟了去。

我妈竟也是她的粉丝。

我妈笨嘴拙舌，极少参与坊间谈话，她本来难得烫发，在剃头阿姨手里烫得更少。有点瓜田李下的意思吧？——剃头阿姨推来搡去不肯收钱，因为用了我家北墙。所以从来，我不知道我妈粉剃头阿姨。

春节前我妈要我陪她去剃头阿姨家烫头发。我说妈，出门马路边就有现成的一家，何必舍近求远。我妈支吾一会，扭捏说，还是剃头阿姨好，熟悉。

噢！我明白了：所谓粉丝，也许就是惯性，看惯了赵薇就粉赵薇；听惯了王菲就粉王菲，剃头阿姨每天在我妈眼皮底下转，岂有不粉她的！

陪烫，倒让我亲眼目睹夫妻老婆店风采——"死老头子"设在家门口的铺子也拆了违，破天荒与剃头阿姨合伙做生活。真正和谐迎世博呢。

铺子在曲径通幽的二楼。那宽仅半米余且颤颤巍巍的木楼梯，离了我的鼎力相助我妈还真没本事上。铺子规模是大了，但兼着卧室、起居室。进门一张大床，床头靠墙根一溜床头柜五斗橱大衣橱，每一件家具上都堆满各式日用家什，比如电视机医药箱针线盒什么的。门边这一溜墙，是理发用的座椅和器具，吹风机卷发杠塑料头套之类，满满堆在一只高脚小木柜上。镶着木框的镜子直接搁在大方桌上。进门，把我妈扶到理发椅上坐定，我很识相地绕过大方桌和理发椅，直抵南墙缩进窗下的单人沙发。剃头阿姨如今打下手——在女儿休息的日子，修剪吹风由老头子包办，姑娘负责洗头卷发杠。

"死老头子"居然眉清目朗宇轩昂，全没有我想象中的猥琐紧迫。

姑娘苗条，她身上那件缉满网状银线、每个焦点缀着亮片的咖啡色棉袄，随着她的移动在"一房间"的阳光里一闪一闪，让我想起越剧《追鱼》里王文娟身上的鱼鳞。一头棕黄卷发蓬松虬结在她的腮边和肩背。姑娘圆脸，圆而小的颧骨，细弯眉眼，尖鼻子小嘴尖下巴，开口一笑，牙也细细的。是张曼玉那一路的——近在咫尺我没法不仔细端详，在她爸给我老妈剪发时,她一手端只碗一手提张方凳搁在我面前坐下吃早饭。

我一直以为剃头阿姨是最"茹"的,此刻看她在这爷俩面前,竟笑得娇憨,偶尔也还嗔一声"死老头子",糯答答的。真的是"一马吃一马"!

这爷俩也确实了得,话题转承启合汪洋恣肆:

"别看这房子才14平方,楼上阁楼一直顶到外面楼梯边,19平方不止呢,她们娘俩睡楼上我一人睡这楼下——"

"阁楼自家搭的,能立直,老房子高啊,四五米呢,哪像现在新房子那么矮。朝南大窗响亮,冬天一房间太阳!阁楼也一房间太阳。每月租金才25元,楼上算面积不算房租的!"

"经济适用房?阿拉是轮不着啰——轮着了有啥好:家庭存款7万元以下;住房面积人均7平方以下。存款不超过7万哪能过日脚?(姑娘)当时买断工龄,一次性就拨了6万!今年满50岁(长相真年轻),开始拿退休工资了。休息天搭把手,平时不行,还在'做'呀,人家医院打电话指定要的呀。"

"在特需病房,啥杂事都做,阿姨这样阿姨那样的叫我,阿姨是啥?就是保姆呀。保姆就保姆管伊啊!好坏工资一千多,加上退休工资七七八八的我一个人月收入就有三千多!"

"够吃够用了还要哪能?钞票多了有啥意思?陈水扁倒是钞票多,不是坐牢了?钞票不在多而在会用晓得吗?"

"哪能会用?喏,就讲看毛病,阿拉屋里厢,啥人身体勿适意又吃不准啥毛病,到市级医院检查,那里医疗条件好设备全,医生经验丰富;确诊了毛病,到区级医院;医生开了药方,到街道诊所配药就可以了。价钿不一样的!市级医院挂只号要14元!"

姑娘咀嚼着早饭并不耽误说话。我看见一粒细小的饭米碎溅到我牛仔裤的膝头,在阳光下晶莹着。我没好意思去掸拭,也怕扫了演说者兴致。

"还有侬看,阿拉屋里厢,电视机是摸彩中的奖,钢精锅子也是奖品,前年还中了一台空调,这房子冬暖夏凉用勿着,送给阿哥阿嫂,他们搬家,现成一份礼物。"

"哪能介许多奖品啊——哪里有活动啊摸彩啊就去呀,去一百次总有几次中奖吧?还有打折清仓,用得着的便宜货淘点回来。会买就是赚钞票!"

爷俩互为抢答印证,一下子把7万元以下的"经济适用房"和阿扁家的贪财贪到案发扯在了同一水平线上,他们,自然是这条抹平级差的直线上那个最佳黄金律!

搀扶顶着一脑袋利落卷发的老妈回家,踅进街口,粉刷一新的院墙迤逦眼前,空前的开阔,空前的……觉得少点什么。却听我妈莫名其妙咕哝一句:

"格么……就放心了!"

外婆的对象

"那个'柳成林',哦不是刘,是'柳,柳树的柳,柳一树一成一林'。"张老师扁起嗓子一字一顿,声音瞬时沧桑许多,想必是在拷贝柳成林。"他说的话呢,我大概意思听懂了,他好像找了好长时间好多地方,公安局派出所什么的,最后曲里拐弯找到我们护理院。"我说可不,幸好我外婆姓了这个冷僻的"过",要是姓李姓王姓你那张,公安局档案材料不得一房子一房子啊,怎么找!"他说要'来看过逢春,大约在春节'……"张老师不理睬我的幽默,又扁起嗓子。我想起那首曾经很火的歌。

我还是被张老师的电话吓了一跳。以为那刘什么林的,哦柳,柳一树一成一林(我下意识地也在心里扁起嗓子),以为那柳成林,只是外婆许多不着边际的呓语中的一个:"你看那些人,他们趴在窗户外面做什么?哦——!看打腰鼓呢!"——看什么打腰鼓,那是三十层的高楼好吗,你老指那高度,至少也有十好几层,谁有本事趴窗户外面看打腰鼓啊。"侬几个小团啊?"——什么几个小团!人家是明宝第一次上门的女朋友!当然,没有第二次的,吹了。"柳(我们先前误听为刘,发音一样)成林是我对象",——柳成林出现得比腰鼓啊小团啊那些晚多了,大概一年前吧,对,一年前的一个午饭前,外婆在护理院的花园兜了一圈回来——她每天都要到花园兜几圈的——突然,柳成林出现了。那天,十六床(外婆十七床。一个套间两人合住,原来的"十六床"住医院去了)住进个新人,家属正在安顿床铺、床头柜,护工小于在旁边指点。外婆进门兴兴头头招呼:来啦?坐一歇噢!人家见老人彬彬有礼,便攀谈起来。老人家高寿啊?家里几口人啊?来多久啦?外婆万分诚恳地自我介绍:我叫过逢春,今年十五岁,家里有爸爸妈妈还有阿哥阿嫂……柳成林是我对象。

对,就从那次开始,柳成林越来越频繁越来越顺口地出现在外婆的自我介绍和絮叨自语中。相依为命的外公，在她的世界日渐消失，到今天，已经彻底没外公这个人了。外婆啊外婆，你怎么就忘了呢，你的对象是我外公，从小就是。你相依为命的丈夫，是我外公，娃娃亲的结发夫妻。我外公叫陈松涛。陈松涛，好吗！

"我明白着呢。"有时候，外婆没来由地抿嘴一笑，左颊上的酒窝调皮地跳一下，同时歪一歪脑袋，不无得意。那副爱娇模样，跟她的年龄极不相称，却是真好看。外公从前，会在难得的家庭聚会上，通常是喝了点小酒以后，用食指那么一扫，打击一大片：咱们家这么多大大小小女孩子呀，没一个有老太太好看的。老太太是外婆的自称，跟着我女儿子蕴叫。子蕴小时候跟过外公外婆一段时间。那时子蕴刚会说话，子蕴说，老太太，我叫子蕴你叫什么？外婆说，我叫老太太呀！老太太！哎！小子蕴！哎！老太太！哎！哈哈哈哈！一老一小一声高过一声呼来唤去，开心得不得了。这一刻，受了表扬的老太太矜持地抿嘴一笑，左颊上的酒窝调皮地跳一下。一头银发围裹着的不乏绉纹却依然白皙秀美的鹅蛋脸上，竟然晕起一抹少女才有的粉红。真好看哎。

从来没有柳成林。自从外婆开始一遍遍念叨柳成林，我们全家就认真排查了不止一遍，亲戚邻里，包括从前有过些来往的朋友同事，没一个姓柳的。姓刘的倒有，要么是女的，要么已经过世，要么比外婆年轻二三十岁，从外貌素质各方面比对分析，没一个是外婆可能的"对象"。

我外婆她怎么讲？话刚问出口我就晓得多余，果然张老师叹息："唉，告诉她柳成林要来了，她像没听见，腔也不搭，眼睛看牢你，诚恳得一塌糊涂，七厘缠到八厘：我叫过逢春今年十五岁⋯⋯"张老师又捏起喉咙，我看得见话线那头很努力地拷贝出的娇憨欲滴状。张老师你可以去演戏了。

外婆是叫过逢春，大年初一生人，今年八十⋯⋯反正，八十好几了。——你知道的，这些年我们大家都日渐熟悉了一个名称：阿尔兹海默症。外婆是不是？医生病历卡上有龙飞凤舞的"疑为"字样。我们不懂。医生也不懂。"阿尔兹海默"也好，老年痴呆或者什么失忆失智也罢，到底是些什么鬼？它们到底有多大能耐，竟然夜以继日把好好一个正常人的记忆、认知、性情、智慧，不露痕迹就给一口一口啃噬掉了？张老师跟着我们叹气，没办法，一点办法没有。

张老师是外婆所在护理院的护士长。叫她张老师，是依照她的自我介绍："我是张老师"。如今什么事都宽泛潦草，称呼也是。不是老师的称老师，不是教授的喊教授，不是老板的叫老板。张老师的电话先是打到我妈家，然后才找的我。我妈倒是老师，高小班主任，如今就一退休大妈，病殃殃的，她右膝盖上那半个小月亮被东北大田侵蚀得没法修理了。死马当活马动了手术，痛点反倒从膝盖直往下穿至脚后跟。她踮着"冷到骨头里"的脚后跟，把自己挪到街道理疗站去做按摩。"我姓陈"，"陈阿姨——"按摩师客气地招呼她。咦，说外婆呢，怎么净说我妈了？我是免得你跟那些人一样犯疑惑：女儿是贴心小棉袄啊你外婆三件棉袄不都退休在家吗？还有你们这些后备小夹袄，送去护理……怎么说呢。其实谁心里不明白：人类社会从古到今，一代一代不都是往下贴心贴肺鞠躬尽瘁着嘛，有句俗话怎么说？"孝子孝子孝顺儿子"，往下孝顺都恨力不从心呢。再说各人有各人苦衷，不光我妈，我两个姨，谁不是烦难事一大堆？那些七七八八，我也理不清楚，总之当时吧，我们一大家子，确实找不出比送外婆去护理院更好的办法。

外婆的"七厘缠到八厘"，始发于三年前外公去世时。也许更早，之前很可能也有过，但我们没发现，确切时间，大概只有外公一个人清楚了——两老单过，我妈她们直系小辈来往并不多，隔代去得更少，自从子蕴进了幼儿园，我们也不常去。偶尔全家聚个餐，简直要算千载难逢。这也正是外公去世后我妈最自责的，"千不该万不该啊！我们关心两老太少太少啊！"我说妈，别后悔了，就算重来一遍，日子肯定还是照那样过，各人情况明摆着的呀！你看世人都在吃后悔药，可世上哪有见效的后悔药嘛！

好了说那天。那天外公丧事毕，老老少少亲朋邻里，从殡仪馆告别厅出来，一个个上大巴去饭店吃豆腐饭，我外婆突然对着淌眼抹泪的我妈和我两个姨一脸焦虑催问：你爸爸呢你爸爸呢？快去找你爸爸啊马上开车了！一车的人，楞住，面面相觑，外公他，他不是刚刚火化掉吗？外婆她，她不是亲自跟随每一个步骤奉行告别仪式的吗？外婆虽然乐观爱开玩笑，这种时候，万不可能的！后来我小姨分析，外婆是受不了突如其来的打击，伤心过度，一时迷怔了。也或许是心理惯性，她还没能接受生活中的任何一个细小环节不再有外公参与。外公毫无征兆地突发心肌梗死，话都没留一句就走了。相依为命六十多年的老夫妻，进门出门都是手牵着手，街上买个油墩子都要你一口我一口分吃。突然扯走一个，你说谁能受得了。我妈对我两个姨说，从前我们各顾各，都太自私，关心两老太少，这事千错万错也没法弥补了，如今妈一个人，突如其来这么大打击，冷清清的家再不适宜她独自待着，我们轮流接她回去陪伴照顾，但愿时间能慢慢化解她的孤单伤痛吧。三人商定一人一月轮换。

那天我妈把米饭焖好，去盛烧好的菜，揭开锅盖，见半锅蟹粉豆腐里添了满满一锅冷水。问外婆，她老人家歪着头含羞带笑作答：是我呀……这没啥呀——活脱小学生想当无名英雄，做了好事却被发现被表扬的又羞又高兴的活雷锋神情，我妈杵噎在那里，红头涨脸张口结舌，半天才缓过神来，嘴里说着不碍不碍，咧出的笑却硬梆梆苦兮兮。我妈这边残局还没收拾完，外婆倒恢复了豁达明理模样。她坦然道歉，"对不起噢，我给你添麻烦了。"

还好，之后几个月小错不断大错倒没犯，噢也有大错：外婆不知哪里找出把大剪刀，剪掉了我小姨一件羊绒衫的一只袖子，说，"我给你做件新衣裳。"小姨气得板起面孔训外婆，又提醒大家，千万把可能伤身的东西统统收好。至于小错，那就层出不穷了。比如刚吃完饭，她说饿了，问："几点了还不吃饭。"比如帮着择菜，她把菜根黄叶留下，把好菜倒进垃圾袋里。鸡毛蒜皮的，谁都可能偶尔犯个下意识错误。也有时候，她絮絮叨叨跟她女儿拉家常，突然想起来，"对了，这事问你爸爸去，他最清楚。"又说，"你爸爸一个人跑哪去啦，这么长时间不回来？"拉开门往外冲，跟也跟不上她。诸如此类，我妈她们该藏的藏该收的收，有时小心绕过话题，有时顺杆子引个开心由头，也能逗外婆哈哈大笑。至于人生际遇种种，从根本上是没办法的，耐下性子，慢慢对付。我妈说。

可外婆容不得我们慢慢对付。那个平平常常的傍晚。我大姨在家族微信群（群是小姨建的，叫"陈年新事"，其实各家少有旧事新事放到微信联络）发了个爆炸性消息：外婆找不到了。见我妈问了句：多长时间？大姨说给她煮的中饭没动，人不见了。小姨说，中饭没在家吃你这时候才找？她出门你不陪着？大姨没回复。小姨发了个撇嘴的表情。不用说也都猜得出那尴尬小脸的潜台词：大姨没在家陪外婆，肯定是匆匆做好饭菜开溜，也不知道是出门办什么事了还是又去给"明宝"张罗对象了。若是购物买菜什么的，理应带着外婆一同出门的呀！

忘了说了，"明宝"是我大姨的儿子，我的表弟，三十好几的人，女朋友谈一个吹一个，工作呢做一份炒一份，永远跳槽永远"没遇到对胃口的工作"。大姨贴钱贴劳力饭来张口衣来伸手侍候着，还自我解嘲：要得好，老做小。小姨很看不惯大姨这种做派。可小姨又腾得出多少心思给谁呢，自从去年，她女儿，也就是我表妹芳芳，大龄剩女，生了对双胞胎丫头，虽说请个保姆照料，可洗衣做饭带两个孩子根本忙不过来，大哭小叫的。请两个保姆吧，月子里是请了两个的，时间长了每个月一万多抬出去，芳芳舍得我小姨舍不得。芳芳倒不妈宝肯吃苦，她和我表妹夫天生一对工作狂。芳芳说，"女人当男人使，男人当畜牲使"是职场戒律，适者生存罢了。他们夫妻俩起早摸黑做适者，我小姨和小姨夫只好放下自己的生活死心塌地帮他们生存。小姨恨不能生出四腿四手，飞奔去芳芳家打杂抱娃。小姨不是不愿照顾外婆，你也看出来了，小姨她实在是分身乏术啊。直到把外婆丢了，三家人才真上了心，火急火燎分头找外婆。来往走动的亲戚，从前的同事朋友，乔迁了新居的近邻。两个老人常去或偶尔去的菜场、超市、点心店。还有公安局、派出所……能想到的都跑遍了。天黑尽了一个个沮丧而归，回到外公外婆的家——万一老太太出门兜一圈摸回自己家了呢。

那天深夜，外婆居然被人开车送上门来，睡眼惺忪的。来人是个白白净净大小伙子。究根循源起来，我们是不知道了，妈和姨却恍然大悟，确实沾着点亲呢，只因都忙，住得又远，多年没什么来往。也不知外婆怎么会认得他家，傍晚去敲门，那一家子诧异得不得了：这车水马龙的，老人家你？满心狐疑，忐忑请进屋，不免旁敲侧击多问几句，"谁陪你来的？"自己一个人来。"乘什么车来？"走路来。"老人家身体好吗？""家里人都好吗？孩子们都好吗？"都好。都好。都好都好。应答恰切礼仪如常。外婆态度诚恳得让人没法不信。招呼一起吃晚饭，外婆说吃过了吃过了，却迫不及待伸手抢过饭碗，呼噜呼噜吃完又把碗递出去，狼吞虎咽连吃三碗馄饨。是饿狠了。剩几个馄饨在碗里，脑袋往饭桌上一歪，睡着了。好心的亲戚一家子，打了许多电话，几经辗转问明地址，让家里孩子送了外婆回来。

送走小伙，我们围着熟睡的外婆，筋疲力尽，想想后怕。外婆却睡得特别香，鼾声沉沉地从她翕开的嘴唇吸进呼出。暖黄的灯光照着她侧睡的身影。外婆本来不胖，此刻绻成小小一弯，看上去格外弱小，她一只手搭在枕头上，一头银发大半散落枕畔，有一绺遮住一侧眼睛。"妈妈你看，老太太睡觉跟缨缨一样的。"子蕴摇着我手臂指外婆。明宝问，缨缨是谁啊？我说是子蕴幼儿园的同学。子蕴补充说，是我最好的朋友。明宝笑，老太太一把年纪，怎么会跟你们小朋友一样呢？子蕴扭过头，两只小手比划着侧睡的样子，说，就是一样的，我午觉没睡着看见缨缨睡觉跟老太太一样的，舅舅不懂！我心里格噔一下，可不是么，睡着的外婆，真像个孩子：娇柔，懵懂，不设防，活脱一个柔弱天真的孩子啊，一个要人去宝贝她疼惜她的爱娇女孩。

外婆曾是个极其强悍凛然，定力十足的女人。那年，我妈六岁，大姨四岁，小姨才一岁，外公被送去劳改农场。因为什么？别问我，我不清楚。我妈也不清楚，我外婆也不可能说得清楚。甚至我估计，我外公本人也说不清楚。大概正是因为说不清楚吧，他们都缄口不提。这你能理解是吧，世上许多事情，真是没法说清楚的。而我，都说我们是粗糙的缺乏想象力的一代，我承认，我无从想象外公那样的人，能犯下什么罪行。是祖辈的一官半职？是父辈的地主成分？是我外公他……都有可能吧，幸运的是总算过去了。外公平反释放是"文化大革命"以后了，回来头两年没安排工作，依然维持着靠我外婆一个人养家的生活常态。我记得，两个老人相安无事没红过脸。从他们和睦温情的语言神态和相敬如宾的关系模式里，可以想见我的外公，从来就是个儒雅书生。从来就是个讲规矩的生意人。从来就是个没多大野心和本事，却不乏教养的好人家的好儿子好丈夫好父亲。

外公被捕，政府义正辞严训诫我外婆：跟反动丈夫离婚，划清界线重新做人，"后果么，你自己考虑去。"外婆没辩解也没考虑，当即笃定地轻轻摇一摇头，说我不会离婚的。闷声不响去厂里当了一名流水线的车工。外婆白天在厂里工作晚上回家给三个女儿缝补衣裳鞋袜洗衣做饭。外婆每天累得东倒西歪，外婆说她从不担心自己会累死饿死，因为三个嗷嗷待哺的年幼女儿等着她喂养她没权利死。外婆担心的是厂里加班加点漏掉她。加班费当然没有，那都是"工人阶级纷纷要求社会主义义务劳动"。成分不好的，可能搞破坏的，蓄谋阶级报复的，都没资格加班。每次车间大喇叭播报加班名单，外婆总是竖起耳朵听得特别仔细。听到过逢春三个字，外婆会抿一抿嘴，左颊上的酒窝若隐若现。外婆依然年轻美貌。厂里有个比外婆小几岁的工人技术员对疲惫不堪的外婆说，你离婚跟了我，我会把你三个女儿当亲生骨肉对待，不再要自己的孩子。外婆笃定地摇头，正色说，谢谢你！我是不会离婚的，小孩我自己能养活。

我妈说，看似摇摇欲坠的外婆凶猛起来如同一头母狮。外婆在厂里外号"大阿姐"，不是她年龄最大，那就是个叫法。比她年长的女工也叫她大阿姐。外婆最要好的姐妹自然成了"小阿姐"，小阿姐男人是消防战士，待遇好，家里条件宽裕些。小阿姐怜惜外婆冷风冷雨每天饿着肚子去上班，常把自己带的饭菜拨到外婆饭盒里。有个星期天，"小阿姐"把我妈叫到她家，招待吃了中饭晚饭，从屋顶卸下颗白菜塞给我妈，对了，这我得解释一下：我妈说，那时候家里能囤上白菜是不简单的事，好不容易买到白菜不舍得吃，用根筷子横穿在菜帮子上，拿细麻绳串起露在外面的筷子两端，挂到墙上或屋顶上，——喔哟，跟现在人挂ＬＶ

包差不多吧！听我妈这么说，我快嘴快舌插话。我妈白我一眼。那晚，我妈捧着那颗LV白菜走几站路回家，就在走进弄堂口时，一声忽哨，从暗处冲出一帮男孩放抢，我妈吓得大声呼叫，只见一个瘦高黑影飞快窜出弄堂抡着根棍子发疯般狂扫，嘴里喊着"阿敏快回去"，阿敏是我妈，我妈逃回家惊魂未定，只见外婆捧着白菜握着棍子，英雄般站在灯下直喘粗气。我妈对着外婆傻笑，笑得呛咳不止泪流满面，终于呜呜哇哇大哭起来，半天止不住。外婆缝补到一半的鞋子袜子桌上床上地下狼藉一片。

"对了，那颗白菜我们一点一点省着吃，吃了好几顿呢，有次刚炒好一碗菜，来了个要饭女人，一手捧着搪瓷缸子一手牵着个脏兮兮男孩，站在门口不走。你外婆盛了饭，搛了珍贵的白菜在饭上，让我去给那孩子吃。只听那女人捧着饭菜一路走一路念叨：这个阿姨才好呢！这个阿姨才好呢！"我妈怔怔地说。

我妈上中学时开始了"停课闹革命"。我妈那时已经懂得体贴外婆，又有多的时间，她经常走几站路去厂里接外婆。那天在传达室门口，看见里面食堂里亮晃晃的，外婆和另外几个人站在厂食堂的吃饭条桌上受批斗。瘦高的外婆晃晃悠悠像要摔倒，低着头举着双臂，听厂革委会小头目王什么昌的，宣布她们这些剥削阶级的吸血史。我妈那时才知道，外婆所在的公私合营工厂里，有外公外婆家的资产，还有曾在他们"私方"厂子干活的工人。

外婆无论怎么卖力，还是被剔出了"纷纷要求"加班加点的工人阶级队伍。与外婆一起被批斗的另外几名"私方""小业主"，大概也是在批斗中才清楚自己的罪状：剥削劳动人民。与阶级敌人同流合污。混进工人阶级队伍企图……那个车间主任，曾经在下班后空荡荡的车间里轻声关照外婆"师母你要保重早点回去休息"的从前私方厂里的工人陈大福，此刻被请上了斗争大会的话筒前，格格楞楞揭发着外公外婆的反动史剥削史。回到家里的外婆除了头昏脑胀浑身酸痛，在三个女儿面前情绪并没有太大变化。星期天，外婆饶有兴致地用一条中间破了大洞的格子被单给我妈改了件衬衫。我妈记得,那件衬衫的口袋上缀着个嵌线小纽绊,纽绊上钉了一颗鲜红的小纽扣。我妈说,那颗毫无实际用途的纽扣,是镶嵌在她苦涩灰暗的童年、少年、青年时代的一枚亮色,甚至,是她在缺乏美的环境下的一个美学启蒙。

我说,妈,你那凶猛而坚忍的妈,宽厚而温情的妈,如今不见了,现在她像你的孩子,像我的小妹妹。我妈默然,半天,轻声说:"是的。"

小女孩般的外婆在她的床上绻曲着身子,足足睡了两天两夜。第三天的中午,外婆醒了。外婆说,渴。大姨给她端来早已温热着的莲子粥。外婆喝完一碗粥,面色红润眼神清亮。外婆支起手里的调羹指指我妈,指指我大姨,极其严肃认真地说:"你们,不要跟着我。我要回家。"老太太哎,这就是你的家呀。不是。妈你看看呀,你看这床,你看这桌子凳子柜子,这真是你的家呀。不是。不是。我妈和大姨用手刮脸羞我外婆:你个不讲理的老太太,你连家都不认得啦,你乱跑跑到哪里去啦?你吃人家三碗馄饨你羞不羞!你在人家家里失态了你羞不羞!外婆全不

记得她的乱跑，不记得她吃了人家三碗馄饨。不记得她趴在人家饭桌上睡着了。外婆根本不接应她女儿们说的任何话。外婆却又特别正常，一脸诚恳地跟我妈和姨商量：我有手有脚自己会料理所有事情，我吃得落睡得着，自己出门走走逛逛。你们忙自己的事去不要整天跟着我。外婆一边说一边往外跑，一边用力推开我妈和我姨。

小姨说，总这么提心吊胆地防着不是个办法，保不定哪天又把她跑丢了，现在外面车那么多，人开车那么野，出了危险怎么办？得有专人盯着，一刻不歇盯着，要么请个保姆——哪个保姆肯。大姨抢过话头：你又不是不知道，如今保姆都是没进门先考察硬件软件的，啥叫软件？人要脑子清爽，大小便要晓得，行动要能自理；硬件嘛，煤卫设备要齐全，要有单独的房间和电视。外婆住的是一南一北两间租赁工房，四五十平方，前几年两个老人省吃俭用攒钱买下了产权。房子老旧些，设备还齐全，可是脑子……脑子么……大家都觉得，外婆这种情况，也许找个管理好环境好的养老机构更切合实际，但都有顾虑，都不明说，支支吾吾，半天才表达出这么个意思。毕竟我妈和姨她们那代人……，再说毕竟这不是外婆的主观意愿。或许我也不那么理直气壮吧，要不，怎么说到外婆去了护理院，我要先罗列许多客观条件。其实呢怎么说，我是真的无所谓，我觉得吧，今后我要是老了，能去到个花园式的明净优美的养老机构，已经是天大的福分了。可我妈她们三件"小棉袄"确实有点心虚气短。还好我外婆见了护理院大园子居然欢天喜地。她兴兴头头撂下我们，要去花园兜一圈。再不用担心她走丢，被车撞到，更不用担心她拿剪刀啊什么的伤到自己。

是春暖花开的五月，我和明宝还有我妈和大姨，一起送外婆去明宝在网上查找锁定的这家养老、护理综合院。这是新建的郊区分院，总部在市区，早已满员。这里距家五十多千米，一路开过去人烟渐少景色渐佳视野开阔，车内气氛却始终沉闷，谁都没说话。我猜想，除了外婆饶有兴致地浏览窗外，其余三个人都跟我一样，心照不宣地怀着忐忑和歉疚——忐忑于吃不准外婆到了护理院会不会反感抵触犯糊涂。歉疚的是,把一个对全家做了一辈子贡献的老人推出她熟悉的家门,送到完全陌生的环境独自度日,到底说不过去。但有什么更好的办法呢。老的要活下去,小的也有自己的活法。都不容易,所以人们都说要善待自己。若是距离近一点也许会好些,可以常去探望,多给予关心,其实说到底是安慰了自己。可市区的养老院大多挤在居民区里,房子陈旧空间逼仄,窗户还密密钉着铝合金条,牢房一样。也有几家新建的设施完善环境优美的养老院护理院,价格奇贵不说,排队还不知排到猴年马月。外婆这样子,谁知什么时候又会出个什么状况?郊区呢有郊区的好处。那次踏看,妈和姨齐声夸赞:医生护士个个和气啦,房子高敞啦,窗明几净地皮开阔啦,偌大园子,桃红柳绿,市区的公园也不过如此了——在市区,恐怕轮不到我们这些平民百姓。七嘴八舌却互不对视,仿佛越是说得花好稻好越是像个推卸责任的阴谋。

  外婆是真的开心,车一开进护理院,刚在绿化带旁停稳,她老人家就笑逐颜开下了车,嘴里说着好看好看,拔脚就要到花丛那边逛去,明宝赶忙拦住。外婆又笑眯眯迎向前来接应的张老师,连声叫好。喜得张老师直夸:老人家真好,健康,开朗,举止优雅面相和善,真是个有福的老太太。我偷瞄我妈和大姨,明显感觉两人同时舒了口气,脸上紧绷的神经松弛下来。我默诵一声"阿弥陀佛",心下对外婆充满感激:她老人家强大了一辈子罩了全家一辈子,老了老了糊涂了,竟还用一个浑然天成的自在欢喜,为我们这些小辈轻轻化解了劳累羁绊,还有郁结的愧怍和焦虑。

  开始我们去护理院比较勤,遇轮休,我会开车带着我妈,有时候还接了大姨,带上她们烧的菜式点心,去看我外婆。外婆大多是去园子里逛了,我们找到她,告诉她带了她爱吃的什么什么,她并不怎么感兴趣,只管兴奋地告诉我们,什么花开了什么花谢了,什么花特别香,什么草特别绿,滔滔不绝。我妈问她,我是谁?你是老大。姨问她,我叫啥名字?

老二，或者老三。偶尔她都认得。大多时候她叫不出我们的名字。她顾自说话，七厘缠到八厘地说许多许多话。有时她彬彬有礼地邀请我们坐在花台边上的露天木条椅上，含着些歉意寒暄：你们坐一歇哦我先去了哦。眼睛深情地望向蓝天，望向近处的花和远处的树丛，望向围栏那边循环流动着的水景。她似乎不好意思待慢我们，但她又不愿意被我们这些陌生人打扰和耽误。渐渐地我们去得也就少了。

柳成林的初次出现是由护工小于转告我们。胖胖的小于瞪着她疑问的小眼睛说，你家不是姓陈吗？刘（柳）成林是谁？咋还是她对象咧？后来柳成林日渐频繁地出现在外婆一本正经的叙述和介绍中，大家也就不以为意。整个护理院都知道"柳成林"。明宝说，"柳成林"好比一个网络虚拟形象，很好。虚拟意味着无限自由，无限和自由都是浪漫，浪漫就有比现实更大的吸引力，柳成林占据外婆的整个意识，替代了真真切切的失去外公带来的思念和伤痛，这是一种自然的情感修复和心理代偿，这不挺有积极意义嘛。外婆不记得相濡以沫半个多世纪的外公，确实有点遗憾，但至少，她可以不再为失去外公伤心痛苦了呀！

哪知柳成林并不虚拟，他，要来了。柳成林到底是谁？

大年三十，正好轮到我带团法意两国深度游。深什么度啊总共十多天时间，二三十个景点呢，走马观花而已。带着这支多数由家庭组成的旅游团队，挤在金壁辉煌的卢浮宫那一幅幅、一尊尊价值连城的名画、雕塑前的人堆里，我满脑子都是外婆，都是柳成林。想起轮值前去看外婆，正是午睡时间，外婆没去花园闲逛，她躺在床上，"１６床"鼾声正欢，外婆白瞪白瞪望窗外。窗外，成排成片的竹子在太阳光里明暗相间，寒风过处飒飒摆荡。我连喊几声"老太太"，外婆循声扭头看我，摇着手，认真地说，班长不在，同学们都不在，他们去借表演戏服去了。我说那你怎么不去。——他们嫌我女孩子没力气，我有力气的呀，我比他们年龄都大，我怎么拿不动！外婆的神情认真，自信，向往，她沉浸在美好的学生时代，——苏导，卢浮宫镇馆三宝除了断臂维纳斯和蒙娜丽莎，还有一个是某某某某是吧？一个团员挤在人群里喊我，"噢是柳成……"我心不在焉敷衍，惊觉说错了但也懒得纠正，反正人多他也听不清楚，他也并不当真需要听清楚，记那么多干嘛，一到奥特莱斯就什么都忘了。游客都这样，他们在观光时逮着个机会就爱发表一下自己对世界级艺术知识的理解或看法……泛泛的应对并不妨碍我继续我的思路，继续想我的外婆：

外婆家境不错，但女孩子家，学学针线、女红才是本分。上学是多余。哪怕外婆是家里受宠的小女儿。外婆为此闹了好几年，十多岁了，哥哥娶了媳妇，家里一切妥帖，拗不过她才送进学堂，跟十多个比她小四五岁的男孩子一起念书。外婆没上满四年学。外婆是在课堂上被家里接走，被送上花轿与外公成亲的。辍学嫁人，外婆纵有百十千个不愿意，都无法抵过父辈恪守承诺的"道德信义"——一诺千金。应该有意外高攀的窃喜吧，却只是我的意会了。两家祖父在一起喝酒聊天时订下的娃娃亲，弄假成真，甚至临时等不及，只因外公的父亲升迁，想要提前办完喜事赴省城上任喜上加喜撑足面子。

外婆结婚时不满十八岁。外婆遵循了一辈子旧时的妻道妇道，也尽了一辈子新时的责任义务。耄耋之年，外婆活了回去。活回她的学生时代。外婆只记得十五岁的自己，那时外婆的生活里没有她后来默默守望了大半辈子的外公，更没有她尽情呵护了大半辈子的三个女儿。那时的外婆蓬勃青葱。那是外婆最美好的时代，她无忧无虑自由生发。外婆的美好时代里都有谁？有疼爱她的爹妈哥嫂。有她那些一起上课一起演戏的班长，同学，那些才十来岁的稚气未脱却懂得照顾女孩子的小男生。小男生……对呀！我忽然灵机一动，那些小男生里，有没有一个外婆特别喜欢和欣赏的同学，同桌，朋友，甚或，外婆演戏时的对手，对象？我俯下身去，脸颊贴着外婆脸颊，在她耳边轻柔地说："柳成林也去借演出服了吧，柳成林是你同学吧，柳成林要来了呀。"

记事以后我不记得我亲吻过外婆，我没想到外婆的皮肤那样柔软芬芳，真的，不骗你，真的柔软芬芳，我不敢置信呢。我嗅了一会才稍稍撑起身体，脸对着外婆，我看见她左颊上的酒窝若隐若现。外婆看着我的眼睛，万分诚恳万分认真地，明白无误地告诉我："我叫过逢春，今年十五岁，我对象叫柳成林。"

"苏导，到了'老佛爷'你多留点时间给我们好不好，两个小时怎么够，我任务一大堆呐！"大巴后座上，一个声音还没落下，许多声音附和起来。这是在巴黎奥斯曼大道上，很快就要到"老佛爷"百货商店了，一车的游客都激动起来，他们计议着购物清单上的衣物，皮鞋，香水，包包……数量，价格比，——好！我答得异常爽快。每次带团，我自己还不是有很多很多代购任务。挺累的。可少了买买买，我们当导游还有什么意思！你懂的。

三节草

八九点钟光景她跨进"威尼斯"大门。哗一下,像是个盛大的欢迎仪式,突然地专为她的到来鼓乐齐鸣。那鸟儿鸣得哟,"叽得儿叽得儿——叽","叽得儿叽得儿——叽",此伏彼起首尾相应。是多声部合唱。怕是几百声合在一起吧,却能分辨出每个声部的尾音婉婉转转往上一翘,就"叽"出各自的不同来了:有的一声盖过一声接连不断不厌其烦,是急切寻觅呼唤着呢;有的你来我往你侬我侬唱和应答,是隔空挑逗调情呢;有的就那么流丽绵长一路悠出去收不回来,是麦霸飙歌呢;有的气韵十足预告身后有千军万马浩浩荡荡,却冷不防半空中戛然而止,是鸟儿忍着笑呢!她谙到了其间的幽默意味,忍不住也咧嘴笑了,突然又怔住,她好生诧异:这鸟儿是,是咋的啦?从来没这么欢势过嘛!她忖忖,莫不是在做梦?立刻又"呸"自己:啥子做梦哟,大太阳明晃晃耀着呢。太阳底下,我,巴巴实实走着呢。才发觉,都走出一身细密汗珠子了。

仲春时节,这被称作花园洋房的别墅小区,天天可不流啭滑宕绰影翻飞着么,还有那路边地下,红的黄的紫的蓝的小花儿小朵儿,挤挤挨挨摇摇摆摆全在附和鸟儿的欢歌笑语呢。平日里竟熟视无睹了?这会子,她下意识弄个专享的仪式来回应,回应天、回应地、回应那花儿鸟儿给予的全部美意:只见她立定在婆娑的树叶光影里,唰啦啦的全身就斑驳绚烂起来,心花儿也开得绚烂。她煞有介事深吸一口,那股微涩微腥的清香气息顿时沁了她一满怀。

"好安逸!"

"好安逸!"福亮偶尔夸张地撇嘴学她的"南蛮"腔。让她"安逸"的物事其实还有好多:热燥燥的干活回家,经过小卖部,都走过头了两人又嘻嘻地退回去买雪糕,他"随便"——只是顺口一说而已,那掌柜的小媳妇儿还真从冰柜里拣出一支"随便"递他,嘿!以后就"随便"了。

她要"梦龙"。两人边走边吃。福亮一口咬下小半截,眯起一只眼睛不声不响地嚼。她不,她拆了花花纸先舔一口,舌头舔了下,霜棍子上印出个大水滴子。举到眼前,看一小缕薄雾似有若无弥漫,她丝啊丝啊吸气,轻叹:"好安逸!"到家,福亮直接往床上倒去,嘴里点着这菜那菜,下馆子似的豪气,脚下还打着拍子跟着手机里"哥啊妹"地唱。她漫声答应着,却先打湿毛巾抹干净身子,扯下床边铁丝上搭着的汗衫换上,不慌不忙说:"好安逸!"夜里,夜里的福亮莽撞呢,只管闷声不响奋勇耕耘,她搂着他哼哼唧唧:"好—安逸!"

哎呀不害臊!她忽地把个脸儿飞红了,心虚地抬起头来前后左右瞄,还好远近只她一人。"个死娃儿 "她继续走路继续想那些让她耳热心跳的心事——

大清早的,天还没亮呢,她翻身盯着他睡眼惺忪的脸:"昨晚上说的话算话不?""啥话?""你说啥话?""你说'好安逸'!"他涎着脸坏笑。"死娃儿!"她伸手去拧他的脸,"不是。""不是是啥话?""死娃儿我叫你装!"她又要拧他,他手一挡,腿一伸,屁股一弹跳下床。

"算话,咋不算——"后面的话,淹没在塑料建材桶里,"哗哗哗哗哗"好大泡尿。

本来不用尿桶的。用啥子尿桶哎男娃儿家家的,对门就是厕所。从住这儿开始,这周边一大片白墙青瓦的平房都已划定为拆迁范围。本来人口就不密,这一来是有些萧条了。据说,某房产商早已拿下这片土地,因为"资金链接不上才搁浅了,限购限贷么",这个她不懂。她只看见眼皮底下,对面,左侧是厕所,往右,一条从垃圾堆上踩出来的小路,歪歪扭扭通向一座朽了的小木桥,桥下的一栋栋二层三层小楼,趔趔趄趄,有的拆到一半突兀兀地矗在一地的碎砖破门里;有的大半个"拆"字在半面裸露着木柱的山墙上摇摇欲坠。在残垣断壁后面,堆柴的披屋将倾未倾搭拉着,不定哪天一阵风就刮倒了。住处这边还算齐整,也是要拆的,是等政策松动——总要松动的,房产业是国家的经济命脉——

不都这么说么。

当初她的意思呢,干脆在威尼斯租个小套毛坯房,福亮不肯,五六百元租金到底还是贵。距离威尼斯一千米以外的这一片农民房,租金才一两百,福亮和他的小徒弟先住了两个月,续租几多轻省,只需跟房东打个招呼。"两间房,大小你先挑。"

她不再坚持。放下拉杆箱蛇皮袋和斜挎在胸前的小背包,抽嗒两下鼻子,捋捋衣袖,先把一地的臭鞋子烂袜子丢出去,又上上下下洗抹一遍。房子本来蛮新的,有个女人这么一收拾,气味面貌顿时焕然。

大间小间是几时不分的?都没顾得想。孤男寡女一个门进出一口锅吃饭,睡到一张床上,不是跟饿了吃冷了穿一样自然么。他老实,她勤快。别说门里,门外那条河也被她用上了,她踩着建筑垃圾,去河边辟出块斜坡地,按季种上白菜萝卜青蒜,不但利用河水浇地,还养几只下蛋鸭子。常常,中午她先一步回平房做饭,地里掏摸些出产,油锅一炝,福亮老远先香喷喷吸个满鼻子。"香啊""鲜啊",福亮吃得咂嘴打嗝拍肚皮,她觉得这日子真真"巴适"呢。可总有隐隐的不安突如其来浮上心头——,今后……小秋儿……,家……,咳,她想不下去了。想不下去的事情她就不去多想,过一天是一天罢了。"人是三节草,不知哪节好",她有时候自言自语念叨出声。从前,奶奶常这么说,后来,娘常这么说,如今,她时不时也这么说。福亮不吭声。他的妈妈,他的爷爷奶奶,他的家人,她一个都没见过,却在电话里个个熟识。每次,电话里总催他:该谈对象了。该娶媳妇了。福亮本来话少,也是不好回答吧,虽说是在大上海,却天远地偏的,找哪个谈对象去。跟她,过得也惬意,却只是现在,眼前。

管它呢!且把世外桃源的眼前过成天长地久!

自从隔壁住进一对双双,她的世外桃源突然多了什么少了什么。是个有外人加入的小社会了。她首先坚持用尿桶:"老清八早男男女女往厕所窜,蓬头垢面挤挤挨挨的,多不雅观!"

隔壁房子同属一家房东。一对本地夫妻,在自家小楼的宅基地范围内,专为出租造了这一溜三套煤屑砖平房,简陋,也简洁,同周边水乡环境十分搭调,也是白墙青瓦疏疏璃璃。房东一家三口等不及自家房子拆迁,先已住进近旁的商品房小区泰安公寓,是从回迁农户手里买的,当初价格便宜得一塌糊涂,房子也造得结实。房产商的黑心奸滑,大概也是一步一步摸着石头发展而成的。最初,再吝啬也还有底线:房子要能让人住是不是。

泰安公寓偌大一片青瓦白墙呢,坐落在一湾清鳞鳞的活水河上,河边桃红柳绿,不光房间敞亮,环境也着实喜兴。跟静美洋气的威尼斯相比,自有另一番鲜活殷实的农家意趣。小区绿化带,缤纷的树荫下,露天健身设施新崭崭黄黄绿绿一大堆。房东两口子却顾不得锻炼。不天天锻炼着吗?镇上五星级酒店一开张就双双录用上班,男保安,女保洁。夫妻俩是要攒足了劲供出个优秀大学生博士生来——儿子刚刚考进城里的重点高中,希望之路一步步在脚下展开。

女房东四十多岁,皮肤黑黄,皱纹深重,乍看不起眼,来收房租时面对面摆谈几句,叫声"高阿姨",顺便细瞅,竟是十分的耐端详:水汪汪大眼睛,标致的鸭蛋脸,鼻子直直的,阔嘴,是那种厚道大气的漂亮,说话也温和。每季度见一回而已,收房租才来。

三套平房呢是一模一样的煤屑砖套房:一大一小两间一套,大间有二十来个平方,可以搭个铺,也兼了起居周转的客厅。进门一个灶屋,却没有厕所。她和福亮冲凉洗澡也在灶屋,因为灶屋有地漏,还有小厨宝热水龙头。他们住的这套房子居中。左隔壁住着个20多岁男娃儿,在镇上电脑维修店上班,偶尔见他拎个仿皮公文包出门进门,矜持着。右边搬走一对小夫妻,新来了这一对双胞胎姐妹。两人长得一模一样,最初,要站到一起才便于区分:胖大些的叫飞红,瘦小些的叫飞花。像一张相片按不同比例复印出来。不知这红花飞舞的,招不招蜂惹不惹蝶?听说红花两姐妹在镇上的英英发廊烫发洗头,好手艺呢,早出晚归蛮兴头。偶尔照面,客气地叫她"姐",她咧出个笑的样子,并不多说什么。

"有啥子好说的。"她心想,巴不得不见才好。福亮好像并不这样想。

有天下晚同福亮干完活,她顺路去河边地里薅把菠菜,远远地见福亮的侧影,跟在那个飞花身后,进了隔壁门。她听见自己心里有个火苗,"腾"一下点着了,轰啊轰啊直往头顶蹿。她进了自家门,重重地把菠菜摔到水池里,发了会怔,磕了四只鸭蛋到碗里,抓双筷子叭嗒叭嗒狠劲搅,蛋液溢得碗沿上,手指上,衣襟上,滴里塔拉黏呼呼一串。手忙脚乱收拾,偏又把根筷子掉到地上——不行不行,这菠菜摊鸭蛋今天怕是吃不成!

"福亮——"她扯起嗓子喊。

"福亮——"她又扯起嗓子喊。

"福亮——"她的嗓子扯得变了调。

磨石打铁般的噪音硬生生撞到墙上,像要擦出火星子来。这么薄的墙,死娃儿听不见!那边浪笑的声音不是隔着墙没遮没拦淹过来了么!她想冲到隔壁去把福亮揪出来,跨山的一只脚却停在门槛上。毕竟,他们,她与福亮,从没承诺过,谁是谁的谁!

"她们家保险丝烧坏了,让我去帮个忙。"过来这边他只无辜又有理的一句。

"那你应一声啊!"她憋着一股无名火却尽量保持平和态度。是端不出生气的理由——邻里邻居的,帮个忙生啥气呢?可又做不到不气。喊他不应,为啥?还浪笑,笑啥?福亮不理。他越不解释她越生气。倒好像是自己无端吃醋,无理取闹,心里很没意思,那气却没处发落,吵起架来岂不被红花姐妹耻笑了去。也未必吵得起来,福亮这死娃儿,就是个闷葫芦!僵了一阵儿,到底还是将就剩下的那点蛋液,炒了他要吃的菠菜摊鸭蛋。两人吃得闷闷的。

她翻来覆去一夜没睡好,听着福亮的呼噜声,她更睡不着。福亮实在,从来不会甜言蜜语迁就。是她喜欢的,有时候却也是她的委屈。女人嘛,就算比他大几岁,她终究是个女人。

"嗨嗨嗨想啥呢专心吃狗屎呐?"

身后的自行车铃声应该是听见的,却没挤进她的慎密心思。这会子连人带车突然窜到身边,她才吃一大惊:"死娃儿!吓死我了!"手按胸口站住。福亮并不下车,只是慢下来。

"你才吃——买得了?"福亮嘴一抿,头一昂,肩膀朝前矮一矮,也不回答,顾自加了速度骑到前面去。

昨天在物业打电话给镇上小建材店,回说"防水"有,"卷材"要预订,约定今天一早去取货订货。所以两人没有同路来小区做工。他的自行车后轮两边各挂了一只白底绿字建材桶。车后座呢笃着个灰扑扑牛皮纸袋,袋子上没被遮挡的大字断续可见:GMA 无收缩……混……。还有几排小字:配筋特密、形状……抗冻、抗渗……

物业工程科陈工当着业主面强调:"一定要用最优质新型防水材料。"

这家业主吵得凶哦,夫妻两个轮番上阵,指天泼地,咒开发商"被车撞死",骂"一包""二包""层层盘剥偷工减料心比炭黑",斥建筑工人"只会在乡下垒猪圈却到城里来造房子",责物业"吃干饭不管事"……陈工笑纳所有的咒骂——物业嘛说白了就是靠受气吃饭的,所有的愤懑不平最后都海纳百川归物业。物业不兜着谁兜着,却"没有执法权"。有啥办法?再说了,骂能骂死谁啊?陈工脸上笑着心里说:你们知道什么?小区南门那两套最大的三层别墅不就是开发商家的!森绿的树冠从院墙上面蹿出老高,装修时移栽的大松树——咦,咋栽松树呢?真有点像墓地了。可人家活得滋润着呢,年节里小车鱼贯而入,轰轰地来了,轰轰地走了,那排场!你们知道什么?

"福亮你说,这么好看的房子那些房东咋个不来住哟?"

"好看顶屁用!"

福亮话糙。

可也真是的啊,好看顶屁用。没装修呢,天花板上地图般一滩滩水渍,地上好几处都汪起泥浆浆了。不是一户两户哎。小区总共不到两百户,他们修了二三十户,后面还排着队呢。黄梅天是混过去了,暴雨季接着要来。陈工的口谕:闹得不凶的且搁一搁,没装修的且搁一搁。要优先抢修入住户,否则连室内装修都要赔偿重做,损失就大了。

不光福亮,威尼斯小区不多的业主——小区入住率不足百分之三十,总共四十来户人家。凡上门补过漏的,那些老年业主听她很无知地说房子好看,要么懒得搭腔要么翻她个白眼。乡下人懂什么!

房子却早抢购一空。买白菜呢?有个温州男人他们见过的,据说开盘那天一下子抢购十套,几年下来漏了六套,其中两套,屋顶根本没做"防水"!温州佬专程来上海交涉,陈工满口应承:用最高级卷材,满铺——等于重做屋顶哎!但要排队,要等,要讲道理是不足。

要说这城里的道理呢真是难懂:房子嘛,首先第一最打紧,要能住人嘛。不漏才是硬道理嘛。偏不!比如上次,有人交易二手房,原业主叫了物业,物业叫了他,共同商议"彻底解决"屋漏事宜。切!他明白这只是物业的把戏,息事宁人混过保修期就万事大吉了。他一个修修补补小泥水匠,拿什么保证"彻底解决"。"捉漏",哪那么容易。

那意向业主倒也郑重其事,请了律师来,拍板在此一举。律师怎么说?

——地段地段还是地段,记住,房子升值要诀永远不会变!这远郊地段呢优势欠缺些,好在一是景区内环境优势;二是远郊价格洼地;三是得房率高。从这三方面来权衡,升值空间还是有的。那就看喜不喜欢了。喜欢?喜欢你就买呗,计较漏不漏还买得成房子?我一客户,买的浦东江景房,空关两年,墙壁渗水长出这么大蘑菇来,找我咨询官司,当时还惊动《南方周末》做了整版报道你们应该知道啊。结果怎样?房价水涨船高一路翻番,不响了他——如今哪有不漏的房子?

嘿!如今哪有不漏的房子!福亮听得一头雾水不可思议。

她的想法又是另一路数——要得哟!漏就漏哟!要是不漏,有我们啥子事!她是觉得这活路称了她的心意。两个人自由自在,没人管更没

人追着赶着。每天,福亮挨着一堵漏墙抹啊砌啊,或是爬上一片漏屋顶浇啊铺啊;她拌好石子水泥沙浆,一锨锨铲一桶桶递,福亮接着。一摞摞砖瓦抛甩上去,福亮接着。满腔的柔情蜜意就这么抛出去递出去,那边福亮不声不响全接着。偶尔,福亮开了电钻,"嗒嗒嗒嗒"震得远近回声缤纷，震得她喔，就像夜里两人亲热，一股股热浪直拍到心尖子上。"好安逸好安逸"，由不得她不在心里深深叹息。

也不是她短视，人生许多事情，是没法看圆满想周全的。要她咋个办？常常，想着想着就到了悬崖边边，到了悬崖边边她就只好收起心思。一锅吃一床睡一处干活路的两个人，哪里比手机里电视里唱的"你耕田来我织布，你挑水来我浇园"的"鸳鸯鸟"逊色呢，却看不到美好结局的。福亮等得起她吗？她相信他等得。可就算他等得，他的家人等得了、肯接受她吗？她没把握。她这边，"总是要回去离的，他们没有理由——"，她有意无意提过几次，福亮闷头该干啥干啥，没着没落的半截话头便僵僵地梗在他们中间。常常，这花园小区的花香鸟鸣，正兴兴轰轰着，突然也就喑哑颓萎了去。

今天这是咋的啦？今天的花儿鸟儿叶儿，全都兴兴轰轰没遮没拦泼拉拉洒得个满坑满谷满天满地满世界！

昨天白天，两人止干活，他接了个电话。把手里一撮瓦汉甩上去，在手臂里荡了荡，定格在他愣声愣气的埋怨里："妈！你就别操心了，知道知道，我有对象了，谈着呢，好好好春节带回去给你瞧——啥？挺好的——行了正干活呢，挂了！"

"有对象了，哪里呢？带给我也看一眼哟！"他揣起手机，接了她甩上来的瓦，没接她阴阳怪气的话。

夜里亲热时她哼哼唧唧不说"安逸"，只在他耳边不依不饶："对象，在哪？""天天，跟哪个，在一起？"他不出声，奋勇着。最后的最后他紧紧搂住她，一泄千里地喊："——是你是你是你！"

她咬住他肩膀，哭了。眼泪沾到嘴里，甜。

她一路花好月圆地走到53号门前。福亮已经爬在屋顶干上了。她仰头望他，黑黑的，身量不高，再平常不过的男人，太阳耀得金光四射，满眼里透视出的便是他全部的光华。

他们好得顺风顺水，开头却是个偶然。

手机咿咿呀呀唱起来的那一刻,她的女东家正控诉到最后一个环节——不是说最后一个环节就意味着结束,那控诉原是回环往复没完没了的。但有个关联顺序。这顺序呢可以归纳为五句话。第一句:恨死改革开放了!第二句:改革开放了是人是鬼就都显灵了!第三句:不是改革开放他哪能神气活现变成这种"赤佬"!第四句:不变成个坏赤佬他就只好当他的小科长哪有什么董事长总经理的位置等着他!此刻咬牙切齿控诉的第五句是:"当个小科长他哪能会变成这付卖相没日没夜吃喝嫖赌!"

这家就老夫妻俩,儿子媳妇极少上门。若上门,前一天会打电话:"明天送阳阳去看你们。"阳阳是两个老人的宝贝孙子,难得一见,所以"去看你们"是件大事。女东家接了电话总是喜气洋洋,也顾不得控诉了,掐着指头背着菜谱吩咐她买这买那,鱼啊肉啊虾啊一样样关照好搭配好。油爆虾是一定要做的,要爆透,多放糖,又甜又脆,阳阳喜欢吃。每次从接了电话忙到第二天上午,菜端上桌,一家三口正好踩在点上热热闹闹进门。喧哗着吃完饭,撂下一大堆空碗盘,说:"阳阳钢琴课要迟到了",喧哗着出门。走了老远女东家才想起来骂:"两只白眼狼!水果都舍不得买一点,白吃白喝还打包,下回一样菜都不买看他们吃啥,哼!"

谁让他们钱多得用不完啊!女东家六十多岁,男东家快七十了。都退休了,住着徐家汇"高档地段""高档社区"十八层楼四房两厅,光是物业费就一笔大花销,没钱能住得起?可女东家那生活习惯也是让人看不懂。房间宽绰敞亮是不必说的,却天天关着门窗,拉着窗帘。膏药味香烛味鱼腥味辣椒芹菜味,混合成一股说不出的怪味,直冲得人眼皮发涩发酸提不起精神。灯也不让开。黑黝黝客厅一角,一大堆红木家什,满满当当叠挤着香炉烛台菩萨财神招财猫和牵牵绊绊的"一帆风顺",红的绿的蓝的金的幽幽的光,在暗处似隐似现忽明忽灭。阿弥陀佛的诵唱像是给女主人的控诉伴奏,也是回环往复无始无终,游丝般眼看要断,却在最细处续上,重新弥漫滴淌。抹灰扫地时她瞄过,硬是没看见念佛的机关藏在哪里。

"老赤佬"据说是延续了从前当总经理董事长那时晚起晚归的"恶习",不到中午不起床,不到零点不回家。自从女东家伤了腿找她当全职保姆,冷眼对照那些"罪行",她反倒对"老赤佬"存几分敬意——老也要老得抻抻透透是不是。老了还有女人稀罕终究是好事哟。女东家这样有啥好!没怎么老就邋里邋遢,破罐子破摔的。男东家考究,无论啥子时候总是衬衫领带一丝不苟,头发胡子齐齐整整。一副金丝边眼镜后面,一双不大的眼睛透着万事无所谓的神情。是你让他无所谓的哟。时时刻刻紧盯着稀罕着,怎不惯出他的毛病来。"哼!打扮得花花俏俏去勾引狐狸精!魂早勾走了!"那些酸溜溜的话有啥子意思嘛。爱回不回哟,你又不缺吃少穿,安心养伤咋不清静轻省些,整天除了拜佛就是控诉。"外面狐狸精年纪轻轻能看得上他?还不是看上他的钞票?钞票作完了看哪个还要!神魂颠倒真当有好果子吃!"耳朵都听出茧子来了。

这大是巧了,男东家中饭从来是出门吃的。女东家午饭从来吃得没规律,这天临时要吃拌面,辣酱油却没了,嘱她去买,指明要梅林的虾子辣酱油。附近小超市没有,菜场油盐米面店从没去买过,为近便去碰碰运气,说没卖过这个牌子。只有去一站路以远的家乐福超市了。路远她倒不怕,她乐得走走逛逛,强似听女东家没完没了的抱怨。便慢慢的一家家店面张望着踱往家乐福,不防脚边窜出只小狗,一扭一扭,身上穿件绿底红花小衬衫,领是领腰是腰的,古灵精怪,听身后一女的唤"妮妮来,到妈妈身边来……"。不由又想起弟弟发来的短信:"奶奶给做的新花袄,喜得她哟,满地乱爬。"秋儿……秋儿长高长人了,如今是会得满山坡乱野了。从小的照片短信却还全部存在手机里,一条都舍不得删,总有一天,她的秋儿会跟她相依相偎再不分离!想到这里不禁湿了眼眶,忽然一凛,收了神思:不行,先得给女东家打个电话,免得着急怪罪。就是掏手机那会子,一眼瞄着个背影,有点眼熟,又暗忖:"不会吧。"女东家不是说"他又着急约会狐狸精去了"吗?怎么这时在路上走。

她紧赶几步，可不是男东家么！每天出门都这样山青水绿，一头银丝溜光水滑苍蝇都站不住，太熟悉了。

"你以为自己还是不可一世的董事长呐，精雕细琢讨好狐狸精罢嘞！"女东家的揶揄，他从不反驳，顾自往身上喷香水。他把她嘴里的"狐狸精"一个个照单全收，是存了一份理亏的歉意的吧？怪不得！这样想是因为，眼前景象证实了女东家的斥责：他的身边真走着个窈窕女子呢！看背影最多三十出头，不胖不瘦穿件黑色丝质连衣裙，裸露的脖颈手臂小腿衬得雪白粉嫩。她不免匹夫有责义愤填膺起来："哼当真不像话！这女人比你儿媳妇还年轻些呢！"她悄悄跟在两人身后，把那瓶辣酱油忘得无影无踪。眼见一老一少先后拐进条弄堂，她激动得心跳都快停止了，老不死！老不死！心里却也骂不出更多的话来，只怕跟丢了目标，溜着边侧着身也进了弄堂。却见男东家在一个挂着某招牌的门前停下，她侧着，只看见后面"棋牌室"三个字。她闪身躲到根水泥落水管阴影里。棋牌室门口坐个女人，膝盖上搁只小碗，正剥毛豆，笑着招呼，显然熟识。却见男东家没怎么搭理，兀自胸有成竹踏进门。那连衣裙女子呢，径直头也不回继续往弄堂尽头走去——两人竟不是一路。她不甘心，立定片刻，目送连衣裙消失，回头，向棋牌室正对弄堂开着的窗户里张望，见右手靠墙那桌，四个老人团团围坐说笑码牌。衣衫抻透头发油亮正襟危坐的那个侧影，鹤立鸡群的，不是男东家是谁！原来，每天像模像样出门，也只跟那些平凡老人一样，打打麻将混混日子。

平凡悠闲不挺好嘛，许多人追求还未必能得呢。可落实到男东家身上，她一时转不过弯来，甚至有点儿泄气的感觉。像个护短的家长，本来只为孩子淘气不听老师话，在外面轧了坏道而恨铁不成钢——聪明还是聪明的。待检查完作业才又发现，功课居然一塌糊涂没一门及格——竟是一摊糊不上墙的稀泥，一个捧不起的刘阿斗啊。连棵草都不如！

她心灰意懒地走进"高档小区"，上了楼，被女东家夹头夹脑一通埋怨，才想起来，忘了去超市买辣酱油了！她想解释，想报告女东家她

的重大发现,却忽然聪明了下:那男东家,一个不甘平凡又终于平凡的退休的总经理董事长!每天衬衫领带香水地山清水秀着,他要的,恐怕正是老婆甚至周围所有人的误解吧?想起早先在另一家做,那个从日本回来的东家说过,日本男人下了班明明没事也要造假约会应酬在外面混时间,显得自己多么重要。想到这里她忍不住冷笑两声:哼哼!他既那样,我又何苦戳穿了招恨?她也不是看不出来,这个家里,别看女的嘴巴厉害,主事却是男的。女东家呢也真是不招人爱戴。又没啥子新花样,天天控诉翻来覆去就几句老话,讲多了火气也该消了哟,咋个没完没了的?这就叫爱情?她爱他?要是爱,那她做啥子……做啥子……做啥子——

"啊呀呀接你的电话好嘞吵死了!电话一响就失魂落魄还假装听不见把我脚都弄疼了!"女东家终于从连环控诉中省出嘴来谴责她,她也终于在控诉声中帮着女东家擦完身子,趁机一手拎毛巾一手摸出衣袋里手机扑进卫生间。

"不记得我了吧我是……"

她记得!

根本没再想起过的,记忆却被这陌生的声音突然照亮。她甚至记得他的名字,福亮。

人的记忆,奇怪不。

是她在那家医院做护工时。住院病人里有个建筑施工队小头目,据说是跟人喝酒喝到一半突然不能说话不能站立。中风了。服侍小头目的是个男护工,但住院部的护工是不论男女的。护工之间有个约定俗成的规矩:互相替班轮流休息打盹。也难怪,白天黑夜二十四小时不睡觉随时侍候病人喝水服药拉屎撒尿,时间久了哪个招得住。

早上查过房轮到她替班,CT室来人通知:凡预约在下午的检查上午提前做,"快点快点这会有空。"穿亮蓝布工作服瘦瘦的辅助工赶鸭子样大声吆喝。或许检验医生下午有事要走开吧,这种情形不稀奇的。"他",正是这时来看他老板,却不便走了。见他顺手从老板被窝里接了便盆去盥洗室倒掉，回来又把输液用的铝架子移开，然后，不声不响，跟她一人一边推着活动床去检验大楼。中间要经过两个楼。狭长的走廊里，人和轮椅和挂着点滴瓶的活动床，挤挤挨挨蠕动，本来行进够难，又有临时病床挨墙一张张衔接，吊着水，搁着瓶瓶罐罐，稍不留心就可能引起一场争执。这中间呢还要经过一个儿科诊室，小孩哭大人唤的，比赶场还热闹。亏得有他帮着她才轻省许多。小头目进了CT室，她对他说："多谢你。""谢啥，他是我老板。""老板你照顾他穿衣裳就好了，你还倒便盆，我该谢谢你哟！"他不再说什么，像有些不好意思地把头偏了偏。嘿！他害羞？他皮肤黑，看不出来是不是脸红。

再次到隔壁病房替班时又见他一回，他来接他老板出院。那小头目凭着年轻力壮，也因为送医及时，照医生的话说，中风这个病，在发病三小时内救治是完全可以痊愈的，否则就麻烦了。小头目住满十二天，出院时已经生龙活虎，嘎嘎地笑着，谢她，谢同室病友，把各人电话号码输入手机，"有事找我，找福亮也可以，他是我兄弟。"说着指指拎着行李卷的他。

客套而已，也是一种炫耀。她明白：住院部人来人往，来了，花钱雇人，就吃喝拉撒侍候。通常一个护工要侍候五六个病人。好比手里一件件活路，谁出院，活路就做完了，哪个还认得哪个哟。不成想时隔两年，"福亮"真找她。不成想时隔两年，她记得"福亮"。是咋个搞起的哟？她不知道，也没心思多想。整天忙得，就想倒头睡个抻透觉。再说了，天地这么大，你咋个想得到，某年某月某日偶遇的一个人，某个时辰会跟你发生怎样丝丝缕缕的牵联。

按照约定地点他们见了一面。是他。黑，敦实。也许瘦了些？也许没有。她记不真了。

"愿不愿意来我们公司干活？"

"你们公司？我又不会造房子。"

福亮卟哧笑了，"哪个要你造房子，打个下手做个饭的总会吧。"

他的老板接了同乡大头目的二包业务，给远郊一个别墅小区补漏。"威尼斯"，咋起这么个洋名字嘞？业务先是派给他和一个小徒弟，常驻小区随时听候物业调遣。小徒弟懒，累一天下来倒要他做饭服侍。小区地段又偏，买菜好远的路，跟着物业和那片新楼的售楼小姐先生们吃盒饭吧，八元十元一盒不够饱，两盒三盒的哪吃得起。偏这小徒弟手脚还不干净，在小区偷鸡摸狗，被业主指认给物业，到底被炒了鱿鱼。

小头目对福亮说："找个称心帮手给你吧。不如找个女的，男女搭配干活不累，你还便利些！"说完暧昧地笑。

"这不，是我老板想起你说你性格好又勤快，叫我问问。"

她心里是愿意的，到哪里不是做活路，何况这家——可是……见她犹豫，他说，你自己决定，要不我跟老板说再找别人。他一退却，她倒下了决心："去，没说不去……但是呢，总要等主人家找到新保姆嘛。出来打工四五年，东家也换了五六家了，道理……"她是有打工经验的。她是讲职业道德的。话并没说得十分明白，意思却想表达给福亮。福亮切断她的话，斩钉截铁："越快越好。"

辞工竟然意想不到的顺利。"啥有事回乡，是有新去向了吧？"女东家难得笑眯眯的倒让她心里发紧，刚想再解释几句却听嘀里嗒啦的数落："老赤佬把我气成这样，腿又伤成这样，不求你同仇敌忾，是非总要分分清爽，立场总该有，同情心也总该有一点吧，整天吃你肉还你壳的样子！还好算我争气，腿也好多了，找个钟点工还怕不能对付！"

是想省点工钱吧，这么多钱，也不知省来做啥子。她想。心里却为六七天的工钱担忧。毕竟，是自己违了约。还好女东家不但没克扣，反倒多给了几块钱，说凑个整数算是犒劳她的照顾。这一来倒是她，真像吃了肉还了壳，破天荒地，对一瘸一拐跳到菩萨跟前跪拜磕头的女东家，生出些歉疚来——也只一时。在跟着福亮辗转来到目的地的那一刻，她心里已隐隐升起些许新憧憬：这绿荫葱葱几可与林木茂密的山乡媲美的"威尼斯"哟，硬是好看吵。

53号的活路结束在中午,午饭晚些回去吃,下午就可以歇着了。"明天开始修补六号外墙。"

"福亮,你先回去吭!我去98号一趟。"日头高照的正午,热得身上痒酥酥的。她抬起右手掌挡在额头上,仰头往屋顶上喊。"噔"一声,福亮纵身跳到晒台上,黑红脸膛汗津津地冒着热气,手上沾满灰浆。她顾自从身边水壶里倒些水在手心,抹几把脸,一边对搓着手的福亮交代:"煮以点面条你先吃,罩篮里有脆臊,多拌些在面里,不要省。一会我就回。"她说着话把沾了灰浆的外套脱了,搭到福亮肩上让他带回去。此刻她穿件橘黄色半襟汗衫,是上次帮98号归置家具清理厨房时,罗英送的。去罗英家,总要收拾得干净些。对这个姣好温婉的年轻女子,她多一份发自内心的敬重。

"几多标致哦。"她在心里赞叹。

早上她走进威尼斯,见路边一片小紫花儿开得星星点点迷迷茫茫,梦境一般,没来由地,又想起"秋儿"来。"小秋儿""小秋""亲亲",她呢喃着,不知不觉出了神。直到绿化带那边漾过来一声糯软招呼:"小陶来啦,正要找你呢",才见一女子站在一株玉兰树下,那树枝直直的四下里伸展,枝条上立满白玉般的朵儿,洁净的白,白得些些儿泛青。一个个碧绿花托盛载着,硬是好看得紧。树下的罗英呢一身浅绿棉布长裙,外罩一件月白小线衫。大城市女子硬是会打扮哟!她虽说不出什么谐调色对比色,但眼前的般配适宜让她感觉无比"安逸"。

"我叫罗英"。头一次去98号,这美妙女子自我介绍。此刻的罗英,手里牵根狗绳,绳索那一端是只黑亮的小卷毛狗,正抬起条后腿,蹭着玉兰树干撒尿。那狗她也认得,她与福亮进门"捉漏",小狗后退着冲他们"汪汪"叫,罗英"茱迪""茱迪"怜爱地轻唤,它才安静下来,在罗英细巧的脚边绕圈圈。她想,乡里的狗就叫"狗",并不另起名字的。"狗儿嘞——",她家那条大黄狗有时跑得不见踪影,她亮起嗓子吼一把,"狗儿嘞——嘞——嘞——",回音满山满坡荡漾着呢,狗儿已经悄无声息窜到脚跟前。寨子里的狗也不用绳子牵着到处"遛"。更不给它穿袄袄！嘻嘻！城区街道上那些裹着花花绿绿紧身小袄的狗儿，古灵精怪满地乱跑，她想想好笑，却突然僵住。"秋儿穿了奶奶做的新袄满地乱爬"。秋儿，没来由的，有缘故的，无时不刻的，总会突然盘踞心头。手机里无数无数个"秋儿"，一条一条短信，冷不防地弥漫了全身心，痒痒的暖暖的，也伤，也痛，也苦，也甜。

"秋儿……"

城里人跟城里人不一样。有的她一点都不喜欢——越是不怎么样的越是趾高气昂。

她喜欢罗英。是那种充满爱戴敬意的喜欢。多好的女子，又好看又高贵又和善又友爱。在罗英家补漏时她脱口而出：这房子比市区那些"贵死了的"高楼好看多了哟！罗英啧啧称赞："审美到位！"她们正在二层平台上，罗英指对面翠竹掩映那栋小楼，"你看噢，看看差不多是吧，这是追求整体风格统一呢，其实每栋楼有各自不同的形象语言，丰富极了。"

罗英这里那里指给她，又叹，"那意大利设计师是真的高明，把中国水乡元素和西方建筑的简约通透……"她似懂非懂，但听到通透两字，像突然被点了穴——是吵，是通透，又透气又舒坦的吵！

"可惜了的漏成这样。"

"漏就漏吧，好看是最要紧的。"罗英说。

罗英就是那时对她说，叫她罗英就可以，"不要老板啊小姐啊东家的"。又回头轻唤坐在客厅沙发上摆弄手机的男人："老公啊，给他们拿两瓶水来好不好。"递她水的男人瘦瘦的，戴付眼镜，白净斯文。

好般配哦。她想。

罗英问她叫啥。"我姓陶。"她的名字是她的心病她的屈辱，陶改男，她说不出口。按照她"想入非非的德性"，要是生在大城市，没准是个文艺女青年吧，可她生在西南山寨，她只能是个逆来顺受的陶改男——

她的家在山乡那个人烟稀少的半山腰上，种的是望天田，盼到下雨才有好收成。姐妹仨，老大科女，老二科月，轮到她，气势汹汹叫改男——恨不得立刻改成个男娃儿。三年后还真得了个弟弟，爹妈喜孜孜到处借钱交了罚款，郑重请村支书起的名，科学，又对字辈又抻透！可她，改男改男的，性别改不了，名字也不再改。

姐弟四个数她成绩好，却也数她天生爱做梦。"好看好看地大惊小怪"，"好看当饭吃还是当钱花？"娘说。

"……我叫小陶。"她嚅嗫着补充。心里却是高兴的，平生第一次，有人夸她"审美到位"，这么娇贵好看的女子夸她哎！

此刻罗英家园子的门虚掩着，木栅栏上，白的粉的月季花缠缠绕绕。她推开木门，踏着几乎被青草埋没的石板甬道跨上台阶，站在紧闭的防盗门前。门边的毛石墙上，一篷藤萝嘟嘟噜噜几乎垂到地面，绿油油的。她想，上次来好像没见。栽藤萝的家什呢有些像电视里见过的德国兵戴的钢盔，是倒悬着的，一根粗麻绳挽着好大的结，挂在墙上。她定定神，按一下门铃，等着，听见"咔嗒"一声，门是虚着了，却没敞开，她又等一会。她是到城市里逐渐学会城里人家规矩的。头一件要紧，不能像在寨子里，想去哪家直接撞进门。就算门没锁也要先敲门。这清爽精致的罗小姐，又让她格外拘谨自律，她力求做到最好。她迟疑着伫立约摸两三分钟，才推开虚掩的门。一股似香似甜的气息沁入肺腑，这气息跟小区里热烈的花香草香太阳香又不同，它是香甜而清冽的，不浓，却醇。要是喝一口，没准像山里人家酿的米酒，会醉。窗帘也拢着，却不黑。"玄关"亮着灯。从玄关望进去，客厅里的壁灯也亮着。柔和的光笼着沙发上侧影，罗英一身黑。

"不用换鞋。"正犹疑，罗英温润的嗓音漫过来。没见起身回头。罗英手指夹着枝烟往唇边似送未送之际，一串烟圈冒出来，往鼻尖、额前弥漫，在光影里袅袅升腾。罗英穿的黑袍子好长，拖到地面，遮没了茶几跟前的脚。她长长的黑发淹在黑袍上不见发梢。唯有颈项边一片白净的小三角，被这连绵的黑衬着——像早上看见的玉兰花啊白得！她被眼前这一派静的，清冽而沉郁的曼妙气息镇住，像站在梦里，手脚不知怎么放。

罗英正讲电话，见她对着手机说声"对不起，稍等"，站起来，飘移到玄关，茱迪一个箭步抢到前面。原来茱迪也淹没在她的黑袍里。像是一屏幕布飘移过来！她的黑袍子不但长，而且宽大无比，两三个人都钻得进去。奇怪的是这幕布般的宽袍罩在罗英身上不显胖却越见得身段苗条仙风道骨——这衣裳咋跟被套似的？

"拿去给你老公穿。"罗英指鞋架上一只鞋盒。又指客厅沙发上一摞衣服。

她在罗英示意下打开那深蓝色硬板纸鞋盒，是一双崭新的牛皮本色翻毛套脚男鞋。小心用手指肚摩挲，绒头厚而密。她不懂品牌材质，但好牛皮不难摸得识得。"哎呀不行不行，这是新皮鞋嗳！你家……""老公"两字在冲口而出前顿住。顺着人家自己的称呼当然不会错，可她一个外来打工者，跟大城市女业主说"你家老公"，未免太不把自己当外人了。

"只管拿去，没人穿。"罗英轻描淡写。她却只是窘，不知说什么好，又不知是该拿着还是该放下，十分地无措。罗英并不理会，递给她一个很大的白底红字母的包装袋，是让她把衣物鞋盒装进去。她只好恭敬从命了。衣物都洗得干干净净叠得整整齐齐，好像有几件条子格子和全白的衬衫，还有米色茄克灰色西装什么的，都是男装。衣领有的硬挺，有的十分绵软。她一小叠一小叠往袋子里装。因为过分小心，反倒这里那里搭拉下来，她有些慌乱地收拾着。忽听罗英似呜咽似梦呓般呢喃："不是一家人……到底是留不住的。"她一怔，心下疑惑：罗英是自言自语呢是对她说呢还是讲电话？也不知道要不要应答，又不好意思抬头去看。终于，装好了袋子，拎着，僵在那里，感觉血都涌到脸上，一不小心怕是会滴下来。

"你去吧，小陶。"声音却又是糯软甜润的，十分真切。

身后"咔嗒"一声，门关上了，她迷糊着不知怎么出的罗英家的院门。一路上再不听闻鸟语花香。日头死烫死烫盯在身上，人要化掉般地疲累，脑子偏还纠结撕掳，"不是一家人到底留不住"？罗英为啥子那样说？哪个和哪个不是一家人？又是哪个留不住？罗英到底有没有那样说？

"姐，石匠摔瘫了！"

手机里，弟的吼叫差点震瘫她。

"石匠是你叫的吗！"她之前总是恨恨地想。她心里对弟有气，一直有气！

石匠可以说是她家恩人。奶奶生病，医药费是借的，生弟，罚款是借的，买猪娃的钱，欠收年成吃饭的钱……债务滚来滚去翻不得身。村里来了这走乡窜寨的四川石匠，没爹娘的孤寡人，三十岁了没娶婆娘，挣的辛苦钱，攒着舍不得花。为隔壁伯娘家采石盖屋住了好些天，伯娘有心牵线，把侄女科月许给他，明是上门女婿，实际是要他支撑门户还愤养永呢。爹娘乐意，石匠相中的却是改男。改男不满20岁，刚念初二山乡女子，大多是要带大了弟妹才让上学的——娘让立马辍学成亲。从来，改男作不得自己的主。

石匠待她不薄，寨子里少见的呢子大衣毛料裤坡跟皮鞋，改男提前添上。也添了个女娃，秋儿。爹娘，奶奶，谁都说好，却没人理会改男心里的憋屈。山乡她不是不喜欢的。她从小喜欢上山打猪草，喜欢到绿森森青枫林采蕨菜。缺油，但带着露水的鲜嫩蕨菜，清水煮了，蘸辣椒盐水也好吃得紧呢，一筷子下嘴，糙糙的包谷沙饭变得几多爽滑。可包谷沙饭吃吃着到底变了味，她焦躁，食不下咽。寨子里，陆陆续续的，年轻人成群结伴外出打工。家家只留老弱病残守着破陋的家。两个姐姐也跟人走了，改男想走，石匠不愿意。"再苦再累，有手艺就能养活一家子。"石匠还有心里话没说出来：有如花似玉老婆，有软软一个小娇娃儿。丈人丈母当自家儿子疼爱，还思谋个啥呢？

弟是从小娇生惯养吃不了苦，身子骨又单薄，跟老人孩子一样留守在家里。到底花钱在乡里学校谋了个教师职位。别说爹娘疼石匠，连同改男，自从嫁了石匠，在家里的地位也明显改善。"死女子不知好歹！"娘是埋怨也是给石匠陪罪，改男撂下几个月大秋儿，跟邻寨的兄弟姐妹们走了。家里后来才得知，改男先到杭州打工，后来同别人散了，辗转到了上海。石匠倒是个实心眼，照样走乡串寨干他那苦累活。活路做完就回陶家。改男几年不回，倒是娘紧着在电话里催："快回来！你弟媳生娃儿了，我不能光养你的女子！"

咋个是你养的嘞？一家子不都靠石匠养着嘞？弟娶媳妇不也靠石匠盖房子嘞？亲亲的孙女——不还姓着陶了嘛，咋就不是你家女子嘞？满肚子道理，在那个家，从来理不清。

离婚。石匠厚道，会同意的。石匠疼她，依她，惯着她。再说了，有她这个婆娘等于没有，碰不着摸不着的，不如做了陶家长子，名正言顺娶个媳妇——乡里年轻人少，你石匠也不年轻了哟，娶个失了丈夫的小寡妇，知道疼男人的，几多好。我就做了你的亲小妹吧，同胞一样敬着，几多好。这些道理，自从得了福亮准信，她便在心里千百遍酝酿。她要对爹娘，对石匠，和风细雨、和盘托出。哪怕翻脸呢，这次的道理，也是一定一定要坚持的。

她万万没料到，一个电话不啻一声炸雷，把她的道理炸个粉碎。

"石匠摔瘫了！"

所有的想法也都瘫了。路，只有一条：回家。照顾石匠，照顾亲亲的小粉团秋儿，照顾那个老弱病残的家。

"福亮，福亮，我纵有千万般不舍，也只能舍了。"

是多年以后了——哦，哪是多年嘛，回寨子也才……她掐着指头算：将将两年一个月零十天哟。那一幕幕的过往，虚得，远得，咋就是个梦咧。往后呢？也虚得，远得，像个梦咧。咋就活成个梦了？寨子是个落荒的陌生寨子。嘻嘻哈哈的青壮男女们再不见踪影。从小要好的姐妹小春碧倒是没走远，嫁到县城里，却也只见了两回。一回是小春碧回来探她生病的爸，拖儿带女的，自顾无暇；一回是她带秋儿县城买衣裳，见了，忙慌慌的就又道别，都有许多的事情，又都是些说不上台面的事情。弟媳妇跟着弟弟哪也没去，在家养得白白胖胖——人家陶老师是吃皇粮的么。可她跟弟弟弟媳都不太说得上话。三十岁的她，守着个躺在床上等她端屎端尿端饭递水的男人，守着奄奄一息的奶奶，要守多久？不晓得。秋儿这一小团嫩肉肉转眼上学了，什么样的路在等着她？不晓得。

侍候完石匠，送走了上学的秋儿，她来到院坝里有一下没一下铡着猪草，心头忽地飘起一抹黑——那长而宽的黑袍子，硬是好看哟。

忍不去想福亮。最初还通通电话和短信，后来渐渐断了联系。但是脑壳由不得自己：威尼斯的漏，补完没？青瓦白墙农民房拆迁没？她走了，福亮跟谁搭档呢？隔壁红花两姐妹还住那吗？福亮常去她们家么？那房前屋后拆到一半的废墟，怕是早已夷为平地了，那平地上的商品房，怕是早已盖得了吧！新房子漏不漏？福亮又到哪里补漏去了呢……

有时候，寨子里仅剩的年纪稍轻些——也有比她年长许多——的婆娘媳妇也还凑起一堆，绣袜垫，摆龙门阵。她在大红袜垫上绣个金黄"福"字，举远了端详。

她说——

"人是三节草不知哪节好！"

她说——

"命里姻缘，该哪个是哪个！"

婆娘媳妇们各自叽叽呱呱，似听非听似答非答。

"唉！哪个是容易的嘛！"

她是自言自语了。

大城市人还不是各有各的难处。想起在上海时她还做过一家，是普陀区的一个独居老人。就一间房，打扫不费力，老人也和善，老人的女婿却难缠。每天女儿女婿过来吃顿晚饭，那女婿对现成饭菜从没满意过。

菜咸了油多了饭烂了。可油少了饭硬了老人又咽不下。

菜钱是女婿按天给,给时先报头天的账,报青菜2元一斤,那女婿说,这么贵,听单位旁边那个菜摊叫卖,3元钱2斤哎!她嚅嗫一句,那你下班带回来好了。试了两天,嫌吃饭晚,恢复她买菜。

"也难怪哦,"老人说,女儿女婿正攒钱给外孙买婚房,攒了好多年,房价年年涨,越攒越不够。

"唉!哪个是容易的嘛!"

她端个针线笸箩自语着坐到堂屋门前竹椅上做针线。笸箩丢在脚边,三五只鸡婆无可无不可地里外啄两下,听她说话,甩一下头,斜眼看她。她正缝件棉布褂子,黑色,宽大,快做得了。她站起来,鸡们陡地跳开,见没事,立定了看她将褂领子揣到颈项处用下巴夹着,一只手扯住袖口比试。这时弟媳妇搂着胖侄子踱过来,咋咋呼呼叫唤:"哟改男姐啊,咋做这么件老气衣裳吵?"鸡们再次吃了惊吓,咯咯叫唤着四处散去。她笑笑,不说话。

图书在版编目（CIP）数据

遇见 / 李澄香著 . -- 上海：上海文化出版社，2022.7
　ISBN 978-7-5535-2537-2

Ⅰ. ①遇… Ⅱ. ①李… Ⅲ. ①短篇小说 – 小说集 – 中国 – 当代②随笔 – 作品集 – 中国 – 当代 Ⅳ. ① I217.2

中国版本图书馆 CIP 数据核字 (2022) 第 104022 号

出 版 人　姜逸青
责任编辑　吴志刚
装帧设计　汤　靖

书　　名	遇见
作　　者	李澄香
出　　版	上海世纪出版集团　上海文化出版社
地　　址	上海市闵行区号景路 159 弄 A 座 2 楼　201101
发　　行	上海文艺出版社发行中心　网址：www.ewen.co 上海市闵行区号景路 159 弄 A 座 2 楼 206 室　201101
印　　刷	上海潮祺实业有限公司
开　　本	889×1194　1/32
印　　张	9.375
印　　次	2022 年 7 月第一版　2022 年 7 月第一次印刷
书　　号	ISBN978-7-5535-2537-2/I.985
定　　价	98.00 元

告 读 者　如发现本书有质量问题请与印刷厂质量科联系 T：021-36161358